文体学视域下
中国古典诗学发展研究

赵 敏 著

中国文联出版社

图书在版编目（CIP）数据

文体学视域下中国古典诗学发展研究 / 赵敏著. 北京 : 中国文联出版社, 2024. 8. -- ISBN 978-7-5190-5592-9

Ⅰ. I207.22

中国国家版本馆CIP数据核字第2024EV7324号

著　　者　赵敏
责任编辑　周欣
责任校对　秀点校对
装帧设计　研杰星空

出版发行　中国文联出版社有限公司
社　　址　北京市朝阳区农展馆南里10号　　邮编　100125
电　　话　010-85923025（发行部）　　010-85923091（总编室）
经　　销　全国新华书店等
印　　刷　明玺印务（廊坊）有限公司

开　　本　710毫米×1000毫米　1/16
印　　张　13.25
字　　数　221千字
版　　次　2024年8月第1版第1次印刷
定　　价　68.00元

前　言

《文体学视域下中国古典诗学发展研究》旨在深入探索中国古典诗歌的丰富内涵和发展脉络，特别是从文体学的角度出发，系统梳理中国古典诗学的发展历程，以及诗与其他艺术形式的交流互动。这种独特的视角不仅为我们理解中国古典诗歌提供了新的思考维度，也为当代诗歌创作和理论研究提供了丰富的启示和借鉴。

本书共分十章，详细讨论了从先秦到民国时期中国古典诗学的发展和变革，以及其在不同历史阶段的文体特征与流派。

本书第一章由“文体学视域与古典诗学基础”展开，介绍了古典诗学的定义与范畴、文体学的基本概念与方法、古典诗歌的语言特征与美学原则、文体学视角下的古典诗歌分析方法，为后续章节深入分析打下了坚实的基础。

本书第二章至第七章从先秦到汉魏六朝，再到唐、宋、元、明、清，详细考察了每一时期的诗学思想、诗歌创作及其与社会文化的互动。

本书第八章和第九章不仅关注诗学理论的内部发展，更注重诗歌与绘画、音乐、书法及园林艺术等其他艺术形式的交流与融合，展示了中国古典诗歌独特的审美风格和艺术魅力。

本书第十章探讨了古典诗歌在现代教育中的地位、现代诗人对古典诗歌的继承与发展，以及古典诗学理论在当代的应用，展望了古典诗学与现代生活的融合路径，强调传统与创新的结合是古典诗学发展的关键。

通过深入研究和分析，本书不仅为读者提供了一个全面了解中国古典诗学发展的窗口，也为当代文艺理论研究和诗歌创作提供了丰富的资源和灵感。希望本书能够激发读者对中国古典诗学更深入的兴趣和研究，进一步促进中国传统文化的传承与发展。

目 录

第一章　文体学视域与古典诗学基础

第一节　古典诗学的定义与范畴

（一）定义

古典诗学是一个历史悠久、内涵丰富的学科，它深入研究古典诗歌的创作规则、美学原则，以及这些规则和原则如何影响后世。这个学科不仅关注诗歌的形式、风格、节奏和韵律，还涉及诗歌如何表现情感、传达思想和体现审美理念。在不同的文化和历史时期，古典诗学表现出了不同的特点和风貌，但无论如何变化，它始终贯穿着对美的追求和对人类情感及思想深度的探索。

古典诗学的核心在于对诗歌这种艺术形式的深入理解和研究。诗歌作为人类最古老的文学形式之一，其韵律和节奏的特性使得情感和思想的表达更加强烈和直接。古典诗学试图解析这些特性是如何与诗歌的内容、形式和功能相结合的，以及这种结合是如何在不同文化背景下体现出来的。它探讨了各种诗歌形式和风格如何适应特定的审美理念和创作目的，从而在历史上产生了丰富多样的诗歌流派和风格。

古典诗学的另一个重要方面是它的历史维度。从古至今，无数的诗人和批评家在不同的文化背景中创作和论述诗歌，形成了一条丰富的知识传承链。对这些历史文献的研究不仅揭示了古典诗学的发展轨迹，也反映了人类对美、对生活和对宇宙的不断探索和理解。这种历史视角帮助我们理解古典诗学如何在不同的时代背景下应对新的挑战，如何吸收和融合新的文化元素，从而不断发展和变革。

在现代社会，古典诗学仍然保持着其独特的价值和意义。它不仅是学术研究的对象，也是现代人理解自己和前人生活、情感和思想的重要途径。通过学习古典诗学，我们不仅能够欣赏到古典诗歌的美学魅力，还能深入理解诗歌如何作为一种跨越时空的文化和精神纽带，连接过去和现在，连接不同文化和民族。古典诗学的现代价值还体现在它对现代诗歌创作和文学批评的启示作用上。现代诗人和文学批评家通过研究古典诗学，可以吸收丰富的创作技巧和美学思想，借鉴历史上的诗歌经验来丰富自己的作品。此外，古典诗学中关于诗歌如何反映和批判社会现实的讨论，为现代诗歌提供了深刻的社会责任感和历史使命感。在这个意义上，古典诗学不仅是对过去的回顾，更是对未来的启迪。

随着全球化和文化多样性的增加，古典诗学的研究也越来越强调跨文化的交流和对话。古代诗歌中的普遍主题和情感跨越了文化和语言的界限，为不同背景的人们提供了共鸣点。这种跨文化的交流促进了人们对不同文化传统的相互理解和尊重，为构建一个更加和谐的社会提供了精神支撑。

随着数字技术的发展，古典诗学的研究和传播方式也在发生变革。数字人文学科的兴起使得大量古典诗歌资源可以被数字化，通过互联网平台被广泛传播，这不仅使得古典诗学研究更加便捷和深入，也使得普通公众可以更容易地接触和了解古典诗歌。这种新的传播方式为古典诗学的普及和教育打开了新的可能性，也为现代社会中人们的文化生活带来了新的活力。

古典诗学是一门跨越时间和空间的学科，它通过对古典诗歌的研究，展现了人类对美、对生命和对宇宙的深刻理解和追求。在现代社会，古典诗学不仅保留了其历史和文化的价值，还在不断与现代文化相融合，对现代诗歌创作、文学批评乃至社会文化的发展产生了深远的影响。通过继续探索和发展古典诗学，我们不仅能够更深入地理解人类的文化遗产，还能为构建一个更加丰富多彩、和谐共生的现代世界提供宝贵的精神资源。

（二）历史沿革

中国古典诗学的研究历程，是一条漫长而曲折的探索之路，其历史沿革既反映了中国古代文学理论的发展，也映射出中华文化深沉的历史底蕴和独特的审美观念。从先秦时期的诗歌起源，到汉代的文学理论初步形成，到魏晋南北朝的文艺思想争鸣，再到唐宋时期诗学理论的全面发展，直至明清诗学的批评与整理，每一个阶段都为中国古典诗学的研究积累了宝贵的财富。

先秦时期，诗歌主要是民间口头传唱的歌谣。《诗经》的编纂，标志着中国古典诗歌研究的开端，它不仅是中国最早的诗歌总集，也是早期诗学思想的源头。《诗经》中的诗歌通过朴素直接的语言，反映了古代人民的生活面貌和情感世界，展现了初步的审美趣味和艺术追求。同时，《尚书》《礼记》等经典文献中也蕴含了对诗歌的教育和审美价值的认识，为后世诗学理论的发展奠定了基础。

进入汉代，随着儒学的复兴和文学理论的兴起，对《诗经》的研究进一步深入，汉儒如刘向、班固等人对《诗经》进行了详细的注解和解读，试图从中提炼出儒家的道德教化思想。此外，汉代还见证了文学批评的初步形成，如司马迁在《史记·屈原贾生列传》中，就对楚辞风格进行了分析评价，展现了较为成熟的文艺批评意识。

魏晋南北朝时期，随着玄学的兴起和个性解放的思潮，诗学理论进入了一个多元争鸣的阶段。在这一时期，陆机的《文赋》、曹丕的《典论》等作品，不仅批评了前代的诗歌，也提出了新的创作观念和艺术理论，如重视诗歌的情感表达和想象创造等。

唐宋时期，是中国古典诗学研究的黄金时代。唐代以白居易的《长恨歌》、韩愈的《进学解》等为代表，强调诗歌的情感真挚和语言朴实。宋代则更注重诗学理论的体系化和理性分析，如苏轼的《东坡志林》、黄庭坚的《黄山谷诗话》等，不仅深化了对诗歌创作规律的认识，也提升了文学批评的理论高度。

明清时期，随着文人学术的兴盛和文化的内向发展，诗学研究出现了新的变化。明代胡应麟的《诗薮》、清代朱鹤龄的《诗经通义》，都试图从历史的纵深中审视诗学，通过整理和注释古代诗歌，探求诗学理论的发展脉络。这一时期的诗学研究，更加注重对传统诗学资源的挖掘和整理，以期达到文化自觉和创新。同时，这一时期也见证了诗歌创作实践与诗学理论研究的紧密结合，诗人学者如钱谦益、龚自珍等人不仅在诗学实践上有所成就，同时在诗学理论的阐述和推进上也做出了重要贡献。

在明清之交，随着西学东渐，中国传统诗学面临着前所未有的挑战和冲击。西方的文学理论和审美观念开始对中国的文学研究产生影响，传统诗学的研究方法和理论体系受到了质疑和反思。这一时期，一些诗人和学者开始尝试将西方的文学理论与中国古典诗学进行融合和对话，探索诗学新的发展路径。

进入现代时期，随着新文化运动的兴起，对传统文化和诗学的批判达到了高潮。胡适、陈独秀等人主张文学革新，提倡白话诗，对传统古典诗学进行了深刻的反思和批评。然而，即便在这样的文化背景下，对古典诗学的研究也并未完全中断。许多学者如钱锺书、叶嘉莹等，仍然致力于古典诗学的研究，试图从中发掘对现代诗歌创作和文学理论有益的元素。

改革开放以来，中国古典诗学的研究迎来了新的发展机遇。随着文学研究视野的拓宽和研究方法的多元化，古典诗学不再局限于传统的文本研究和理论阐述，更多地与文化研究、比较文学、跨文化交流等领域发生交集。网络技术的发展，也为古典诗学的传播和研究提供了新的平台，使得古典诗歌的魅力能够跨越时空，被更多人了解和欣赏。

中国古典诗学的研究历程是一部充满智慧与探索的历史。每一个时期的诗学研究，都在不断的对话与争鸣中前进，不仅反映了中国文学理论的丰富性和深邃性，也展现了中华民族在不同历史时期对美、对文化、对生活的深刻思考和独特见解。并且，随着全球化的深入发展和科技的不断进步，中国古典诗学的研究将面临新的机遇与挑战，期待能够在继承与创新中寻找到新的发展路径，为世界文化贡献更多中华智慧。

（三）范畴

在探索诗歌的世界中，范畴是一个不可或缺的概念，它不仅涵盖了古典诗歌的种类，如抒情诗、叙事诗、戏剧诗等，还包括了创作技巧和韵律形式的多样性。这些范畴共同构成了古典诗歌丰富多彩的艺术世界，反映了人类文化的深度和广度。

古典诗歌的种类繁多，每一种都有其独特的魅力和表达方式。抒情诗，作为最直接表达个人情感和思想的诗歌形式，历经千年仍旧能够触动人心。它们通常聚焦于诗人的内心世界，通过丰富的象征和意象来传达深层的情感和思考。叙事诗则不同，它们通过讲述故事来展现历史、传说或个人经历，以时间的流逝为线索，将读者带入一个充满情节和角色的世界。戏剧诗，这种将戏剧与诗歌融合的形式，通过对话和独白的方式，展现人物的内心世界和社会冲突，给予观众深刻的艺术享受和思想启发。

在古典诗歌的创作技巧上，对仗、隐喻、拟人等手法被广泛运用，这些技巧不仅丰富了诗歌的表达层次，也增强了其艺术效果。对仗作为古典诗歌中的一种重要形式，通过词语的对称和平衡，展现了诗人高超的语言掌控能力和审美追求。隐喻则通过将抽象的概念具体化，使得诗歌的意象更加生动和富有想象力。拟人的使用，赋予了非人物以人类的情感或特征，强化了诗歌的情感表达和主题深度。

至于韵律形式，古典诗歌展现了极其丰富的韵律美。五言诗和七言诗是其中最为常见的形式，它们通过固定的字数和严格的韵律规则，营造出音乐般的节奏感与和谐感。这种形式上的约束反而激发了诗人无限的创造力，使得简短的诗行中蕴含着深邃的意境和广阔的情感。此外，还有诸如曲子词、律诗等其他韵律形式，它们各具特色，为古典诗歌的创作提供了更多的可能性。

古典诗歌的范畴不仅是对其形式和技巧的分类，更是对人类情感、思想和审美追求的全面展现。它们透过时间的长河，传递着古人的智慧和情感，同时也激发着现代人对美的追求和对生命的思考。从种类到创作技巧，再到韵律形式，古典诗歌的每一个细节都是文化遗产的一部分，反映了人类不断探索自我与世界的历程。这些诗歌不仅仅是文字的排列，更是情感与思想的载体，它们以其独特的方式触动人心，启发人们对生活的感悟和对未知的探索。

现代技术的发展为古典诗歌的传承和创新提供了新的平台和可能性。数字化和网络技术使得古典诗歌能够跨越时间和空间的限制，以更加便捷的方式被全世界的读者接触和欣赏。此外，现代艺术家和诗人通过跨媒体的创作实践，将古典诗歌与现代音乐、视觉艺术、电影等艺术形式相结合，为古典诗歌注入了新的活力，也使其能够以更加多元和开放的姿态进入公众的视野。

（四）研究对象

古典诗学作为一门深厚的学问，其研究对象远不止于诗歌文本本身，它包括了诗人的创作背景、诗歌的社会文化环境，以及诗作对后世的深远影响。这种全方位、多角度的研究视角，使古典诗学成了连接过去与现在、个体与社会的重要桥梁，不断地为我们解读和传递着人类历史和文化的深刻内涵。

在研究古典诗学时，了解诗人的创作背景至关重要。每一位诗人的生平经历、思想情感、哲学观念，甚至其所处的时代背景、地理环境，都深深地影响着他们的创作。例如，唐代诗人杜甫的作品深受其多舛的人生、动荡的社会环境影响，通过其诗作，我们不仅能欣赏到诗歌的艺术魅力，更能感受到诗人对时代的深刻思考和对人民苦难的深切同情。因此，诗人的个人背景和经历成为理解其诗歌意义的重要钥匙。

诗歌的社会文化背景也是古典诗学研究的重要内容。诗歌作为一种文学形式，其产生和发展总是与特定的社会文化背景紧密相连。从某种程度上说，诗歌是一个时代文化、社会风貌、人民情感的缩影。通过对诗歌的研究，我们可以窥见古代社会的风俗习惯、价值观念、思想动态等。例如，宋代的词，反映了宋代都市文化的繁荣与个体情感的细腻，而明清小令则揭示了更加开放的社会风气和更加多元的文化景观。通过这样的研究，古典诗学帮助我们理解文学与社会、文化之间复杂而微妙的关系。

古典诗学还关注诗歌对后世的影响。众所周知，优秀的诗歌作品具有跨越时空的生命力，它们不仅影响着同一时代的文学创作，还能启迪后世的诗人和读者。从这个角度来看，古典诗学的研究不仅是对过去的回顾，也是对未来的启示。通过研究古典诗歌对后世的影响，我们能够看到文学传统是如何被继承和发展的，以及诗歌是如何在不同的历史时期被重新解读和赋予新的意义的。这一过程不仅证明了古典诗歌的不朽魅力，也反映了文学与人类社会进步之间的深刻联系。

（五）学科价值

古典诗学的学科价值不仅体现在它作为文学研究的一个分支，深入探讨诗歌的形式、韵律、意象等艺术特性，更在于它如何促进我们理解和欣赏古典诗歌的美学价值，以及对培养人们的审美情趣和文化素养所起到的重要作用。古典诗学不仅是对古代诗歌文本的解读和研究，还是一种连接过去与现在、不同文化与思想的桥梁，使我们得以跨越时间和空间的限制，与古人的思想情感产生共鸣。

古典诗歌以其独特的美学特征，如意象的运用、韵律的变化、情感的表达和哲理的探讨等，构建了一种复杂而精致的艺术形态。通过对古典诗学的研究，我们可以深入理解这些艺术特征背后的文化意义和美学追求，进而提高我们的审美能力和艺术鉴赏力。例如，对于唐诗宋词的研究不仅能让我们欣赏到诗词本身的韵律美，还能帮助我们理解唐宋时期的文化背景、社会风情和作者的情感世界。

古典诗学的学科价值还体现在它对人们文化素养的培养上。在全球化和信息化的今天，人们面对着大量的信息和文化产品，而古典诗歌作为人类文化遗产的重要组成部分，其研究和传承对于增强文化认同感、促进文化多样性具有不可替代的作用。通过学习古典诗学，人们不仅能够更深刻地理解本民族的文化传统，还能通过比较学习，对其他文化产生兴趣和理解，从而拥有更加开阔的视野和更加包容的心态。

古典诗学的学科价值还在于它对现代社会的实际意义。在快节奏的现代生活中，古典诗歌的研究和欣赏提供了一种精神的慰藉和思考的空间。古典诗歌中蕴含的智慧和美好不仅是对过去的回顾，也为现代人提供了处理复杂生活情境的参考和启示。例如，许多古诗词中关于自然美、人生哲思的表达，不仅美化了人们的精神世界，也激励了人们在面对困难和挑战时保持乐观和坚强。

进一步地，古典诗学的学科价值还体现在其跨学科的研究方法上。古典诗学不仅涉及文学、历史、哲学等多个领域，还与现代科技、心理学、社会学等学科产生了交集，这种跨学科的研究方法不仅拓宽了古典诗学的研究视野，也促进了不同学科之间的相互理解和融合，为解决当代社会的复杂问题提供了新的思路和方法。例如，通过将心理学理论应用于古典诗歌的分析中，可以更深入地探讨诗歌中的情感表达和人物心理，增强我们对人性的理解。而将社会学视角引入古典诗学的研究，则有助于我们探讨诗歌如何反映和影响了其所处时代的社会结构和文化趋势。

另外，古典诗学的研究还有助于促进文化创新和艺术实践的发展。在现代文化创作中，许多作品都从古典诗歌中汲取灵感，不论是文学、影视、音乐，还是视觉艺术等领域，古典诗歌的元素都被创新性地融合和再现。这种跨时代、跨文化的创新不仅丰富了现代艺术的表现形式和内涵，也使得古典诗学在当代社会中继续保持着其生命力和影响力。

古典诗学作为一个学科，对于推动全球文化交流与对话也起到了重要的作用。随着全球化进程的加深，古典诗歌作为文化交流的媒介之一，不仅能够帮助世界各地的人们了解和欣赏不同文化背景下的艺术成就，还能促进不同文化之间的相互尊重和理解。通过翻译、研究和推广活动，古典诗学的国际合作和交流不断深化，为构建人类命运共同体贡献了自己的力量。

第二节　文体学的基本概念与方法

（一）基本概念

文体学，作为一门探讨文本如何通过其语言使用来表达内容和风格的学科，位于语言学、文学和文化研究的交叉领域。它不仅仅是对文本语言形式的简单分析，而且是深入探讨语言的选择、组织和功能如何塑造文本的意义和被接受的方式。在这个意义上，文体学既是一种分析方法，也是对文本内在美学和社会功能的深刻理解。

文体学的基本概念源自对语言如何在不同文本中发挥不同作用的兴趣。从最早的修辞学研究到现代文体学的形成，学者们一直试图揭示文本如何通过特定的语言手段影响读者或听众。在这个过程中，文体学逐渐演变成一个多维度的研究领域，不仅关注文本自身的语言特性，也包括文本如何反映作者的意图、社会文化背景、受众的接受等方面。

文体学研究的核心在于理解文本的风格。风格是文本独特的语言特征，它包括但不限于词汇选择、句法结构、修辞手法等。通过分析这些元素，文体学试图揭示它们如何共同作用于表达特定的内容和情感，以及它们如何影响文本的整体效果和接受。这种分析不仅帮助我们理解文本是如何构建的，也使我们能够深入探讨文本所能产生的多样化的阅读体验。

文体学的研究方法多种多样，包括定性分析和定量分析。定性分析侧重于文本的详细解读，通过对语言特征的深入探讨来理解文本的意义和风格。定量分析则利用统计方法来分析文本的语言特征，以揭示风格上的模式和趋势。这两种方法相辅相成，为文体学研究提供了丰富的分析工具和视角。

文体学的研究不仅限于文学作品。新闻报道、广告、政治演讲、日常会话等各种文本形式都是文体学分析的对象。这种跨文本的分析揭示了文体学不仅关注文本的艺术性，也关注语言在社会交往中的实际使用。通过比较不同文本类型中的语言使用，文体学有助于我们理解语言如何在不同社会文化背景下发挥作用，以及如何在不同的交际场合中实现特定的目的。

文体学的现代发展还涉及跨学科的研究，包括认知科学、社会学、心理学等领域。例如，认知文体学探讨语言如何影响我们的思维过程和心理状态，而社会文体学则关注文本如何反映和塑造社会身份和权力关系。这些跨学科的视角为文体学的研究提供了新的理论框架和方法，使其能够更全面地理解文本的功能和影响。

（二）分析方法

文体学作为研究文本语言特征和风格的学科，采用多种分析方法来揭示作者的写作特点、文本的意义层面，以及读者的解读方式。这些分析方法主要分为定量分析和定性分析两大类，各自聚焦于文本的不同方面，以期达到对文本全面深入理解的目的。

定量分析关注于文本中可以量化的元素，例如词频、句型结构、语法模式等。通过统计和计算这些元素的出现频率和分布情况，研究者可以揭示文本的某些语言特征，进而推断作者的写作风格或文本的风格类别。例如，通过分析一个作者作品中的动词使用频率和类型，可以揭示该作者描述行为和动态的倾向；通过统计文本中的长句与短句比例，可以反映出作者的句法复杂度和表达的紧凑程度。定量分析的优势在于其客观性和可重复性，通过数字化的数据支持，研究结果具有较高的可信度。然而，这种分析方法也存在局限，即它可能忽视文本的深层意义和文化背景因素，因为不是所有的文本特征都可以通过数字化方式直接量化。

定性分析则侧重于文本的内涵、风格、主题、修辞手法，以及叙述视角等非量化的方面。这种分析方法通过深入解读文本，探索其中的隐喻、象征、主题和情感色彩，以及作者如何通过特定的叙述技巧来影响读者的理解和感受。例如，对于一篇文学作品，定性分析可能会关注其使用的比喻或拟人手法如何增强主题的表达，或者探讨作者通过变换叙述视角如何构建多层次的叙事结构，以及这些技巧如何影响读者对文本的感知和解读。定性分析的优势在于其灵活性和深度，能够揭示文本的深层意义和文化内涵，捕捉到那些定量分析难以触及的细微差别。然而，定性分析的主观性较强，不同研究者可能会有不同的解读和观点，因此，这种分析方法需要研究者具有较高的批评意识和文化敏感度。

在实际的文体学研究中，定量分析和定性分析往往是相辅相成的。定量分析提供了文本分析的客观基础，为定性分析提供支持和参照；定性分析则深化了对文本意义的理解，为定量数据提供了解释和语境。有效地结合这两种分析方法，可以从不同角度和层面对文本进行全面的分析和理解。

例如，在分析一部小说的语言风格时，研究者可能首先通过定量分析，统计不同类型的句子结构、词汇的多样性，以及特定语法结构的使用频率，以此来揭示作者的语言习惯和风格特征。其次，通过定性分析，深入探讨这些语言特征如何服务于小说的主题表达、情感渲染以及人物塑造，如何与小说的文化背景和社会语境相互作用，进而揭示作者通过特定的文体选择来传达其观点和意图的方式。这种深入的定性探讨，不仅能够补充和丰富定量分析的发现，还能够提供更为全面的理解，使得文本分析更加深刻和全面。

文体学的分析方法还包括对文本进行跨文本比较，通过将不同文本或不同作者的作品进行对比，研究者可以发现特定文体特征的共性和差异，从而揭示不同文化、时期或个人写作风格的变化和发展。这种比较分析方法既可以是定量的，比如通过比较不同作品中相同词汇或句型的使用频率，也可以是定性的，如通过比较作品中的主题、叙述技巧或修辞手法的不同运用。通过这种跨文本的比较，文体学不仅能够深化对单一文本的理解，还能够探索更广泛的文化和历史背景下的文体发展趋势。

在现代文体学研究中，随着计算机技术的发展，数字文体学成为一个新兴的研究领域。这一领域利用计算机软件和算法来自动化地进行文本的定量分析，如使用自然语言处理技术来识别文本中的语言模式、计算词汇多样性指数、构建语言网络等。这种技术的应用极大地提高了定量分析的效率和准确性，使得处理大规模文本数据成为可能。同时，它也为定性分析提供了新的视角和工具，如通过文本可视化技术帮助研究者直观地理解文本结构和主题分布，或通过语义分析技术探索文本的深层意义。数字文体学的发展，为文体学的研究开辟了新的可能性，使其能够以更科学、高效的方式探索文本的语言特征和风格。

文体学的分析方法多样而丰富，既包括对文本可量化特征的统计和计算，也包括对文本深层意义和文化背景的深入解读。这些方法相互补充，共同构成了文体学分析的完整框架。随着科技的进步和研究方法的不断创新，文体学的分析方法将继续发展和完善，为我们提供更加全面和深刻的文本理解工具。

（三）文体特征

文体学作为语言学的一个分支，专注于研究文本的形式特征，包括词汇选择、句法结构、修辞手法等方面，旨在揭示不同文体特点及其表达效果。文体不仅反映了作者的思想情感和审美取向，也体现了特定社会文化和历史背景下的语言风格。通过对文体的分析，我们可以深入理解文本的深层意义和美学价值，同时也能把握语言的变化和发展趋势。

词汇选择是文体分析中的基础和出发点。不同文体对词汇的需求有所不同，这反映在词汇的丰富程度、抽象与具体的运用，以及专业术语的使用上。例如，诗歌和小说可能更偏好富有象征意义和情感色彩的词汇，而学术论文则倾向于使用精确、专业的术语。词汇的选择不仅影响文本的风格和气质，还关系到信息传递的准确性和有效性。

句法结构的多样性和复杂性也是文体特征的重要表现。文体学通过分析句子的结构、长度和复杂度，探讨作者如何通过句法安排来达到其表达目的。在一些文体中，如小说或散文，复杂多变的句子结构能够丰富文本的层次，表达细腻的情感和复杂的思想。而在新闻报道或科学论文中，简洁明了的句子结构更有助于信息的快速传达和理解。

修辞手法是文体学研究的又一重要领域，它关注作者如何通过比喻、拟人、夸张、反讽等手段增强文本的表现力和感染力。修辞的运用不仅能够美化语言，提高文本的艺术效果，还能深化主题，增强说服力。在文学作品中，修辞手法的巧妙使用可以增加作品的象征意义和深度，让读者在欣赏作品的同时体会到作者的深刻见解。在非文学文本中，如广告和演讲，有效的修辞同样能够吸引受众的注意，传达关键信息。

文体学还关注文本的结构组织和语篇特征，这包括章节的划分、情节的发展、论点的展开等。不同文体在结构上的差异反映了各自的表达需求和沟通目的。例如，小说往往通过复杂的情节结构和人物设定来构建一个虚构的世界，而学术论文则通过严密的逻辑结构来展示研究结果和论点。

（四）跨学科性

跨学科性在当代学术界被广泛认可和实践，尤其在文体学的研究方法中表现得尤为明显。文体学，作为一个研究文本如何通过其形式和内容来影响意义构建的领域，其研究方法跨越了语言学、文学、心理学等多个学科。这种跨学科的特性不仅丰富了文体学的研究维度，也推动了对文本理解深度和广度的扩展。

在语言学层面，文体学关注文本的语言特征，包括句法、词汇、语法等方面，试图揭示这些语言特征如何构成文本的风格和独特性。通过对文本语言特征的分析，文体学可以帮助我们理解不同文本风格背后的语言规律，以及这些风格如何影响读者的理解和感知。

在文学层面，文体学则更多关注文本的美学和叙事结构，包括叙述角度、情节发展、角色塑造等。这一维度的研究帮助揭示文本如何通过其叙事和结构来传达特定的主题和情感，以及这些元素如何共同作用于读者，引发共鸣或思考。

心理学在文体学的跨学科研究中起着至关重要的作用。通过心理学的视角，文体学探讨作者的创作意图和心理状态，以及读者对文本的解读和情感反应。这一过程不仅涉及文本内容的心理影响，还包括读者的认知结构、情感经历和社会文化背景如何影响他们对文本的理解和评价。心理学视角使文体学能够探究文本如何在心理层面与读者发生互动，如何触发读者的情感共鸣或认知反思。

除了上述学科，文体学的研究方法还涉及社会学、哲学、文化研究等领域。社会学视角帮助文体学研究者探讨文本如何反映和影响特定的社会现象和文化观念。哲学为文体学提供了深层次的思考框架，特别是在探讨文本的存在意义、美学价值以及语言和现实的关系方面。文化研究则强调文本与其文化背景的互动，探讨文本如何被不同文化解读和接受，以及如何在不同文化之间转化和传播。

文体学的跨学科研究方法使得它能够从多角度、多维度来分析和理解文本。这种方法不仅突破了传统学科的界限，提供了更为全面和深入的文本分析视角，而且促进了学科间的对话和融合。通过将语言学的精确分析、文学的美学审视、心理学的深层探究等多学科视角结合起来，文体学能够揭示文本在形式上和内容上如何与作者意图、读者解读，以及文化和社会背景相互作用。

在当代社会，文体学的跨学科研究方法具有特别的意义。随着信息技术的迅猛发展和全球化进程的加速，文本的创作、传播与接收变得越来越多样化和复杂化。网络文学、跨媒体叙事、数字化艺术等新形式的文本日益增多，这些新形式的文本不仅在传统的书面语言之外，还融入了视觉、声音、互动等多种元素，为文体学的研究带来了新的挑战和机遇。跨学科的研究方法成为理解和分析这些复杂文本不可或缺的工具。

在这样的背景下，文体学通过跨学科研究方法，可以更好地探索和理解文本在数字时代的新特性和新趋势。例如，通过结合心理学和社会学的视角，研究者可以探讨数字环境下的阅读行为如何影响人们的认知模式和社会互动；通过融合视觉艺术和语言学的分析，人们可以深入理解图文结合的网络文本如何创造新的意义和美学体验。

文体学的跨学科研究方法也对教育实践具有重要的启示意义。在教学中融入跨学科的文体学分析，可以帮助学生培养多元化的思维方式，激发他们对文本的深入理解和创造性思考。学生不仅能够学习到如何从语言、文化、心理等多个角度解读文本，还能够通过实践掌握如何运用这些知识来分析现实世界中的复杂现象。

跨学科性也为文体学的未来研究指明了方向。随着人工智能、大数据等新技术的应用，文体学的研究方法和研究对象将进一步拓展。人工智能不仅可以作为研究工具，帮助分析大量文本数据，还可能成为文本创作的参与者，这对文体学的理论和方法提出了新的挑战。同时，大数据的运用能够使文体学研究基于更广泛的文本样本和读者反馈，提高研究的广度和精度。

文体学的跨学科研究方法不仅展现了其理论和实践的丰富性和灵活性，也体现了其在应对当代社会文化变迁中的重要作用。通过跨越学科边界，文体学能够更全面地探索文本的多维度意义，更深入地理解文本与人类社会生活的复杂关系。在未来，跨学科的文体学研究将继续发展和深化，为我们提供更多关于语言、文化、认知和社会的洞见。

第三节　古典诗歌的语言特征与美学原则

（一）语言凝练

古典诗歌，作为文学史上瑰丽的珍珠，不仅承载了人类深邃的情感与智慧，还以其独特的语言特征和美学原则，历经世代，依然散发着无穷的魅力。

语言的凝练，是古典诗歌区别于其他文学形式的显著特点。在历史的长河中，无数诗人以其敏锐的观察、深邃的思考和卓越的才智，将浩瀚的宇宙、繁复的人生、细腻的情感，压缩成短小精悍的诗句。这种语言上的精练与凝练，既是对诗人言辞表达能力的极致挑战，也是其艺术创造力的最佳体现。在有限的字数中，诗人们需要精心选择每一个字词，确保它们既能独立发光，又能和其他字词相互辉映，共同构建出一幅幅意象丰富、寓意深远的画面。

这种对语言精练与凝练的追求，源自古典诗歌深厚的文化底蕴和独特的美学观。在古典诗歌中，语言不仅仅是表达思想感情的工具，更是构建艺术美感的载体。诗人通过对词汇的精挑细选、对句式的巧妙构造、对节奏的严格把控，使每一首诗都成为一个独立完整的美学世界。在这个世界里，形与意、声与色和谐统一，相得益彰。正如古代的诗论所言，好的诗歌应如“琼浆玉液”，凝练而不失醇厚，清丽而不乏深意。

古典诗歌的语言凝练还体现在其对意境的构建上。意境，作为东方古典美学的核心概念，强调的是诗歌中所营造的一种超越直接感受、含蓄而深远的艺术境界。诗人通过简约而精练的语言，激发读者的想象力，引导其心灵深处的情感共鸣，使读者能在诗的字里行间体会到一种无法用言语充分表达的美感和哲理。这种通过寥寥数语开启心灵深处感悟的能力，是古典诗歌最为神奇的魔力所在。

进一步说，语言的凝练与古典诗歌所追求的美学原则紧密相关。这些美学原则，无论是“言志抒怀”“情景交融”“韵律和谐”“意象生动”，都离不开对语言精练的严格要求。例如，“言志抒怀”讲究以最简洁的语言表达诗人的情志和哲思，而“情景交融”则要求诗人巧妙地将情感融入自然景象之中，用富有象征意义的景物来映射复杂的人心世界。这些原则不仅指导着诗人如何选择和排列每一个字词，更深层次地影响着诗歌整体的构思和布局。诗人通过对语言的精练、凝练，将个人的情感经历抽象化、普遍化，使之升华为具有普遍意义的艺术形象，让读者在共鸣中找到情感的寄托和精神的慰藉。

古典诗歌的语言凝练，还体现在对传统文化和历史的深入挖掘上。古典诗歌中充满了对祖国山河的赞美、对英雄人物的歌颂、对历史事件的回顾，以及对人生哲理的思考。诗人们常常通过对这些主题的深刻洞察，以及对相关文化符号和历史典故的巧妙运用，来丰富诗歌的内涵，使作品既有深厚的文化底蕴，又不失艺术的雅致和情感的真挚。这种深入浅出，既考验诗人对传统文化的理解和把握，也体现了古典诗歌语言凝练的魅力。

古典诗歌之所以能够成为人类文化宝库中的瑰宝，其关键在于其语言的凝练与美学原则的高度统一。这种统一使古典诗歌不仅在形式上达到了极致的精美，更在内容上表现出了深邃的哲思和丰富的情感。正是这种语言上的精练与凝练，使得每一首古典诗歌都如同一颗璀璨的明珠，即便经历了无数岁月的洗礼，依然能够散发出不朽的光芒，激发后人无尽的思考与感慨。

（二）韵律美

古典诗歌，自古以来便以其独特的韵律美和节奏感吸引着无数读者和诗人。韵律美，是古典诗歌中最为显著的特征之一，它不仅仅是诗歌形式上的装饰，更深层次地反映了诗人的审美追求和情感表达。古典诗歌通过韵律和节奏的美感，构建起一种音乐性，这种音乐性能够激发读者的情感共鸣，加深对诗歌主题和情感的理解。

在古典诗歌中，韵律的构成不仅仅局限于押韵的形式，还包括了音节的长短、重音的分布、停顿的安排，以及诗行和段落的结构等元素。这些元素的巧妙组合，赋予了诗歌独特的节奏感和音乐美，使得诗歌在朗诵时能够呈现出如同流水般自然流畅的音乐旋律。

韵律美的追求，是对古典诗歌美学原则的深刻体现。在古典诗歌的创作中，诗人不仅追求内容的深刻和形式的美观，更注重诗歌整体的和谐与统一。韵律和节奏的美感，正是这种和谐与统一的体现。它能够调动起读者的听觉享受，增强诗歌的感染力和表现力，使得诗歌不仅仅是一种视觉上的艺术，更是一种听觉上的艺术。

古典诗歌中的韵律美，是基于严格的韵律规则和节奏模式的。这些规则和模式的设定，既有助于维持诗歌的形式美感，也有助于诗人更好地表达情感和传达思想。例如，在中国古典诗歌中，诗人通过对平仄、声调、字数的精确控制，创造出朗朗上口、音韵和谐的诗歌。而在西方的古典诗歌中，押韵、格律诗的形式则通过重复和变化的音节，构建起一种节奏感，使得诗歌读起来既富有韵律美，又不失流畅自然。

韵律美的实现，还依赖于诗人对语言的深刻理解和巧妙运用。通过对词汇的精心挑选、对句式的巧妙安排，以及对声音的敏感把握，诗人能够在有限的语言范围内创造出无限的韵律变化和节奏感。这种对语言的精细雕琢，不仅提升了诗歌的艺术价值，也使得每一句诗句都充满了音乐性和表现力。

除了增强诗歌的音乐性，韵律美在古典诗歌中还承载着深层的文化意义和审美追求。古典诗歌通过韵律的精细构造，传递了诗人对于美的追求、对于自然和人生的感悟，以及对于文化传统的尊重和继承。这种通过韵律美实现的深层沟通，使得古典诗歌不仅抒发了个体情感，更传递了文化和审美价值。韵律美的存在，让古典诗歌成为连接过去和现在、沟通个体与宇宙的桥梁。

（三）意象运用

古典诗歌之美，不仅体现在其音韵的和谐与格式的严谨，更在于它那细腻入微的意象运用与深邃的象征意义。在古典诗歌中，意象不仅仅是自然景物或事物的简单描绘，它们承载着诗人的情感，寄寓着哲理，通过对外在世界的观察和内心世界的抒发，形成了一种独特的语言美和思想美。

古典诗歌的意象运用，通常都以自然界的景物为载体。山水、花鸟、风月无不可以成诗，这些自然界的元素不仅仅是为了描写景色本身，更重要的是它们背后所蕴含的深层意义。例如，春花常常象征着生命的勃发和希望的光明，秋月则往往寓意着寂寞和离愁。通过这样的象征，诗人能够传达更加复杂和深刻的情感和思想。

古典诗歌中的意象不仅限于自然景物，还包括了社会生活中的各种事物，如琴棋书画、宴饮离别等，这些都是诗人抒发情感、表达思想的工具。通过对这些事物的描写和象征，诗人可以把个人情感普遍化，提升到一种文化共鸣和精神追求的高度，让读者在共鸣中感受到生活的美好和哲理的深邃。

古典诗歌的意象运用，极富变化和想象力。诗人通过巧妙的比喻、拟人等修辞手法，让静态的景物变得生动起来，让简单的事物蕴含深刻的哲理。例如，杜甫《春夜喜雨》中的"好雨知时节，当春乃发生"，通过"好雨"喻指及时雨，不仅描绘了春雨带给万物生长的喜悦，也象征了适时的帮助与支持，寄寓了对生命力的赞美与对和谐社会的向往。

古典诗歌的意象运用，还体现在它的深层次的美学追求上。诗歌通过对意象的精心雕琢，追求一种"言外之意"，在简练的语言中蕴含着丰富的情感和深远的思想。这种"留白"的艺术，既体现了古典诗歌的含蓄美，又赋予了读者无限的想象空间，使得每一次阅读都能有新的感悟和发现。

古典诗歌的意象运用，不仅是诗人情感表达的工具，更是一种文化传承和美学追求的体现。在中国古典诗歌中，这种运用尤为显著，它不仅体现了诗人的审美情趣和哲学思考，也展现了一种深刻的文化内涵和精神追求。古典诗歌通过对自然景物的描绘，借助各种具象物品的象征意义，传达出诗人的思想感情，实现了由物及情，由景入心的艺术飞跃，这一过程中，意象的运用起到了至关重要的作用。

（四）情感真挚

古典诗歌作为文学史上的一座重要里程碑，其独特的语言特征与美学原则在世界文化中占据了不可替代的地位。古典诗歌之所以能跨越时空的限制，深受后人喜爱与推崇，很大程度上得益于其情感的真挚与细腻，这种情感的传达，不仅仅是诗人个人情绪的抒发，更是一种深入人心的艺术表现，它通过诗人的亲身经历或深入观察来达成，触及读者的内心，激发读者的情感共鸣。

在古典诗歌中，语言不仅仅是表达思想的工具，更是传递情感的载体。诗人们精心挑选每一个词汇，追求音韵的和谐与节奏的韵律，使得语言本身就充满了美感。这种对语言精细打磨的过程，不仅增强了诗歌的艺术表现力，也使得诗歌中的情感更加真挚与细腻。古典诗歌往往能够在极其有限的文字中，展现出无比丰富的情感色彩，这种能力来源于诗人对自然和人生的深刻洞察，以及对语言的精准掌控。

古典诗歌的语言特征与美学原则，在情感的真挚细腻、意境的创造、寓意的深远、形式和结构的精致等方面展现了其独特的艺术魅力。这些特征和原则不仅使得古典诗歌能够跨越时间和空间的界限，与不同文化和不同时代的读者产生共鸣，也为后世的文学创作和艺术实践提供了宝贵的启示和灵感。古典诗歌之所以能够成为人类共有的文化遗产，正是因为它们在表现形式上的精湛、在情感表达上的真挚，以及在思想深度上的丰富，共同构筑了其永恒的艺术价值。

（五）美学原则

古典诗歌，作为文化遗产的重要组成部分，不仅承载了历史与文化的厚重，也展现了深邃的美学追求，其语言特征与美学原则，是研究古典文学不可或缺的两个方面。在古典诗歌的创作与欣赏过程中，诗人追求的美学原则，如和谐与对比、简约与丰富、传统与创新等，不仅体现了古典诗歌的审美取向，也反映了诗人对于美的深层次探索与理解。

和谐与对比是古典诗歌美学原则中的重要组成部分。诗歌中的和谐体现在诗句的韵律、节奏，以及意象的匹配上，使得整首诗歌听起来悦耳动听，情感流畅。

而对比则常通过描绘自然景物的变化、对立情感的碰撞等手法实现，使得诗歌的意境更加深远，富有张力。这种和谐与对比的结合，使得古典诗歌既有吸引人的美感，又能深刻反映人生哲理与自然规律。

简约与丰富是古典诗歌追求的另一对矛盾统一的美学原则。简约不仅体现在语言的精练上，更体现在意境的营造上。古典诗歌往往用最简洁的语言表达最深远的意义，通过少量的笔触勾勒出丰富多彩的画面，让读者在精简的文字中感受到深邃的意蕴。而丰富则是指诗歌内容的多层次、意象的多样化，即在保持语言简洁的同时，通过丰富的想象力和深刻的思考，展现出生活和自然的无限风貌。

传统与创新是古典诗歌美学追求中的又一重要方面。古典诗歌深深植根于历史文化之中，诗人在创作中往往会继承和发扬传统诗歌的语言美、形式美，体现对前人成就的尊重和继承。同时，真正伟大的古典诗歌，往往也能在传统的基础上进行创新，无论是在诗歌的形式、风格，还是主题内容上，都能展现出新的思想、新的表现技巧，使得古典诗歌在传统与创新的碰撞中焕发出新的生命力。

在现代社会，古典诗歌的美学原则与语言特征仍然具有重要的价值。它们不仅对文学创作有着深远的影响，也为我们的审美观念和文化认知提供了重要的参考。通过学习和欣赏古典诗歌，我们可以更深入地理解人类的情感世界和美的追求，也能在这一过程中提升自己的文化素养和审美能力。

第四节　文体学视角下的古典诗歌分析方法

（一）文本结构分析

文本结构分析关注诗歌的外在形式与内在构造。中国古典诗歌形式多样，如五言、七言、律诗、绝句等，每种形式都有其特定的韵律和节奏。文体学视角下的分析，首先会从这些基本的形式入手，研究诗歌的韵脚、平仄、对仗等技巧如何服务于整体意境的营造和情感的表达。

文本结构分析还包括对诗歌内部结构的深入探讨。这不仅仅是诗句的排列顺序，更是诗歌如何通过起承转合的结构展现主题。在文体学的视角下，诗歌的每一句都不是孤立的，它们相互关联，共同构建起诗歌的主题和意境。通过分析这种内部结构，可以揭示诗人如何步步深入，逐渐展开自己的思想感情，以及这种展开方式如何影响读者的情感体验和理解。

古典诗歌，尤其是唐诗，以其严格的篇幅布局、行与句的安排闻名。唐诗大多遵循四言、五言或七言的格式，以偶数行构成一首，如五言绝句、七言律诗等。这种结构不仅要求诗人在有限的字数中准确传达情感和意境，还要求音韵搭配和谐、对仗工整。例如，杜甫的《春望》通过四言结构，以“国破山河在，城春草木深”开头，即在简练的篇幅中展现了国家的悲哀与自然的生机，反映了诗人复杂的情感。此外，诗歌的结构安排还能加深主题的表达，如李白的《静夜思》通过简洁的四句，形成了对家乡的深切思念，结构上的紧凑加强了情感的传达效果。

宋词更注重音乐性和情感的流畅表达，其行与句的安排更为灵活，词牌的使用增加了诗歌的变化和表现力。如苏轼的《江城子·密州出猎》运用特定词牌，通过不同长度的句子组织诗歌，使得情感表达更为丰富多变，从对自然景观的描绘到深层次的人生感慨，结构的变化增强了诗歌的情感深度和艺术魅力。

元明清时期的诗歌继承并发展了唐宋诗歌的传统，形式更为多样，情感表达也更加丰富细腻。在这一时期，古典诗歌不仅仅局限于传统的严格格律，而是在遵循传统的基础上，更加注重个性化的情感表达和创新的艺术探索。明清时期的诗人如杨慎、袁枚等，在继承传统的基础上，不断尝试新的表达方式，使得诗歌的结构和内容更加丰富多样，反映了更加广泛的社会生活和个人情感。

从文体学的视角分析，中国古典诗歌的结构不仅仅是一种外在形式的约束，而且是诗人传达意象、情感和思想的有力工具。诗歌的结构，包括篇幅布局、行与句的安排，乃至韵律和对仗，都是诗人精心设计的，旨在通过这种严格的形式，来达到言简意赅、情深意长的艺术效果。例如，唐诗中的对仗工整不仅满足了音韵的和谐，还加深了诗歌的意境，使得读者在享受音乐美的同时，也能感受到诗人深层的情感和思想。

（二）语言特征分析

在文体学视角下，古典诗歌的分析方法着重于如何通过语言特征，包括词汇选择、句法结构和修辞手法来揭示诗歌的美学价值和深层意义。这种分析方法不仅关注诗歌的形式美，还探究这些形式是如何与内容相互作用，共同构建出诗歌独有的情感和思想。

词汇选择是古典诗歌分析中的基础层面。在中国古典诗歌中，词汇的精练和深刻含义是其鲜明特点之一。例如，唐代诗人杜甫的《春望》中，“国破山河在，城春草木深”两句，简洁的词汇不仅描绘了战争后自然景观的哀愁，同时也暗含了国家分崩离析后人民的无限哀思。这种经过精心挑选的词汇，以其独特的文化和情感色彩，增强了诗歌的表达力和感染力。

句法结构在古典诗歌中同样占据着重要地位。句法不仅涉及诗句的组织和排列，还包括对比、排比等结构形式的运用，这些都是诗歌构建节奏和增强表现力的重要手段。如，李白的《静夜思》利用简洁的句式结构，营造出深远的意境和浓厚的思乡情绪。该诗通过对比“床前明月光”与“举头望明月，低头思故乡”的景象，巧妙地表达了诗人的孤独和乡愁。

修辞手法是古典诗歌语言特征分析中不可或缺的部分。在中国古典诗歌中，运用比喻、拟人、反复等修辞手法极为常见，这些手法能够使诗歌的表达更为生动和富有想象力。以苏轼的《江城子·密州出猎》为例，其中的“老夫聊发少年狂，左牵黄，右擎苍”，通过拟人和比喻的手法，生动描绘了诗人对于过去岁月的怀念和对自由生活的向往，从而引发读者的情感共鸣。

通过对古典诗歌中词汇选择、句法结构和修辞手法的细致考察，我们能够深入理解诗歌的美学特质和丰富内涵。这些语言特征不仅体现了诗人的艺术修养和审美追求，也为我们提供了一种透视古代社会文化和人文情怀的独特视角。通过这种分析方法，古典诗歌不再是孤立的文本，而是一座连接过去与现在、连接个体情感与文化传统的桥梁，让我们能够更加深刻地体会到其独特的艺术魅力和历史价值。

（三）意象与象征分析

在诗歌的审美领域，意象与象征是传达深层主题和情感的两大关键元素。它们不仅仅是文本的装饰，而且是诗歌表达的核心，是诗人通过语言构建的一座桥梁，连接着现实与想象、表面与深层、直接与间接。通过对意象与象征的深入解读，我们能够更加丰富地理解诗歌的内涵，感受到诗歌独有的美学魅力和情感力量。

意象作为诗歌中的一种直观形象，它通过诗人精心挑选和布局的具体事物、场景或动作，为读者提供了一种直接的感官体验。这些意象往往超越了它们字面上的含义，通过寓意或暗示，引发读者的联想和思考，使诗歌的意义层层深入。比如，夜晚的星空、清晨的露水、秋天的落叶，这些都是常见的意象，它们不仅仅代表自然界的某一景象，更隐含了时间的流逝、生命的脆弱、希望与梦想等更加深远的意义。

象征则是意象的深化和延伸，它通过一些特定的事物或符号，代表或暗示了某些抽象的概念、情感或主题。象征的使用，使诗歌具有了更加广阔的意义空间，让读者在理解诗人直接表达的同时，还能够探索更多隐含的深层含义。例如，鸽子常被用作和平的象征，而蛇往往代表诱惑或邪恶。在诗歌中，这些象征的使用，不仅增强了文本的意象美，也深化了主题的探讨。

意象和象征在诗歌中的运用，也反映了诗人的世界观和价值观。通过对特定意象和象征的选择和布局，诗人传达了自己对生命、自然、社会和人性的认识和感受。这些意象和象征成了诗人与读者之间沟通和交流的桥梁，使得诗歌不仅仅是一种文学创作，更是一种情感共鸣和精神对话的平台。因此，深入分析诗歌中的意象与象征，对于理解诗人的创作意图，感受诗歌的美学价值和情感深度具有不可替代的重要性。

诗歌通过意象和象征构建的意义网络不仅丰富多维，而且层次分明，它们之间既有直观的感官联系，也有深层的思想情感联系。

意象与象征的深入分析还能帮助我们理解诗歌如何在历史和文化的语境中生成意义。不同的文化背景和历史时期赋予了相同意象和象征以不同的含义，诗人的个人经历和情感状态也会影响这些元素的选用和表达。因此，通过对诗歌中意象与象征的分析，我们不仅能够窥见诗人的内心世界，也能够理解诗歌与其社会文化背景之间的深刻联系。

诗歌中的意象与象征还具有极强的传达力和感染力。它们能够跨越语言和文化的障碍，直击人心，触发普遍的情感共鸣。这是因为意象与象征往往触及人类共有的经验和情感，如生与死、爱与恨、希望与绝望等。这种跨文化的通达性使得诗歌成了连接不同人群、传递人类共同情感的桥梁。

（四）韵律与音乐性分析

诗歌的韵律与音乐性是其吸引力和艺术魅力的核心所在，不仅仅因为它们为文本增添了美感，更因为它们能够在读者或听者的内心激起深层的情感共鸣。诗歌的韵律模式、押韵结构和节奏变化共同构成了一种无形的音乐，它能够跨越语言的表面，触及人类情感的深处。

韵律模式是诗歌音乐性的基础，它通过有规律的音节强弱变化，构建出一种旋律。这种旋律可以是平稳的，如同平缓的流水，也可以是跌宕的，如同崎岖的山路，它们各自代表了不同的情绪和气氛。例如，五言绝句通常给人以简洁、平和的感觉，而七言律诗则因为其较长的线条，往往给人以更为宏大或悠长的印象。通过韵律模式的变化，诗人能够在无声之中传递出响亮的情感。

押韵结构则为诗歌增添了一种听觉上的美感。押韵可以是简单的尾韵，也可以是复杂的串联韵或交叉韵，它们在诗行的末尾形成了一种期待与满足的律动，给读者带来了音乐上的享受。更重要的是，押韵的使用往往与诗歌的主题和情感紧密相连，通过押韵的强调，可以使某些关键词汇或概念在读者的心中留下更深刻的印象，从而增强了诗歌的表达力。

节奏变化是诗歌音乐性中的高级技巧，通过调整音节的长短和停顿的位置，诗人能够在诗歌中创造出丰富多样的节奏感。这种变化不仅仅是为了形式上的美感，更重要的是，通过节奏的变化来模拟自然界的声音，如流水、风声、雨滴等，或是模拟人的情感波动，如兴奋、沉思、悲伤等。通过精心设计的节奏变化，诗歌能够更直接地触及读者的情感，激发共鸣。

韵律与音乐性是诗歌不可或缺的元素，它们通过增强诗歌的节奏感、和谐感和情感深度，使诗歌成为一种独特的艺术形式。通过研究诗歌的韵律模式、押韵结构和节奏变化，我们不仅能够更加深入地理解诗歌的结构和形式，更能够体会到诗歌独特的音乐美和艺术魅力。在这个过程中，诗歌的音乐性元素不仅增强了作品的感染力，也丰富了读者的阅读体验，使诗歌的魅力跨越文化和语言，触动人心。

（五）文化与历史背景考量

历史与文化背景对诗歌的主题、风格乃至诗人的创作动机都有着不可忽视的影响。通过分析这些因素，我们能更深刻地理解诗歌如何反映和塑造了其所处时代的文化价值观。

诗歌作为文学的一种形式，是文化传达的重要载体。每一首诗歌都植根于其特定的文化与历史土壤之中，无论是古希腊的史诗、中国唐代的诗歌，还是现代西方的自由诗，它们都深深镌刻着各自时代的文化印记。诗人的创作动机往往源自对所处时代文化现象的观察与思考，这种动机可能是赞美、批判、记录或是对未来的憧憬。例如，古希腊的荷马史诗反映了英雄主义文化，唐代杜甫的诗歌则透露了对社会现实的深刻关怀。

时代背景对诗歌的主题和风格影响深远。不同历史时期的社会状况、文化氛围，甚至政治变革都会深刻地影响诗歌的创作。例如，欧洲中世纪的宗教诗歌反映了那个时代人们对宗教的虔诚，而浪漫主义时期的诗歌，则显示了人们对个人情感的强调和对自然的热爱。时代背景不仅塑造了诗歌的主题，也影响了其风格。比如，现代主义诗歌在形式上的实验性和断裂，反映了现代社会的复杂性和不确定性。

诗歌通过其独特的艺术形式反映了所处时代的文化价值观。诗歌中的象征、比喻、暗喻等修辞手法，以及对特定主题的选择，都是诗人对时代文化价值观的反映和评述。这些文化价值观包括对美、善、真的追求，对自由、正义的呼唤，对传统与现代的冲突与融合，等等。通过诗歌，我们能窥见历史的流变，感受时代的脉搏，理解不同文化背景下人们的生活方式、思想观念和情感表达。

诗歌还能塑造和推动文化价值观的发展。许多伟大的诗歌作品都具有开创性，它们不仅反映了所处时代的文化状态，也推动了文化的进步和变革。例如，19世纪的浪漫主义诗歌推崇自然和个人情感，影响了后世的文学、艺术甚至哲学思想。20世纪的现代主义诗歌，在形式和主题上的革新，促进了文学和艺术的多样化发展。

诗歌与其背后的文化与历史背景密不可分，这种关系不仅体现在诗歌内容的选择和表达上，还深刻影响着诗歌的创作动机和风格发展。诗人通过其作品，不只是简单地记录或反映现实，更重要的是，他们通过对特定时代背景下的文化价值观的探讨和表达，参与到了这一时代文化的塑造和推进中。

在民族危机的历史时刻，诗歌往往承载着激发民族精神、凝聚人心的重要使命。在文化冲突和交融的背景下，诗歌又能成为不同文化之间对话和理解的桥梁。通过这样的方式，诗歌不仅记录了历史，更在某种程度上影响和塑造了历史的进程。

第二章 先秦时期的诗学思想

第一节 《诗经》的文体与美学

（一）文体多样性

《诗经》作为中国最早的诗歌总集，不仅在中国文学史上占据着举足轻重的地位，更在世界文化遗产中独树一帜。它的出现，不仅反映了先秦时期的社会现实和精神风貌，更以其独特的文体多样性，为后世的文学创作和文化发展奠定了深远的影响。《诗经》的文体多样性，体现在风、雅、颂三大类诗歌中，它们涵盖了自然风光、社会生活、人伦情感等丰富主题，展现了当时社会的多面性和人们内心的复杂性。

风诗作为《诗经》的重要组成部分，它起源于各地的民间歌谣，后被收入《诗经》,成为官方文学的一部分。风诗通常描绘了当时的自然风光和社会生活，如《周南·关雎》以其柔美的笔触描述了男女之间纯真的爱情，而《豳风·七月》则反映了农民对于丰收的期盼和喜悦。风诗不仅展现了当时社会的风俗习惯，更体现了人们对于自然和社会生活的真切感受，其语言朴实自然，情感真挚深刻，具有很高的艺术价值和历史价值。

雅诗主要是宫廷宴享或朝会时的乐歌，分为大雅和小雅。雅诗的内容更偏向于表达对祖先的敬仰、对国家的忠诚，以及社会秩序的维护。如《大雅·文王》中对周文王的颂扬，不仅展现了对先祖的敬仰，也表达了理想的政治理念和社会秩序。雅诗的语言较风诗更加严谨华丽，体现了古人对于文化传统和社会规范的尊重，对于国家和民族未来的期许。

颂诗则是对天子、宗庙祭祀的舞曲歌辞，包括周颂、鲁颂、商颂等，主要是对先王和神明的赞美之词。颂诗通过对祖先和天地神灵的颂扬，体现了古代人对于宇宙和生命的敬畏，以及对于社会秩序和伦理道德的坚守。颂诗的语言雄浑庄严，充满了仪式感，反映了当时社会对于权威和神圣的尊重。

《诗经》的文体多样性不仅展现了丰富多彩的社会生活和深刻的人文关怀，更反映了古人在艺术创作上的高度自觉和创新精神。通过风、雅、颂的不同文体，《诗经》构建了一个多维度的文化空间，不仅为我们提供了了解先秦时期社会风貌的窗口，也为后世的文学创作提供了丰富的素材和灵感。在后世的文学发展中，无数文人墨客从《诗经》中汲取养分，将其精神内涵和艺术形式发扬光大，使得《诗经》的影响力贯穿了整个中华文明的发展过程。

《诗经》的文体多样性不仅是其艺术魅力所在，也是其历史价值的重要体现。通过风、雅、颂三种不同的文体，《诗经》展现了先秦时期社会的全貌，从宫廷到乡村，从神庙到田野，无不涵盖，形成了一个立体的社会和文化景观。这种多样性使得《诗经》成为研究中国古代社会历史、文化、哲学、伦理，以及宗教信仰的宝贵资料。学者们通过对《诗经》的研究，可以窥见中国古代人的生活状态、社会观念、价值取向，以及审美趣味，对理解中国古代的社会结构和文化传统具有不可替代的作用。这种多元并存的文化特性，不仅反映了中国古代社会的复杂性，也预示了中国文化的开放性和包容性，对后世多元文化的融合与发展产生了积极影响。

《诗经》在艺术表现上的创新和探索，对后世文学艺术的发展产生了深远影响。《诗经》中的许多艺术技巧，如对偶、比喻、象征等，都成为后世诗歌创作的重要手段。其简练而富有韵味的语言，深刻而充满想象的意象，以及情感真挚而不失典雅的表达，都被后世的文人墨客借鉴和发扬，成为中国古典文学的重要特色和魅力所在。可以说，《诗经》不仅是中国文学宝库中的瑰宝，更是世界文化遗产的重要组成部分。

（二）言简意赅

作为中国古代文学的瑰宝，《诗经》的语言之所以能够言简意赅，首先源于其形式上的严谨与约束。这些诗歌多采用四言、六言的格律，简洁而富有节奏感，每个字、每句话都要精心挑选和安排，以确保语言的凝练与力度。在这样的形式约束下，诗人不得不剔除所有冗余的词汇，只留下最能代表情感和意境的精华，使每一篇诗都如同一颗璀璨的宝石，经过精雕细琢，散发出迷人的光芒。

《诗经》中的意象丰富，是其言简意赅的又一表现。古人通过观察自然界和社会生活，提炼出了大量生动的意象来表达情感和哲理。比如，《关雎》中的“关关雎鸠，在河之洲”，以雎鸠之情喻人之情，借助鸟类的行为来寄托人的感情，既表现了男女之间纯洁美好的爱情，又反映了古人对和谐家庭的向往;《桃夭》中的“桃之夭夭，灼灼其华”，则以桃花的娇嫩和盛开来比喻少女的美丽与生机勃勃，寓意着婚姻的美好与幸福。这些意象虽然简单，但背后蕴含的情感和思想却是深远而复杂的，使得《诗经》的语言既简洁又富有深度。

《诗经》的言简意赅还体现在其善于利用对仗、比兴等手法，使诗歌的语言既准确又生动。对仗工整，让诗歌的结构更加严密，易于朗读和记忆。而比兴则让诗歌的意象更加生动，情感更加丰富。这些技巧的运用，让《诗经》的语言虽简单，却能够深刻地表达诗人的情感和思想，传递给读者强烈的视觉和情感体验。

用简洁的语言表达丰富而深刻的意义，是《诗经》诗歌的显著特点之一。《诗经》的诗歌大多短小精悍，语言朴实无华，但每一句话都能引人深思，寓意深远。这种表达方式要求诗人在创作时精练字词，去除所有非必要的修饰，力求以最少的文字达到最丰富的表现效果。这不仅考验了诗人的语言功底，也体现了古代诗歌对于言辞经济的高度重视。

《诗经》中的诗歌广泛涉及政治、社会、爱情、婚姻、劳动、战争等多个方面，表现了当时社会的生活面貌和人们的精神追求。在表达这些主题时，《诗经》往往采用了充满象征意义的意象，通过具体的自然景物或日常生活细节，隐喻更为复杂深刻的主题。例如，通过描绘植物的生长状态来寓意人的成长过程，或是通过描述自然景象来反映人的情感变化。这些意象虽然简洁，但能激发读者的无限联想，从而达到言之有物、意蕴无穷的艺术效果。

（三）音乐性强

《诗经》在音乐史上占据着不可忽视的地位。这部古老的诗歌集合体现了中国古代社会的风俗、观念和情感，而音乐性是理解它魅力的关键之一。《诗经》的诗歌与音乐的紧密结合，不仅展现了古代诗歌的韵律美和节奏感，也反映了古代人民的生活情感和宇宙观，是古代文化艺术交融的典范。

音乐与诗歌的结合，在《诗经》中体现得淋漓尽致。古代的诗歌往往伴随着音乐演唱，这种演唱不仅是声音的表达，更是情感和意境的传递。《诗经》的诗篇大多采用四言或六言，这种简练的形式非常适合歌唱，其韵律感和节奏感强，能够很好地与音乐相结合。音乐的旋律与诗歌的内容融为一体，使得每一首诗都能触动人心，传达更深层次的情感。

《诗经》中的很多诗篇都有固定的韵律模式，这些韵律模式与音乐的旋律相结合，创造出一种独特的艺术效果。这种艺术效果不仅能够增强诗歌的表现力，也使得诗歌更加易于传唱，从而在民间被广泛流传。

《诗经》的音乐性不仅体现在其诗歌的形式和内容上，还体现在它所采用的音乐理论上。中国古代的音乐理论与诗歌创作紧密相关，许多诗歌创作都遵循着特定的音乐节奏和韵律规则。这种规则的存在，使得《诗经》的诗歌既能够独立为文学作品欣赏，也能够与音乐结合，成为歌曲演唱。

《诗经》中的音乐性还体现了古代社会的等级和仪式感。音乐和诗歌在宫廷仪式、宗教活动，以及日常生活中占据了重要的地位。在这些场合中，音乐和诗歌的结合不仅用于表达情感，还承担了教化、祈祷和交流的功能。例如，《诗经》中的《王风》《鄘风》等部分，通过描绘王室生活和贵族情趣，反映了音乐和诗歌在当时社会中的重要作用，同时也映射了当时的社会结构和人民心态。

《诗经》的音乐性影响了中国传统音乐和现代音乐的发展。《诗经》中的许多旋律形式和韵律形式，被后世的艺术家们借鉴和发展，成为中国音乐艺术宝库中的重要组成部分。

通过诗歌和音乐的结合，《诗经》不仅为我们提供了一扇窥视中国古代社会生活的窗口，也为我们留下了一份珍贵的精神遗产。无论是其深邃的哲学思想、丰富的情感表达，还是独特的艺术形式，都使《诗经》成为跨越千年的艺术瑰宝，不断地吸引着人们去研究、欣赏和传唱。

（四）教化与批评

《诗经》是一面深刻反映先秦时期社会生活、风俗习惯、思想观念和道德规范的镜子。《诗经》中的诗歌，以其独特的艺术魅力和深邃的思想内容，成了传递道德观念、批评时政的有力工具，体现了其深远的社会价值和教化功能。

《诗经》通过诗歌传达道德观念，体现了其教化的社会功能。在《诗经》中，许多诗歌都蕴含着丰富的道德哲理和人生智慧，如忠诚、孝顺、谦虚、节制等传统美德，这些诗歌通过生动具体的情境描绘和情感表达，深入人心，对读者进行道德启迪和心灵熏陶。例如，《诗经》中的《关雎》表达了对纯洁爱情的向往和赞美，反映了人们对美好感情的追求和珍视；《卫风·淇奥》则借助对自然景物的描绘，寄寓了人们对节操和清白的崇尚。这些诗歌不仅在形式上具有很高的艺术成就，更在内容上承载了深刻的道德教育意义，对后世产生了深远的影响。

《诗经》中的诗歌也承担了批评时政的社会功能。《诗经》收录了大量反映社会矛盾、批评统治阶级的诗歌，这些作品直面社会现实，以诗歌的形式表达了人民的疾苦和对不公不义的强烈抗议。例如，《豳风·七月》通过描述民众在战乱中的苦难生活，反映了战争给人民带来的灾难；《魏风·硕鼠》则用讽刺的手法，批评了当时的贪婪统治者，表达了人民对社会不公的愤慨。这些批评性的诗歌不仅展现了诗人敏锐的社会观察力和深刻的思想感悟，也体现了《诗经》作为社会良心的历史使命，对促进社会公正和道德进步具有积极作用。

《诗经》作为中华文化的瑰宝，不仅因其艺术价值，更因其深远的社会和教化意义而备受尊崇。它通过诗歌传达道德观念、批评时政，促进社会稳定与道德进步，反映了先秦时期的社会思想和文化，对后世文学和道德建设产生深刻影响。《诗经》的教化与批评功能体现了诗人的社会责任感和文学的社会发展作用，其道德观念和艺术表现跨越时代，持续启迪人心，成为中华优秀传统文化的重要组成部分，对全球文化发展产生持久影响。

第二节 屈原与楚辞的象征主义

（一）个性鲜明的诗人

屈原，古代楚国的贵族出身，被誉为“楚辞”的代表人物，他的作品不仅情感丰富、想象力惊人，而且展现了浓郁的个性色彩和深刻的思想内容。屈原的诗歌不仅是中国文学史上的瑰宝，也是世界文化遗产的宝贵组成部分，其独特的文学风格和深邃的哲理思想，跨越千年依然对后世产生着深远的影响。

屈原生活在战国时期，这是一个政治纷争和社会动荡的时代，但也是文化艺术异常繁荣发展的时期。在这样一个时代背景下，屈原作为楚国的高级官员，他的政治理想是恢复楚国的昌盛与统一，然而现实的政治斗争和国家的衰败使他倍感痛苦。这种痛苦和挫折，转化为他作品中强烈的个性表达和情感抒发，形成了独特的文学风格和思想深度。

《离骚》是一部篇幅庞大、意象丰富的长诗，它不仅表达了屈原对于个人命运的感慨，更融入了屈原对于理想国家的追求和对人民的深情厚爱。在《离骚》中，屈原通过对自然界和神话传说的描绘，构建了一个充满奇幻色彩的世界，这不仅展现了他非凡的想象力，也反映了他想要逃离现实束缚、追求理想境界的强烈愿望。屈原的诗歌中充满了对理想的追求和对现实的批判，他通过自己的作品传达了对社会不公和政治腐败的强烈不满，展现了作为诗人的社会责任感和历史使命感。

除《离骚》外，屈原还有多部作品流传至今，如《九歌》《天问》等，这些作品同样展示了屈原丰富的情感和想象力。在《九歌》中，屈原通过对楚地民间祭祀仪式的描写，表达了对神灵的崇拜以及对人类命运的思考。《天问》则以一种独特的问答形式，提出了一系列关于宇宙、人生和社会的深刻问题，体现了屈原对知识的渴望和对世界的好奇心。

屈原以其艺术成就和高尚情操受到后世崇敬，其作品深植于中国传统文化，融合楚地民间传说与自然景观，展现了独特的文化风貌和审美情趣。作为一个情感丰富、想象力卓越的诗人和思想家，屈原将个人命运与民族兴衰相连，创造了独树一帜的文学体系。他的作品中蕴含的爱国情怀和创新精神成为中国文学的永恒主题，其个性鲜明的诗歌不仅跨越时空，还激励着后世文人追求理想、反思现实，屈原的精神和作品已成为中华民族文脉中不可或缺的一部分。

（二）象征手法的运用

楚辞以其独特的艺术魅力和深刻的思想内容在文学史上占据重要地位，其运用象征手法，如神话元素，丰富了诗歌的表现形式并深化了作品内涵，为作品增添了无限想象和深远意蕴。楚辞作家通过神话故事等象征物，表达了对生命、自然、社会和理想的深刻感悟，展现了古代文人的情感和精神追求，其中屈原的《离骚》便是借神话故事表达政治理想和对自然宇宙的崇敬之情的典范。

楚辞中自然景象如山水风云不仅是背景，更象征了诗人对自然的敬畏、人生命运的感慨和理想世界的向往，如山代表坚定理想，水象征生命与情感。动植物也富含象征意义，如鸟兽代表情感和命运，芳草象征生命脆弱和人世无常。这些象征手法构建了神话般的理想世界，增强了诗歌意境，深化了思想内容，使楚辞成为传达古代文人情感和哲理探索的重要载体，具有时代特色和普遍意义。

楚辞通过象征手法创造了一个神话般的理想世界，不仅增强了诗歌的意境和深度，也使其成为传达古代文人情感和哲理的重要载体。这些作品的艺术美感和丰富象征意义，让读者在欣赏的同时能深入思考，实现与古代精神世界的沟通。楚辞中的自然景观和文化元素体现了作者的想象力和对楚地文化的深刻理解，传递了对自然、生命和理想的崇敬与追求。

楚辞作品广泛运用象征手法，不仅展现了诗人的高超艺术技巧和深邃的思想情感，也使楚辞成了中国古代文学宝库中的璀璨明珠。这些作品跨越千年，依然能够触动现代人的心灵，激发读者对生命、自然和宇宙的深刻思考，体现了楚辞作品的永恒魅力和价值。在当今快速变化的世界中，楚辞中那些关于生命、自然和理想的探索和思考，依然具有重要的启示和价值，值得我们去细细品味和深入研究。

（三）浪漫主义精神

屈原是中国战国时期楚国的贵族政治家、文学家，因其非凡的政治理想和才华而被后世广泛记忆。楚辞作为屈原及其他楚地文人作品的总集，其内容丰富，风格奇特，充满了浓厚的浪漫主义色彩。屈原的作品通过对美好理想的追求和个人情感的抒发，展现了其深刻的理想主义倾向，这一点与欧洲浪漫主义运动中的核心思想不谋而合。

《离骚》这一代表作，还体现了浪漫主义对自然的崇拜。在楚辞中，自然不仅是诗人情感表达的背景，更是与人类情感相互交融的生命共同体。屈原将自己的情感与山川、云雾、鸟兽、植物等自然元素紧密相连，通过对自然景象的描绘抒发个人的孤独、忧愁和对美好世界的向往。这种对自然界深刻感悟和情感融合的表达方式，预示了后世浪漫主义文学中“回归自然”的主题。

屈原作品中的个人主义色彩也与浪漫主义精神相契合。在当时以集体为重的社会背景下，屈原敢于表达个人的痛苦与抗争，强调内心情感的真实性和重要性。他不畏权贵，坚持自我，即便是面对流放和孤立，也从未放弃过对理想的追求。这种坚持自我、追求内心真实的态度，是浪漫主义对个人主义重视的直接体现。这些元素不仅预示了后世欧洲浪漫主义运动的核心价值，也对后世文学艺术的发展产生了深远的影响。

浪漫主义精神的一大特点是反传统和反理性，主张以情感和直觉为主导。在屈原的作品中，这种反传统的倾向表现得尤为明显。他在《九歌》中，通过祭祀的形式，表达对传统礼教的不满和对自由情感的赞美。在《天问》中，则通过连续的问句，对传统神话和历史进行质疑，展现了对宇宙和人生意义的探索，这种探索精神与浪漫主义对未知的好奇和对自我认识的追求不谋而合。

屈原的诗歌展现了浪漫主义对个性强调的特点，通过创造“楚辞”这一文学体裁，他以华丽的语言、丰富的想象力和深沉的情感，留下了独特的个人印记。他的创作不仅在当时创新，也推动了文学表现形式的多样化。屈原不屈不挠的反抗精神和批判精神，对不公的现实提出批判并憧憬理想社会，体现了浪漫主义文学中对社会不公的敏感和不满。屈原及其楚辞超越时空，成为世界文学宝库中的瑰宝，提供了艺术探索人性、表达自我和反抗不公的范例，展现了浪漫主义作为一种文化态度和生活方式，鼓励追求真实自我和生命意义的探索。

（四）深邃的哲理思考

楚辞的哲学思考主要体现在对宇宙观、人生观和价值观的探索上。在宇宙观方面，楚辞作品展现了一种对自然和宇宙的深刻感悟和敬畏。《离骚》中，屈原以其独特的视角，描述了天地间的广阔、星辰的遥远、山川的壮丽和海洋的辽阔，表达了对宇宙奥秘的探索和对自然之美的赞美。这不仅仅是对自然景观的描绘，更是一种对宇宙根本法则的思考和感悟。

在人生观方面，楚辞表达了对人生命运、理想与现实之间矛盾的深刻理解和感慨。屈原的作品中充满了对理想的追求和对现实的不满，通过对个人遭遇的反思，展现了一种对人生意义和价值的深层次探讨。《离骚》中，屈原对自己的追求和理想进行了激情的表达，同时也表现出了其对个人命运的无奈和对社会现实的批判。这种对人生的深刻反思，使得楚辞不仅仅是文学作品，更是一种哲学思考的体现。

在价值观方面，楚辞反映了一种超越现实的精神追求和高尚的道德理想。在当时社会动荡、道德沦丧的背景下，楚辞通过对理想境界的描绘和对美德的赞扬，表达了对高尚人格和精神价值的追求。这种价值观的探讨，不仅体现了作者对于个人道德修养的重视，也反映了对社会和谐与人类理想状态的向往。

楚辞中所蕴含的哲学思考，不仅仅是屈原个人情感的抒发，更是对人类共同问题的思考。通过象征、隐喻和寓言等文学手法，楚辞将哲学思考巧妙地融入文学创作中，使得这些作品既有很高的艺术价值，也有深刻的哲学意义。这种深邃的哲理思考，跨越了时间和空间的限制，成为中华文化宝库中的瑰宝，至今仍然对后世产生着深远的影响。

（五）开创性的文学形式

楚辞不仅是中国文学史上的一座重要里程碑，也是先秦时期文学中一种开创性的文学形式。这种独特的文学形式，由屈原等诗人所创，以其鲜明的个性和深远的影响力，成为中国古典文学的珍贵遗产。楚辞的诞生，不仅开创了文学史上的新篇章，也为后世的文学发展和文化交流提供了宝贵的素材和灵感。

楚辞之所以能够成为开创性的文学形式，首先是因为它的内容和风格都具有明显的创新。与当时的其他文学作品相比，楚辞在表达方式和思想内容上都显示出了极大的独创性。屈原通过楚辞传达了他对政治的深刻洞察、对理想的追求，以及对个人命运的深沉反思，这些主题在先秦文学中是罕见的。楚辞中的《离骚》更是被认为是中国文学史上第一篇表现个人情感和抒发政治志向的长诗，它以独特的艺术风格和深邃的思想内容，开启了中国抒情诗歌的先河。

楚辞的象征手法和浪漫主义色彩也是其成为开创性文学形式的重要原因。楚辞中充满了丰富的象征意象和比喻，这些独特的表达手法使得作品具有了深厚的意蕴和广阔的想象空间。通过对自然景物的描绘和借助神话传说的元素，屈原等诗人成功地表达了复杂的情感和抽象的思想，这在当时的文学中是前所未有的。此外，楚辞中的浪漫主义倾向，如对理想的追求、对自然的热爱，以及对个人情感的深刻描绘，也预示了后世浪漫主义文学的发展方向。

楚辞对后世文学的影响是深远和多方面的。首先，在文学形式上，楚辞的开创性为后世的文学作品提供了新的表现手法和思想内容的可能性。诸如魏晋南北朝的诗歌、唐宋的诗词歌赋，乃至明清的小说，都可以找到楚辞影响的痕迹。其次，在文学理论上，楚辞中的象征手法和对情感的深刻探索，为后世文学理论的发展提供了重要的思想资源。特别是在中国古典诗歌的象征传统和浪漫主义倾向上，楚辞的贡献不可估量。

第三节　先秦诸子对诗的观点

（一）儒家的诗学思想

儒家诗学思想，以《论语》为代表，构筑了一套深刻的文化理论体系，其核心在于强调诗歌的道德教化功能。在儒家看来，诗不仅仅是文字和语言的艺术表达，更是传递道德理念、教化人心、涵养德行的重要手段。《论语》中有“诗三百，一言以蔽之，曰：思无邪”之语，这表明儒家认为诗歌应当承载着纯真无邪的思想，通过其内含的道德智慧影响人，引导人向善。

孔子提倡通过诗歌教育来培养人的道德情操，他认为诗歌能够感动人心，启迪智慧，明辨是非，增进个人的道德修养。在孔子的教育实践中，诗歌是不可或缺的一部分。他鼓励学生阅读《诗经》，并通过对诗歌的学习、理解和感悟，来培育自身的道德品质和审美能力。孔子自己也通过编纂《诗经》，将其作为传授道德和文化的工具，这体现了儒家将诗歌视为传递道德和文化价值的重要载体。

儒家诗学思想中还蕴含着对人性、情感，以及社会现实的深刻洞察。儒家认为，诗歌能够表达人的情感，反映人的内心世界，同时也能够呈现和批判社会现实。通过对诗歌的创作与欣赏，人们能够达到情感的宣泄和心灵的净化，从而促进个体的道德完善和社会的和谐发展。

儒家诗学思想也强调诗歌教育的普遍性和平等性。孔子认为，诗歌教育不应仅限于社会的精英阶层，而应面向所有人。这种思想体现了儒家对于文化普及和教育平等的追求，认为每个人都有通过诗歌教育获得道德提升的可能性和权利。

儒家的诗学思想深刻地揭示了诗歌与道德、情感、社会之间的内在联系，强调了诗歌在人的道德教化和文化传承中的独特作用。通过诗歌的学习和欣赏，人们可以获得道德启迪，情感陶冶，进而促进个人修养和社会和谐。儒家诗学思想不仅丰富了中国古代文学理论，也为后世提供了宝贵的文化遗产和精神资源。

（二）道家的诗学观点

道家诗学观点是中国古代文学理论中的一个独特现象，它根植于道家哲学的深层土壤之中，尤其体现在老子和庄子的思想之中。道家的核心思想是“道法自然”，即万物都应遵循自然的法则而存在，这一观点对道家的诗学观念产生了深刻影响。

老子，道家学派的创始人之一，其著作《道德经》虽非专论诗学，但其中洋溢着深邃的哲学思想和精练的言辞，对后世诗歌创作产生了不可忽视的影响。老子强调“无为而治”，主张顺应自然的规律，不强求、不干预。这一思想在诗学上转化为对诗歌自然真实之美的追求。老子认为，诗歌应当像自然界一样，不经雕琢、不施粉黛，保持其原始的纯净和真实，这样的诗歌才能触及人心最深处的情感，引发共鸣。

庄子，另一位道家思想家，他的诗学观点在其著作中得到了更为直接的展示。庄子的诗学思想，可以用“逍遥游”这一概念来概括。他认为诗人应如同自由飞翔的鸟儿，不受拘束，不受限制，心灵上达到一种自由和逍遥的境界。在这种状态下创作出来的诗歌，才能真正做到心灵与自然的和谐统一，展现出最为纯粹的美。庄子强调诗歌创作的主观性和创造性，主张诗人应摆脱传统束缚，发挥个人的想象力和创造力，创作出新颖独特的诗歌。

道家诗学观点的另一个重要特征是强调“无欲则刚”。老子和庄子都认为，欲望是人类苦难的根源，也是束缚人类心灵的枷锁。在诗歌创作上，这一思想转化为主张诗人应当摆脱物质欲望和功名利禄的追求，保持内心的清净和宁静。只有在这种状态下，诗人才能捕捉到自然界和人心最为细腻、最为真实的美，创作出真正触动人心的诗歌。

道家的诗学观点强调诗歌的自然真实之美，主张顺应自然、返璞归真。在老子和庄子的影响下，这种思想不仅对后世的诗歌创作产生了深远的影响，也为中国古代文学的发展注入了独特的生命力。通过追求人与自然的和谐共生，道家诗学提倡一种超越物质束缚、追求精神自由的诗歌创作。

（三）墨家对诗的态度

墨家，作为中国古代百家争鸣时期的一个重要学派，其创始人墨子提出了“兼爱”“非攻”“尚贤”等核心思想，主张节俭、反对奢侈，强调实用和社会的整体利益。在对诗歌的态度上，墨家继承和发展了这一思想体系，展现出对诗歌的独特看法和价值判断。

墨家对诗歌的态度，可以说是出于其哲学思想的自然延伸。他们并不是完全反对诗歌或文艺创作，而是强调诗歌应当服从于实用性和教育功能，即诗歌应当能够用来促进社会的公正、教化民众，以及推动社会利益的最大化。在墨家看来，诗歌不仅是文学艺术的一种表现形式，更是一种传递道德、教育人心的工具。

墨家反对那种只为纵情声色、追求个人情感表达而忽视社会责任和道德价值的诗歌。他们认为，诗歌创作和欣赏应当促进“兼爱无差别”的思想，反映出对社会大义和公共利益的关怀。这种观点显然与儒家强调诗歌以表达人文情感、修身养性的观念形成鲜明对比。墨家更倾向于那些能够反映出俭朴生活、勤俭节约、反对战争、促进和平与社会和谐的诗歌。

墨家对诗的态度也体现在其对于文艺作品的审美标准上。在墨家看来，一个优秀的诗歌作品，其价值不仅仅在于艺术形式的完美，更在于其能够对读者产生积极的道德和社会影响。这意味着，即使是技艺高超的诗歌，如果其内容空洞、违背公序良俗，或是无法对社会产生积极贡献的，也会被墨家不齿。

墨家对诗歌的这种保守态度，实际上是基于其对于社会责任和集体利益的重视。在墨子及其追随者看来，诗歌和其他文艺形式都应当服务于社会的整体利益，通过传播正确的道德观念、教化民众情操，从而促进社会的和谐与进步。这种观点虽然在当时并未成为主流，但它体现了墨家特有的实用主义精神和社会责任感。

墨家对诗歌的态度是复杂而独特的。他们既不是简单地反对诗歌艺术，也不是无条件地推崇，而是从自己的哲学和伦理观出发，对诗歌提出了既注重实用性又强调教育功能的要求。墨家认为，诗歌应当成为推动社会公正、传播道德观念、实现利益最大化的工具，这一观点在中国古代文学史上提供了一种独到的视角。

（四）名家的诗学视角

名家对诗学的视角，与普通人或其他学派有所不同。他们在评价诗歌时，不仅看重其审美和教化价值，更注重其言辞和逻辑之间的关系，以及诗歌所表达的思想内容。这种独特的视角是源于名家对逻辑思维和言辞技巧的重视，他们认为诗歌不仅是情感的宣泄，更是思想的表达和逻辑推理的展示。

在名家的诗学视角中，诗歌不仅仅是一种美的享受，更是一种思想的表达。荀子等名家认为，诗歌应该言之有物，不能仅仅停留在情感的流露上，而是应该通过具体的事物、情境或抽象的思想来表达作者的内心感受和思想。在他们看来，诗歌是一种思想的载体，是一种通过言辞来表达作者对世界、人生和道德的思考和感悟的方式。

与此同时，名家也非常重视诗歌的表达技巧。他们认为，诗歌的艺术性不仅在于其所表达的思想内容，更在于其言辞的精妙和表达的技巧。诗歌应该通过精确、生动的语言来展现作者的情感和思想，使读者在欣赏诗歌美的同时，也能深刻地感受到其中蕴含的思想内涵。因此，名家强调诗歌创作的技巧性和艺术性，认为只有技法高超、言之有物的诗歌才能真正称得上是优秀之作。

在名家的诗学视角中，诗歌与逻辑的关系也是一个重要的议题。名家认为，诗歌不仅仅是一种感性的表达，更应该是一种理性的思考和推理。诗歌创作需要遵循一定的逻辑规律，不能脱离现实，更不能背离道德。名家认为，诗歌应该承载着正确的思想观念，是一种对真理、美好和正义的追求和表达。因此，他们在创作和评价诗歌时，往往会从逻辑推理的角度出发，审视诗歌所表达的观念是否合乎逻辑，是否符合道德标准。

名家还注重诗歌的教化功能。他们认为，诗歌不仅可以唤起人们的感情，更可以影响人们的思想和行为。因此，他们在创作和欣赏诗歌时，会考虑诗歌对读者的教育作用，希望通过诗歌来传递正确的思想观念和道德价值观，引导人们向上向善，追求真、善、美的境界。

名家的诗学视角注重诗歌的思想内涵、言辞技巧、逻辑推理和教化功能。他们认为，优秀的诗歌应该言之有物，技法高超，逻辑严谨，能够唤起人们的感情，引发人们的思考，并对人们的思想和行为产生积极的影响。在名家看来，诗歌不仅是一种艺术表达，更是一种思想的传递和文化的传承，是人类智慧和情感的结晶，值得我们珍视和传承。

（五）法家的诗学态度

法家对诗学的态度是其思想体系中的一个重要方面，其对诗歌持批判的立场在中国古代思想史上具有一定的影响。法家思想强调法治和实用主义，对诗歌的批判源于其对社会秩序和统治方式的思考。在这一观点的影响下，法家提出了一系列对诗歌的批评和反对，将其视作一种可能妨碍法治的工具，而主张通过严格的法治来维护社会秩序。

法家认为诗歌具有迷惑人心的能力。在法家看来，诗歌往往以优美的语言和深刻的意境来抒发情感或表达思想，这种虚幻的美学表达可能会使人们迷失在情感的表面之上，忽视现实的道理和法治的重要性。在古代社会，诗歌常常被视为一种文化的载体，具有较高的影响力，因此，法家担心诗歌可能会成为一种让民众沉迷于情感世界而忽视现实的工具。

法家认为诗歌可能妨碍法治的实施。诗歌往往具有一定的感染力和影响力，能够唤起人们的情感共鸣和思想共振。然而，法家认为，如果这种情感和思想是与法治相悖的，那么诗歌就可能成为一种破坏社会秩序的因素。在法家看来，维护社会秩序需要的是严明的法律和制度，而不是通过诗歌等文学形式来教化和感染人们的情感。

法家强调实用主义和功利主义，认为诗歌的存在往往是一种对社会资源的浪费。在古代社会，诗歌往往是一种需要花费大量时间和精力来创作和传播的艺术形式，然而，法家认为，这种资源应该被更好地利用于社会建设和实用性更强的事物上，而不是用于创作和传播诗歌这样的文学作品。

法家批判诗歌的立场不仅基于对社会秩序可能受到的负面影响的担忧，也体现了其对实用主义和功利主义的坚持，主张通过法律和制度而非文学教化来维护社会秩序。这种批判态度与儒家等其他中国古代思想流派的文化观点形成鲜明对比，丰富了古代思想史的多元性，为后世思想交流提供了丰富的资源。

法家对诗歌持有批判态度的立场在中国古代思想史上具有一定的影响。法家强调法治和实用主义，认为诗歌可能会迷惑人心、妨碍法治，因此主张通过严格的法治来维护社会秩序。然而，尽管法家对诗歌持有批判态度，但并不意味着他们将诗歌完全否定，而是希望通过严格的法治来限制其可能对社会秩序产生的影响。

第四节　先秦诗学的文化与哲学背景

（一）社会变革的影响

社会变革对文学产生着深远的影响，而中国先秦时期正是这样一个动荡变革的时代。从奴隶社会向封建社会的转变，不仅改变了人们的生活方式和社会结构，也深刻地塑造了当时文学的主题和风格。在这段时期，诸侯割据、战争频发，社会矛盾激化，人民生活在苦难之中，这些因素直接反映在了当时的诗歌作品中，尤其是《诗经》中。

诸侯割据和战争频发带来的社会动荡深刻影响了《诗经》的主题。在先秦时期，诸侯割据，形成了一个分裂的政治格局，各诸侯争夺霸权，频繁发生战争。这种政治动荡和战争不仅使人民生活在战火之中，也导致了社会的不稳定和混乱。《诗经》中的很多篇章反映了这种动荡不安的社会氛围，表现了人们对战争、对混乱局势的思考和感受。例如，在《唐风·鸨羽》中有“悠悠苍天，曷其有所”之句，描写了战乱下人们的苦难和无奈。

社会变革带来的阶级矛盾也是《诗经》主题的重要来源之一。从奴隶社会向封建社会的转变，使得社会阶级结构发生了重大变化，贵族阶级的权势日益加强，而平民百姓的生活则更加艰辛。这种阶级矛盾在《诗经》中得到了充分的反映。一方面，有许多描写贵族生活、赞美贵族的诗篇，如《国风·周南·关雎》中的“关关雎鸠，在河之洲。窈窕淑女，君子好逑”。这些诗篇反映了当时贵族阶级的优越生活和荣耀。另一方面，也有不少诗篇揭示了平民百姓的苦难和艰辛，如《国风·邶风·击鼓》中的“击鼓其镗，踊跃用兵。土国城漕，我独南行”。这些诗篇通过对不同阶级生活的描写，展现了当时社会阶级矛盾的尖锐对立。

社会变革对文学产生着深远的影响，而中国先秦时期正是这样一个动荡变革的时代。《诗经》作为当时的代表性文学作品，充分反映了社会变革对文学的影响。通过对当时社会动荡、阶级矛盾，以及文学风格的分析，我们可以更加深刻地理解《诗经》这一文学巨著的内涵和意义，也更加深入地认识到社会变革对文学创作的重要影响。

（二）哲学思想的渗透

在中国古代文化中，诗歌一直扮演着重要的角色，不仅仅是艺术表现的载体，更是哲学和道德思想的载体。在先秦诸子百家的哲学思想中，儒家、道家、墨家等各种思想流派对诗歌的发展产生了深远的影响，使诗歌不再局限于表达感情或美感，而是成了传播思想、道德、哲学观念的重要媒介。通过探讨先秦诸子百家对诗学的渗透，我们可以更好地理解中国古代文化中诗歌与哲学之间的紧密联系。

儒家的仁义道德对诗歌的渗透是显而易见的。儒家强调的仁义道德思想体现在诗歌中，常常表现为对人性、伦理、社会秩序的反思和讴歌。例如，孔子提倡的“仁者爱人”，在诗歌中常常通过对人情世态的描写展现出来。另外，儒家的“礼”也常常成为诗歌创作的主题，通过对礼仪的赞美或批判，诗人表达了对社会道德观念的态度。《诗经》中的《大雅》《小雅》等篇章，就包含了大量儒家思想的内容，例如《国风·周南·关雎》中“关关雎鸠，在河之洲。窈窕淑女，君子好逑”，表达了对礼制和婚姻伦理的关注。因此，可以说，儒家的仁义道德思想深刻地渗透在古代诗歌中，成了诗人们创作的灵感来源和文化底蕴。

道家的自然无为思想也对诗歌的发展产生了重要影响。道家强调顺应自然、无为而治的思想在诗歌中得到了体现。诗人常常通过对自然界的观察和感悟，表达对自然的敬畏和对生命的理解。例如，道家思想中的“道”常被诗人用来比喻自然规律，通过描绘自然景物的变化和生命的无常，反映出了人生的虚无和自然界的神秘。在《庄子》“逍遥游”等篇章中，对自然的歌颂和对人生境界的思考贯穿其中，诗意地表达了道家的思想内涵。因此，道家的自然无为思想为诗歌提供了丰富的意象和表达方式，丰富了诗歌的内涵和形式。

墨家的兼爱非攻思想也在诗歌中得到了表达。墨家提倡的兼爱思想，即以爱为核心的伦理观念，对古代诗歌的人文关怀和社会批判产生了重要影响。在古代诗歌中，常常可以看到对弱者、对人道主义的呼吁和赞美。墨家的非攻思想也在诗歌中得到了表达，诗人常常通过对战争、暴力的批判来呼吁和倡导和平与和谐。因此，墨家的兼爱非攻思想为古代诗歌注入了人道主义的精神，使诗歌成了传播道德和理想的重要工具。

除了以上几种思想流派之外，诸子百家中的其他学派也对古代诗歌产生了影响。例如，法家的法治思想、名家的纵横家言思想等，都在一定程度上影响了古代诗歌的创作和发展。法家的法治思想常常通过对社会秩序和政治制度的赞美或批判，在诗歌中体现了对社会现实的关注和思考。名家的纵横家言思想则在诗歌中展现为对言辞的运用和修辞手法的追求，丰富了诗歌的表现形式和艺术特点。因此，诸子百家的各种思想流派都在不同程度上影响了古代诗歌的创作和发展，使诗歌成了中国古代哲学思想的重要表达方式。

（三）文化交流的促进

文化交流是人类社会发展历程中不可或缺的一环，它不仅促进了不同文化之间的相互了解和尊重，还为文化创新和进步提供了重要的动力。在中国历史长河中，文化交流一直扮演着重要角色，尤其是在先秦时期，文化交流的活跃程度尤为显著。其中，中原文化与楚文化的交融，为诗歌创作提供了丰富的素材和灵感来源，而楚辞的出现则是这种交流的最佳证明。

先秦时期是中国文化发展的关键阶段，也是文化交流活跃的时期。这个时期的政治分裂促使了各个地区文化的多样性和独立性，各个地区的文化因素相互渗透、交流，形成了多元而丰富的文化格局。其中，中原地区作为文化的重要发祥地，其文化影响力不可忽视。而楚地作为南方重要的文化中心之一，其文化也具有独特的特点和影响力。在这样的背景下，中原文化与楚文化的交流成了一种必然。

地理因素促进了中原文化与楚文化的交流。中原地区位于黄河流域，是中国古代文明的发祥地，其文化影响力自然较大。而楚地位于长江流域，地理环境与中原有所不同，但其地理位置优越，使得与中原地区的交流十分便利。黄河与长江是中国两大重要的水系，通过水路交通，中原文化与楚文化的交流得以便捷实现。这种地理因素的存在为两地文化交流奠定了基础。

政治因素也在一定程度上推动了中原文化与楚文化的交流。先秦时期，中国的政治局势并不稳定，诸侯国之间频繁发生战争、征伐，但同时也存在着联盟和合作。在这种背景下，不同地区的文化因素通过政治上的交往得以传播和交流。中原诸侯国与楚国之间的外交往来，使得两地文化得以交流，文化的相互渗透也因此得以实现。

经济因素也对中原文化与楚文化的交流起到了推动作用。先秦时期，中原地区以农业为主，而楚地则以水稻种植为主，两地的经济活动在一定程度上互补。贸易往来使得两地之间的交流更加频繁，而这种贸易活动也促进了文化的交流和融合。通过贸易，中原地区的物品、技术以及思想不断传入楚地，而楚地的特产、文化产品也进入了中原地区，这种交流使得两地的文化得以互相影响和借鉴，从而促进了文化的繁荣与发展。

在这种交流的背景下，楚辞的出现成了文化交流的最佳证明。楚辞是中国古代诗歌的重要形式之一，它以其独特的风格和内容，展现了楚地独特的文化气息，同时也受到了中原文化的影响。楚辞的创作涉及了丰富的题材，既有关于爱情、人生、自然的抒情诗篇，也有关于政治、社会的议论文章。这些作品不仅在艺术上具有高度的审美价值，更重要的是，它们反映了当时社会的思想观念、生活状态以及文化传统，成了中国古代文学的重要组成部分。

楚辞的出现既是楚地文化的独特表现，也是中原文化与楚文化交流融合的产物。在楚辞中，既可以看到楚地的地方色彩和文化特点，又可以发现其中融入了中原文化的元素。例如，在楚辞中经常出现对自然的描写和赞美，反映了楚地丰富的自然资源和生活方式，同时也受到了中原文化中儒家思想的影响。在楚辞的某些作品中，也可以看到对中原诸子百家思想的借鉴和引用，这种对不同文化的融合使得楚辞具有了更加丰富和深刻的内涵。先秦时期中原文化与楚文化的交流是多方面因素的综合作用的结果，地理、政治、经济等方面的因素相互交织，共同推动了两地文化的交流与融合。

（四）审美观念的演变

审美观念的演变是一种文化和社会变迁的体现，它反映了人类对美的认知、理解和追求的历程。在不同的历史时期和文化背景下，审美观念会发生翻天覆地的改变，受到哲学、艺术、宗教、科技等方面的影响。

先秦时期是中国文化发展的重要阶段，这一时期的思想家、诗人、艺术家对后世产生了深远的影响。在先秦时期，中国的审美观念经历了从简约自然到雄浑壮丽的演变。在此过程中，崇尚简约自然的审美观念主要表现在诗歌创作中，而追求雄浑壮丽的审美则更多地体现在自然山水的描绘和文人墨客的审美情感中。

先秦时期的诗歌，尤其是《诗经》，展现了古代中国人对自然的热爱和对简约美的追求。《诗经》中的诗歌内容丰富多样，但总体上注重表现自然景物和人情世态，力求用简练的语言表达深刻的内涵。例如，《关雎》中“关关雎鸠，在河之洲。窈窕淑女，君子好逑”。这首诗通过描写雎鸠的声音和河洲上的情境，表达了对美好爱情的向往，展现了一种简洁而含蓄的审美情感。这种追求简约自然的审美观念在先秦时期的诗歌创作中占据主导地位，反映了当时社会对简单、自然、纯粹的审美理念的追求。

然而，随着社会的发展和文化的进步，人们的审美需求也在不断变化。在先秦时期后期，随着社会阶层的分化和战国时期的动荡，人们的审美观念逐渐发生了转变，开始追求更加雄浑壮丽的审美。这种转变主要表现在自然山水的审美和文人墨客的审美情感中。

自然山水的审美在中国古代文化中占有重要地位，它不仅是一种审美体验，更是一种思想和情感的寄托。在先秦时期后期，随着社会变革和文化交流的加深，人们开始对自然山水有了更为深刻的感悟和追求。他们欣赏山川河流的壮美景色，赞美大地孕育万物的神奇力量，追求与自然融为一体的审美境界。例如，《楚辞》中的《离骚》，通过描绘屈原的放逐经历和对自然的感悟，表现了一种超然物外、豁达洒脱的审美情感，体现了对自然山水的雄浑壮丽之美的向往和追求。

审美观念的演变是社会和文化发展的必然结果，它受到历史、地域、文化、社会等多种因素的影响。在先秦时期，中国的审美观念经历了从简约自然到雄浑壮丽的演变，反映了当时社会经济、政治、文化等方面的变化和发展。简约自然的审美体现了中国古代人对自然和生活的简单、自然、纯粹的追求，而雄浑壮丽的审美则体现了中国人对英雄气概、豪情壮志的向往和追求。这种审美观念的演变不仅影响了文学艺术创作，更反映了当时社会文化的变迁和人们心理情感的变化。审美观念的演变不是孤立的现象，而是与社会发展、文化传承、人们心理需求等多方面因素相互作用的结果。

社会经济的发展推动了审美观念的演变。在先秦时期，农耕经济是主要的生产方式，人们的生活节奏相对较缓慢，对自然的感知和体验较为直接而简单。因此，他们更多地追求自然、朴素、纯粹的审美体验，这与当时的社会经济结构密切相关。然而，随着社会经济的发展和城市化进程的加快，人们的生活方式发生了巨大变化，对美的需求也相应发生了变化。城市化带来了更多的人口聚居、文化交流和物质繁荣，人们开始追求更加丰富多彩、雄浑壮丽的审美体验，这种审美需求的变化反映了社会经济结构的演变和人们生活方式的变迁。

文化传承和交流也对审美观念的演变产生了重要影响。在中国古代，文化传承是通过文字、文学作品、艺术表现等多种形式进行的。先秦时期的文化传承主要表现为经典文化的传承和儒家思想的兴起。经典文化对中国文化的发展产生了深远影响，其中包括对自然的理解和对美的追求。然而，在战国时期，诸子百家的兴起和思想的碰撞使得中国文化呈现出多元化和开放性的特点，各种不同的审美观念相互交织、影响，促进了审美观念的多样化和发展。

社会政治的变迁也对审美观念的演变产生了重要影响。在先秦时期，封建社会的崩溃和诸侯争霸导致了社会政治的动荡，人们的生活状态和心理情感都受到了极大影响。这种社会政治的变迁直接影响了人们对美的追求和审美情感的表达。例如，在战国时期，战乱频发、社会动荡，人们对豪情壮志、英雄气概的向往和追求达到了一个高峰，这种情感也在文学艺术创作中得到了充分表达，推动了雄浑壮丽的审美观念的形成和发展。

（五）语言文字的发展

先秦时期是中国文化发展的关键时期之一，也是语言文字发展的重要阶段。

在这个时期，语言文字的演变与发展承载了丰富的文化内涵，而楚辞作为先秦文学的重要组成部分，其中运用的楚系文字更是为诗歌表达开辟了新的可能性，使得诗歌能够以更加丰富多彩的语言来反映人们的情感和思想。

楚辞是中国古代文学的珍贵遗产之一，其出现在先秦时期，主要流传于楚地。楚辞以其独特的风格和深刻的内涵，成了中国古代诗歌的重要组成部分。在楚辞中，我们不仅可以感受到浓厚的地方色彩和生活气息，更能够领略到作者对于人生、情感、自然，以及社会等方面的深刻思考。这种思想感情的表达，与当时的社会背景和语言文字的发展密切相关。

在先秦时期，中国处于诸侯割据的时代，各个地区形成了不同的政治、经济和文化氛围。楚国作为其中一个重要的诸侯国，其地域特点、社会风俗，以及文化传统对楚辞的形成和发展产生了深远的影响。楚辞的作者大多生活在楚国境内，他们的创作深受当地的生活环境和文化氛围的熏陶，因此在作品中常常可以看到对楚地风物、风俗人情的描绘，这为楚辞赋予了鲜明的地方特色。

与此同时，楚辞中使用的楚系文字也是其独特之处。楚系文字是先秦时期楚国所使用的一种文字体系，与其他地区的文字有着明显的差异。楚系文字的出现和使用，反映了当时语言文字的多样性和地域性。在楚辞中，楚系文字的运用不仅体现了作者对于语言的灵活运用，更为诗歌表达提供了新的可能性。楚系文字的特点包括字形独特、结构简洁、书写流畅等，这些特点使得楚辞在形式上更加优美，也更有利于诗歌的传唱和流传。

楚辞的出现和发展，不仅丰富了中国古代诗歌的形式和内容，更为后世的文学创作提供了重要的借鉴。楚辞的语言文字运用，不仅影响了当时的文学风格，也为后世的诗歌创作留下了宝贵的经验。例如，在楚辞中，作者通过对于自然景物的描绘和对于人生命运的思考，表达了对于人生意义和生命价值的思考，这种主题和表现手法在后世的文学作品中仍然有着深远的影响。

除此之外，楚辞中还融入了丰富的音乐元素，这也与楚地的音乐文化密不可分。在楚辞的创作和传唱过程中，音乐常常是不可或缺的元素，它不仅增强了诗歌的表现力和感染力，更使得楚辞成了一种文学与音乐相结合的艺术形式。这种艺术形式的出现，丰富了当时的文化生活，也为后世的音乐文学创作提供了重要的借鉴和启示。

在楚辞的创作和传播过程中，语言文字的发展起到了至关重要的作用。楚辞的诗人们善于运用楚系文字，通过巧妙的语言构思和精湛的文字表达，将自己的情感和思想融入诗歌之中，从而产生了许多不朽的作品。这些作品不仅在当时受到了人们的喜爱和赞美，更为后世的文学创作提供了宝贵的素材和借鉴。可以说，楚辞的出现和发展，为中国古代诗歌的发展开辟了新的篇章，也为后世的文学创作提供了重要的启示和借鉴。

第三章　汉代诗学的发展与变革

第一节　汉赋与文体创新

（一）汉赋的兴起

汉赋的兴起标志着中国文学史上的一个重要转折点。它是在汉朝时期兴起的一种文学体裁，对后世文学发展产生了深远的影响。汉赋的形成不仅是文学传统的继承与发展，更是时代变迁和文化交融的产物。

汉朝是中国历史上一个极为重要的时期，它继承了先秦文化的基础，同时也在政治、经济、文化等方面发生了重大变革。在汉初，由于前朝秦朝的短暂统治给人民带来了巨大的苦难，人们对文化的追求更加迫切。同时，汉初的社会矛盾尚未得到充分解决，各种思想文化的交流和碰撞使得文学艺术呈现出了多样化的趋势。这种复杂多变的社会环境为汉赋的兴起提供了土壤。

汉赋在吸收先秦文学传统的基础上，吸纳了秦朝以来的文化元素，并形成了独特的艺术风格。首先，汉赋注重情感表达，倾向于抒发作者的情感体验。在汉赋中，常常可以看到作者对人生、世态、时事的感慨与思考，情感真挚而深沉。其次，汉赋追求形象生动，善于运用夸张、比喻等修辞手法来描绘场景、刻画人物，使作品富有视觉感和生动感。最后，汉赋还注重音韵节奏，讲究韵律的搭配和节奏的把握，以增强作品的韵味和节奏感。总的来说，汉赋以其深刻的情感、生动的形象和优美的语言成了当时文学的一大亮点。

汉赋作为中国文学史上的重要篇章，对后世文学产生了深远的影响。首先，汉赋的艺术成就为后世文学提供了丰富的营养。汉赋以其优美的语言和深刻的情感吸引了众多文人墨客的关注，他们通过学习汉赋，不断汲取其中的精华，推动了中国文学的发展。其次，汉赋为后世文学提供了丰富的题材和表现手法。汉赋以其丰富多样的题材和灵活多变的表现手法为后世文学创作提供了宝贵的参考，对后世文学的发展起到了积极的推动作用。最后，汉赋的影响还体现在文学思潮和文学风格上。汉赋的兴起为后世文学的发展奠定了坚实的基础，影响了后世文学的思想观念和艺术风格，成了中国文学史上的一座丰碑。

汉赋的兴起是中国文学史上的一个重要节点，它在汉朝时期兴起并蓬勃发展，对后世文学产生了深远的影响。汉赋以其深刻的情感、生动的形象和优美的语言成了当时文学的一大亮点，为后世文学的发展提供了丰富的营养和宝贵的参考，成了中国文学史上的一座丰碑。

（二）文体的多样化

汉代文学的多样性在当时文学史上占据着重要的地位，特别是汉代赋文的出现，为文学形式的丰富和发展提供了新的契机。在讨论汉代文学的多样性时，不仅需要考虑到赋文的作用，还应该涉及其他文体如诗歌、散文等的发展与交融。

汉代文学多样性的来源可以追溯到当时社会文化的多元性。汉代是中国历史上政治制度比较稳定、文化交流较为频繁的时期之一。这种社会背景为文学的多样性提供了丰富的土壤。在政治上，汉朝的统治者推崇文治，重视教育，提倡文学艺术。这种政策导向使得文学得到了广泛的发展，同时也激发了文学家们的创作热情。在文化交流方面，汉代与西域、东南亚等地区的交流日益频繁，这不仅带来了外来文化的影响，也为汉代文学的多样性提供了新的源泉。

汉代文学多样性主要表现在文学形式的丰富性上。汉代的诗歌、赋文、散文等文学形式各具特色，相互交织、相辅相成。其中，赋文的出现尤为突出。赋是一种介于诗歌与散文之间的文学形式，其既有诗的韵律和节奏，又有散文的语言流畅和表达多样性。赋文以其独特的风格和形式在汉代文学中占据重要地位。汉代的赋文内容丰富多样，既有对社会现实的描绘，又有对历史事件的叙述，同时还涵盖了神话传说、自然景观等各个方面。赋文的灵活性和多样性为当时文学的发展注入了新的活力，使得汉代文学呈现出丰富多彩的景象。

汉代文学多样性的特点还体现在文学风格和思想内容的多元化上。在文学风格方面，汉代文学家们吸收了前代文学的精华，并结合自身的创新，形成了各具特色的文学风格。比如，司马迁的《史记》以其雄浑有力的叙事风格和独特的文学手法成为汉代史学的典范，司马相如的《子虚赋》则以其华丽辞藻和优美音韵赢得了读者的青睐。在思想内容方面，汉代文学的多样性体现在对人生、社会、历史等方面的思考和表达上。文学作品中既有对理想社会的向往，也有对现实生活的反思；既有对伦理道德的探讨，也有对人性的剖析。这种多元化的思想内容使得汉代文学在思想层面上呈现出了丰富多彩的景象。

汉代文学多样性对后世文学的影响是深远而持久的。汉代文学的丰富多样性为后世文学的发展提供了宝贵的借鉴和启示。赋文的出现和发展为后世诗歌、散文等文学形式的发展提供了新的思路和范例。例如，唐代的诗歌在形式和风格上受到了汉代赋文的影响，形成了独具特色的诗歌风格；宋代的散文在表达方式和文学意境上也继承了汉代文学的优秀传统，展现出了自己的独特魅力。此外，汉代文学的多样性还为后世文学的繁荣奠定了坚实的基础，为中国文学的发展开辟了广阔的空间。

（三）表现技巧的创新

汉代诗学在其漫长的历史进程中，不仅继承了先秦时期的文学传统，而且在此基础上进行了大胆的发展和革新，尤其是在汉赋这一文体上的表现技巧方面，更是达到了前所未有的高度。汉赋不仅在汉代诗学中占据着极为重要的地位，也为后世的文学创作提供了丰富的素材和灵感。

汉赋的语言特色表现在其雄浑、豪放之风，与先秦文学的典雅、含蓄形成鲜明对比。汉代赋作者大胆创新，采用了更为直接和生动的语言来表达思想情感，这种语言的力量和直接性在当时是一种巨大的突破。通过赋的形式，文人能够自由地表达自己的政治理想、哲学思考，以及对社会现实的关注，这种开放和自由的表达方式在先秦文学中是不多见的。

汉赋在结构与形式上的创新也非常显著。汉代的赋作者不满足于传统的简单叙述，而是通过复杂的构思、巧妙的布局以及丰富的想象力，使得赋的内容更加生动和具有层次感。他们在赋中融入了寓言、比喻、夸张等修辞手法，这些手法的使用极大地丰富了文学的表现力，使得汉赋不仅仅是简单的叙述，更是具有深刻意义和艺术魅力的文学作品。

汉赋在艺术表现上的一大特色是其想象力的飞跃和夸张手法的大胆使用。汉代赋作者善于利用夸张、比喻等手法来增强表现效果，通过这些技巧，使得作品中的形象更加生动鲜明，情感更加强烈深刻。这种艺术处理不仅增加了文学作品的吸引力，也使得汉赋在艺术上达到了新的高度。汉赋的发展对后世的文学创作产生了深远的影响。汉赋中的表现技巧和艺术创新为后世的文人提供了重要的参考和借鉴，许多技巧在汉赋中首次出现。

（四）内容的丰富性

中国古典诗歌的历史悠久，涵盖了从先秦时期到清末民初的数千年文化发展。在这漫长的历史进程中，汉赋作为汉代特有的文学形式，以其独特的风格和内容的丰富性，在中国文学史上占有重要地位。汉赋不仅仅是文学的创作，更是汉代社会文化、政治、经济，以及人民生活的一面镜子，通过赋文，我们可以窥见那个时代的风貌。

汉赋起源于西汉，盛行于东汉，其形式多样，内容广泛，包括颂赞帝王、描述山川美景、抒发个人情感、反映社会现实等各个方面。赋的写作高度重视文采和修辞，追求华丽辞藻和雄浑语言，使得汉赋在艺术表现上具有极高的审美价值。

从内容上看，汉赋能够如此丰富多彩，与其所处的历史背景分不开。西汉时期，随着汉武帝时期的文学政策和对外扩张政策的实施，汉朝的经济和文化达到了一个新的高度。这一时期的赋，如司马相如的《子虚赋》《上林赋》，不仅反映了当时社会的繁荣景象，同时也展现了作者的辞藻瑰丽和想象力。《子虚赋》通过描绘一次虚构的登月之旅，反映了作者对于理想国度的向往和追求；《上林赋》则是通过描绘汉武帝御园的奢华，来颂扬帝王的功德和圣德。

东汉时期，赋的内容开始出现多样化的变化。张衡的《东京赋》以都城洛阳为背景，详细描绘了当时都城的繁华景象，反映了东汉中后期经济和文化的复苏。班固的《两都赋》则通过对西京长安和东京洛阳两都的描写，展现了汉朝国力的强盛和文化的繁荣。同时，这一时期的赋作还开始关注社会底层人民的生活，如东汉末年嵇康的《哀时命赋》,就是对战乱给普通百姓带来苦难的深刻描绘和批判。

在艺术表现上，汉赋的语言辞藻华丽，善于运用比喻、拟人等修辞手法，构造出富有画面感的文学场景。这不仅使得赋文在视觉上给人以美的享受，在阅读过程中，读者也能感受到文字所能带来的音乐之美。例如，司马相如在《上林赋》中用“翠华摇曳”来形容林木的美丽，就非常生动形象。

（五）对后世的影响

汉赋在中国文学史上占据着极为重要的地位，其对后世的影响深远而持久。赋为先秦时期即已出现的文体，到了汉代经过司马相如、扬雄等文人的发扬光大，达到了鼎盛时期，形成了一种独特的文学体裁。汉赋不仅在内容上丰富多彩，在形式上也极为讲究，它集诗、散文、辞赋之大成，融叙事、写景、抒情为一体，对后世诗歌及其他文学形式产生了深远的影响。

汉赋的最大特点之一是其浓厚的文化内涵和艺术魅力，它深受儒家思想的影响，强调道德教化和政治理想，体现了汉代文人对理想国家和社会秩序的追求。通过对理想与现实的反思，作者既展示了丰富的想象力，也表达了对社会、自然、人生的深刻理解和独到见解。这种深沉的思想性和哲理性，为后世的文学作品提供了丰富的思想资源和表现手法。

在形式上，汉赋的语言华丽、辞藻繁复，追求声律和谐，对词汇的选择及其排列组合都有严格要求，使得文本既有较高的文学价值，也具有很强的艺术感染力。这种对语言美的追求和对形式的严格控制，对后世的诗歌创作产生了重要影响。唐诗中的许多名篇，就深受汉赋影响，在用词造句、韵律音乐方面都有所体现。赋中那种细腻入微的观察和描写，对唐宋诗歌中的写景抒情，也有着不可忽视的启示作用。

汉赋在文学史上的地位不仅体现在其直接对后世文学的影响上，还体现在它对中国文学批评和文学理论的形成和发展上。赋作为一种高度发展的文体，其创作和欣赏都需要相当的文化素养和审美能力，因此赋文的创作、传播及其评论，促进了文学批评体系的形成。从汉赋中汲取养分，中国古代文论家在评赏和理论建构上也多有借鉴，形成了一套独具特色的文艺观和审美标准。

汉赋对汉字文化的传播和演变也产生了重要影响。赋作的流行促使书写艺术的发展，书法作为一种独立的艺术形式在汉代得到了迅速发展。同时，赋文的创作和流传也加强了汉字的统一和规范，对后世汉字的发展和演变产生了深远的影响。

汉赋不仅是中国古典文学的瑰宝，也是中华文化宝库中的重要组成部分。它以其独特的艺术秉赋，作为中国文学史上一朵奇葩，其独特的文学形式和深远的影响力，至今仍为文学研究者所推崇。汉赋不仅是汉代文学的重要组成部分，也对后世的文学创作和文化发展产生了深远的影响。汉赋的魅力，在于其独特的文学形式和丰富的内容，它综合了诗、文、史、哲的元素，以辞赋的形式展现了汉代的社会风貌、思想情感和审美趣味，成了后世文人学习和借鉴的重要资源。

第二节　建安七子的文学理念与实践

（一）文学与个人情感的结合

建安七子，这一由曹操时期七位杰出文人组成的文学群体，其创作不仅见证了魏晋南北朝时期文学的转型，更标志着中国古典诗歌深层次情感表达的一次重大飞跃。

在那个社会动荡、战乱频仍的时代背景下，建安七子的文学理念显得尤为独特。他们不再满足于仅仅通过文学复述历史或是传达官方意志，而是将个人情感和生命体验深深地融入文学创作之中。这种创作方式的转变，既是对当时社会现实的深刻反映，也是对文学自身表现力的一次重要拓展。

在建安七子的作品中，我们可以看到一系列生动的情感表达和对人生哲理的深刻思考。无论是对战争的深沉忧虑、对理想国的遥远憧憬，还是对个人命运的无奈感叹，他们都以极其细腻和真挚的笔触展现出来，使得每一首诗、每一篇文章都充满了厚重的情感色彩和哲学意味。这种以个人情感为出发点的创作，不仅使得他们的文学作品具有了更高的艺术价值，也让后世的读者能够更加深刻地感受到作品背后的人文关怀和时代精神。

建安七子的文学创作还体现了对传统文学形式的创新和突破。他们在保留传统诗歌韵律美的基础上，大胆引入新的表现手法和思想内容，使得诗歌不再局限于表达集体情感或传达政治讯息，而是成了表现个人内心世界和情感体验的重要载体。这种文学创作上的革新，为后来的文人墨客提供了更为广阔的创作空间，也为中国古典诗歌的发展注入了新的活力。

值得一提的是，建安七子的文学创作不仅仅是个人情感的自我抒发，更是对所处时代的深刻反思和批判。他们敏锐地捕捉到了社会动荡带给人民的苦难，对生命的脆弱和社会的不公进行了深刻的揭示和批判。通过将这些社会现实与个人情感相结合，他们的作品不仅展现了个人的情感世界，更反映了广泛的社会情感和民族心态。

建安七子通过将个人情感与文学创作紧密结合，不仅开创了中国古典诗歌表达个人情感的新境界，也反映了那个时代文人对于人生、社会与自然的深刻思考。他们的作品，以其独特的情感表达、深邃的思想内容和创新的艺术形式，成了中国文学宝库中一颗璀璨的明珠，至今仍然闪耀着迷人的光芒。

（二）文学形式与风格的创新

在中国文学的漫长河流中，东汉末年的建安时期无疑是一段极为特殊且富有创造性的时期。这一时期，以孔融、陈琳、王粲、许幹、阮瑀、应玚、刘桢为代表的文学群体，被后世统称为“建安七子”。他们不仅在内容上对战乱的社会现实进行了深刻反思，更在文学形式和风格上进行了大胆的创新和尝试，为后世的文学发展奠定了重要的基础。

建安七子的创作背景，是汉末社会动荡不安、战乱频仍的历史环境。在这样的大时代背景下，他们经历了从未有过的社会变革和个人命运的波折，这种深刻的历史和个人经历，使得他们在文学创作上有着更深刻的感悟和更广阔的视野。他们不满足于传统文学的既定形式和风格，而是试图通过文学来反映现实社会的混乱和个人心灵的挣扎，从而推动文学形式和风格的创新。

王粲的《登楼赋》便是这种创新尝试的典型代表。赋作为汉代文学的主要体裁之一，历来被视为展现文学家才华的重要形式。然而，在王粲手中，传统的赋不再仅仅是堆砌华丽辞藻、展现才学的场所，而是转变为表达个人情感、抒发对时代深刻感悟的载体。《登楼赋》通过对楼上所见景物的描写，巧妙地映射了作者对于乱世的感慨和对理想境界的向往，展现了赋在文学表达上的新可能。

徐幹的《中论》则是在体裁上的一次大胆创新。与传统赋诗不同，《中论》采用议论文的形式，深入探讨了当时社会的种种问题。这种形式的创新不仅丰富了汉代文学的表达方式，也体现了建安七子敢于面对现实、勇于批判社会的精神。在《中论》中，徐幹对社会现实的深刻剖析和对理想人格的追求，展现了他作为知识分子的责任感和使命感。

建安文学的风格，既有悲壮凄美的战争诗歌，也有深沉细腻的抒情小品，这种多样性的风格正是建安七子不拘一格的文学探索精神的体现。他们的作品在形式上追求新颖，在内容上深刻反映了乱世中人们的生活状态和心理变化，展示了一种超越时代的文学追求和人文关怀。这些作品不仅为后世的文人提供了丰富的表现手法和思考角度，也为中国文学的发展注入了新的活力和深度。

建安七子之所以能够在文学上创造出如此多的创新成果，是因为他们敢于突破的勇气和不懈的探索精神。在面对传统与现实的双重压力下，他们没有选择安于现状，而是勇敢地挑战旧有的文学形式和内容，试图找到更符合时代要求的表达方式。他们的作品中既有对传统文化的传承，又有对新时代精神的探索，这种开放和包容的态度对后世文学的发展产生了深远的影响。

建安七子在文学形式与风格上的创新，不仅是对个人文学才华的展现，更是对时代精神的回应和对文化责任的担当。他们的作品跨越了时间的界限，成为中国文学宝库中独特而宝贵的财富，对后世文学的发展起到了不可估量的推动作用。通过对建安七子的文学探索和创新的回顾，我们不仅可以更深刻地理解那个时代的文学特色，也能从中汲取到面对困境时不屈不挠的探索精神和创新意识，这对于今天的文学创作和文化发展仍然具有重要的启示和价值。

第三节　汉代诗歌的韵律美学

（一）韵律制度的确立

汉代，特别是西汉时期，中国诗歌的韵律美学达到了新的发展阶段，这一时期的诗歌韵律美学不仅在形式上有所创新，更在韵律制度的确立上迈出了重要步伐。汉代的韵律制度的确立，是中国古典诗歌发展史上的一大里程碑，它不仅对后世的诗歌创作和鉴赏产生了深远的影响，而且在很大程度上塑造了中华民族独特的审美观念和文化心理。

汉代韵律制度的确立标志着中国诗歌从声韵上进入了一个更为规范和系统化的时期。西汉末年，许慎在《说文解字》中首次对汉字进行了系统的声母、韵母分类，奠定了后世韵书编纂的基础。这种分类不仅体现了汉代学者对语言音韵的深入研究，也为诗歌韵律的进一步规范化提供了理论支撑。通过对不同声母、韵母的观察和归纳，汉代的文人学者开始尝试按照一定的韵律规则来创作诗歌，这种规则化的韵律形式不仅加强了诗歌的音乐性，而且增强了诗歌的表现力和感染力。

汉代韵律美学的一个重要特点是注重音乐性与和谐性的结合。在这一时期，诗歌的创作与音乐紧密相连，诗人不仅追求诗句的平仄和谐，而且注重整首诗的节奏与韵律的匹配。《诗经》的影响在这一时期仍然深远，诗人们在《诗经》的基础上，进一步发展了用韵和对仗等韵律手法，使诗歌在音乐性上更加完美。例如，通过对偶和平仄的巧妙运用，汉代的诗歌不仅在形式上更加对称美观，而且在诵读时能够产生悦耳的音乐效果，给人以美的享受。

汉代的韵律美学还体现在对诗歌内涵与形式的统一追求上。汉代诗人在韵律的运用上，不仅注重外在形式的规范和美观，更重视诗歌内容与韵律形式的内在和谐。诗人们通过精心设计诗歌的韵律结构，使诗歌的形式与内容相得益彰，通过韵律的节奏感和音乐性来增强诗歌的情感表达和意境构建。这种对形式与内涵统一的追求，不仅体现了汉代诗人对诗歌艺术的高度重视，也展现了他们深邃的审美追求和丰富的创造力。

汉代的韵律美学在中国古典诗歌的发展史上占据着举足轻重的地位。通过对韵律制度的确立和创新，汉代的诗歌不仅在形式上达到了新的高度，而且在艺术表现力和审美价值上也有了显著的提升。汉代韵律美学的精粹，不仅为后世的诗歌创作提供了宝贵的经验和启示，而且对于我们今天理解和欣赏古典诗歌，仍然具有重要的参考价值和实践意义。

（二）音乐与诗歌的结合

汉代是中国古代文化的重要阶段，其诗歌与音乐的结合在当时社会中扮演了重要角色，不仅在艺术上丰富了人们的生活，也对音乐和诗歌本身的发展产生了深远的影响。这种结合不仅体现在宫廷文化中，也渗透到了民间生活中，成为当时社会的一种主要文化表现形式。

汉代诗歌与音乐的结合紧密地体现在宫廷文化中。在汉代，宫廷文化达到了相当高的水平，皇帝及其宫廷贵族们对文学艺术有着浓厚的兴趣。在这种文化氛围中，诗歌与音乐的结合成了宫廷生活的重要组成部分。皇帝及贵族们常常邀请文人雅士在宴会上吟诗作赋，而这些诗歌往往会配以音乐演唱，以增添气氛。这种形式的文艺表演不仅使诗歌更具魅力，也使音乐得到了更广泛的传播和欣赏。同时，宫廷中的乐队和音乐家也经常与诗人合作，将诗歌转化为歌谣或歌曲，以供宴会或其他文艺活动中演唱。这些歌曲不仅在宫廷内流传，也在民间广泛传唱，成了当时社会生活的一部分。

汉代诗歌与音乐的结合也在民间生活中得到了体现。虽然宫廷文化对诗歌与音乐的结合有着较大的影响，但这种文化现象并不局限于宫廷，而是广泛渗透到了民间生活中。在汉代社会，文人雅士与民间艺人之间的交流是比较频繁的，许多民间艺人也会将古诗词改编为歌曲，以吸引民众的喜爱。这些歌曲往往以朗朗上口的曲调和动听的旋律演唱，成了民间流行的曲艺作品。

汉代诗歌与音乐的结合不仅在艺术上有着重要的意义，也对音韵学的发展产生了深远的影响。在中国古代，音韵学是一门重要的学科，是研究语言音韵规律以及声音的艺术表现。汉代诗歌与音乐的结合为音韵学的发展提供了丰富的素材和范例。通过对诗歌与音乐相互配合的研究，学者们可以深入探讨音乐如何与诗歌的韵律结构相契合，以及如何通过音乐来增强诗歌的感染力和表现力。这种研究不仅推动了音韵学理论的发展，也促进了音乐与诗歌创作之间的互动与交流。同时，汉代诗歌与音乐的结合也为后世的诗歌创作和音乐创作提供了重要的启示，成了中国古代文学和音乐的宝贵遗产。

汉代诗歌与音乐的结合是中国古代文化的重要表现形式之一，它不仅丰富了人们的文化生活，也对音乐和诗歌本身的发展产生了重要影响。无论是在宫廷文化中还是在民间生活中，诗歌与音乐的结合都扮演着重要角色，成了当时社会的一种主要文化现象。通过对这种结合的研究，我们可以更好地了解汉代社会的文化景观，以及音乐与诗歌在中国古代社会中的地位和作用。同时，汉代诗歌与音乐的结合也为后世的文学艺术和音乐创作提供了重要的启示，成了中国文化传统的重要组成部分。

（三）平仄声调的运用

汉代诗歌的兴起与发展在中国文学史上具有重要地位，而其中平仄声调的运用更是其韵律美学的重要组成部分。平仄声调是汉代诗歌中的一种音韵表现方式，通过对字词的音调、音高和音长等方面的处理，使诗歌在朗诵时产生美妙的音乐效果。这种声调的运用不仅增强了诗歌的韵律美感，也提升了诗歌的艺术表现力，使其成为当时文学艺术的瑰宝。

汉代诗歌中的平仄声调运用体现了诗人对语言音韵的高度把控。在古代汉语中，每个字都有其固定的音调，包括平声、上声、去声和入声等。诗人通过选用特定的字词，并根据它们的音调特点进行搭配和组合，使得诗句在朗诵时能够产生和谐的音乐效果。例如，诗人可以通过交替运用平声和仄声，使诗句在音调上产生变化，增加韵律感和节奏感，从而使诗歌更加生动、有力。

平仄声调的运用也体现了诗人对诗歌韵律的精准把握。在汉代诗歌中，平声和仄声的搭配往往是按照一定的规律进行的，例如“平仄相间”“平仄相伴”等。这种规律既注重了音韵的和谐统一，又保持了诗歌的韵律多样性，使得诗句在表现力和美感上都得到了充分的展现。通过巧妙地运用平仄声调，诗人可以塑造出丰富多彩的诗歌形式，使诗作更具艺术魅力和审美价值。

平仄声调的运用也反映了诗人对情感表达的深刻理解和把握。在汉代诗歌中，很多诗作都表现出诗人对生活、情感和人生境遇的感悟和思考。而通过对平仄声调的灵活运用，诗人能够更准确地表达自己的情感，使诗作在情感层面更加真挚、动人。例如，当诗人遭遇挫折或悲伤时，可以运用仄声来表现内心的忧郁和沉重；当诗人感受到喜悦或兴奋时，则可以运用平声来表现内心的豁达和奔放。这种情感表达的方式不仅增强了诗歌的吸引力和感染力，也使诗人与读者之间建立起更加深厚的情感共鸣。

平仄声调的运用还反映了诗人对诗歌节奏的敏感把握。在汉代诗歌中，很多诗作都具有明显的节奏感，这与平仄声调的运用密切相关。通过对字词的平仄搭配和排列，诗人可以创造出丰富多样的节奏效果，使诗句在朗诵时节奏流畅、韵律优美。这种节奏感的产生不仅使诗歌更富有生命力和表现力，也增强了诗歌的吸引力和感染力，使读者更容易被其吸引和感动。

平仄声调的运用是汉代诗歌韵律美学的重要特点之一，体现了诗人对语言音韵、诗歌韵律、情感表达和节奏感等方面的高度把握和创造力。这种声调的运用不仅使诗歌在音乐效果上更加丰富和多样化，也提升了诗歌的艺术表现力和审美价值，使其成为中国古代文学艺术的珍贵遗产。因此，深入理解和研究平仄声调的运用对于理解和欣赏汉代诗歌的魅力和价值具有重要意义，也有助于丰富和拓展中国文学的发展空间和内涵。

（四）诗意与韵律的和谐

汉代诗歌是中国古代诗歌发展的重要阶段，诗人们在创作中对诗意与韵律的和谐追求体现了中国古代诗歌的独特魅力。在汉代诗歌中，诗人们不仅注重文字的意蕴，更注重诗歌的音韵美和意境美，力求在诗歌中达到意义与声音的完美统一。这种注重诗意与韵律的和谐，既体现在诗歌的创作技巧上，也贯穿于诗歌的艺术表现和审美追求中。

汉代诗歌注重诗意与韵律的和谐可以从其创作技巧上得到体现。汉代诗人在创作诗歌时，往往会精选用词，力求言简意赅，寥寥数语中包含丰富的内涵。他们善于运用形象生动的语言描绘自然景物、人物形象或抒发情感，通过对细节的描绘和情感的抒发，使诗歌富有感染力和生命力。同时，汉代诗人在诗歌的结构设计上也颇具匠心，他们善于运用对仗、排比、夸张、反复等修辞手法，使诗歌在表达上更加丰富多样。这种创作技巧的运用，使得诗歌在表达深刻内容的同时，也具备了音韵上的美感，体现了诗意与韵律的和谐统一。

汉代诗歌注重诗意与韵律的和谐体现在诗歌的艺术表现上。汉代诗人善于通过修辞手法和意象的运用来塑造诗歌的艺术形象，使诗歌呈现出丰富的意境和美感。在汉代诗歌中，常常可以看到对自然景物的描绘，如山水、花草、天空等，诗人通过对自然景物的描绘，表达自己的情感和思想，营造出优美的意境。同时，汉代诗人还擅长运用典故和象征来丰富诗歌的内涵，增加诗歌的艺术深度。这种艺术表现的手法使得诗歌不仅具有音韵之美，更具备了意象之美和情感之美，实现了诗意与韵律的完美结合。

汉代诗歌注重诗意与韵律的和谐还体现在其审美追求上。汉代诗人在创作和鉴赏诗歌时，都非常注重诗歌的声音美和意境美，追求诗歌的整体美感。在古代文人雅士的审美观念中，诗歌被视为一种高雅的艺术形式，其价值不仅在于表达情感，更在于展现诗人的才情和修养。因此，汉代诗人们在创作和鉴赏诗歌时，往往会从诗歌的音韵、意境、结构等方面来审美，追求诗歌整体的和谐美感。这种审美追求使得汉代诗歌成为中国古代诗歌的重要代表之一，对后世诗歌创作产生了深远的影响。

汉代诗歌注重诗意与韵律的和谐，体现在诗歌的创作技巧、艺术表现和审美追求等方面。汉代诗人们通过精选用词、运用修辞手法、塑造意象等手段，使诗歌既有深刻的内容，又具备优美的音韵美和意境美，实现了诗意与韵律的完美结合。他们的创作成就不仅丰富了中国古代诗歌的形式和内容，更为后世诗人提供了宝贵的艺术遗产和创作经验，对中国诗歌传统的发展产生了深远的影响。

（五）对后世的影响

汉代诗歌在中国文学史上占有极其重要的地位，它不仅继承并发展了先秦时期的诗歌传统，更在韵律美学上取得了创新和突破，对后世诗歌的发展产生了深远影响。汉代的诗歌韵律美学，包括诗歌的节奏、韵律以及音乐性等方面，为后世的文人墨客提供了丰富的创作资源和灵感来源。

汉代诗歌的韵律美学在于其严谨的格律控制和音乐性的追求。在汉代之前，诗歌的韵律形式相对自由，到了汉代，尤其是西汉时期，随着音韵学的发展，诗人们开始更加注重诗歌的格律和韵律，这使得诗歌不仅在内容上追求意境与情感的表达，也在形式上追求音律上的和谐与美感。如《诗经》的诗歌多采用四言，到了汉代，五言诗逐渐兴起，这种新的诗歌形式为诗歌的韵律美学开辟了新天地。五言诗的出现，不仅丰富了诗歌的形式，更加强了诗歌的音乐性，使得诗歌的节奏感和韵律感更加明显，对后世五言诗的流行产生了巨大影响。

汉代诗歌的韵律美学体现在其丰富的韵脚使用和对偶手法的运用上。汉代是汉语声韵学发展的重要时期，这一时期诗人对韵脚的选择更加讲究，开始有意识地利用平仄和声调的变化来构建诗歌的韵律美感。同时，对偶法在汉代诗歌中得到了广泛应用，诗人们通过对偶句的巧妙安排，使得诗歌在形式上呈现出一种对称的美，进一步增强了诗歌的韵律美感和音乐性。这些技巧的使用，不仅使汉代诗歌在艺术形式上达到了新的高度，也为后世诗歌的发展提供了重要的技巧参考。

汉代诗歌韵律美学的另一大特点是其内在的情感表达与外在形式的高度统一。汉代诗人在创作过程中，高度重视诗歌的情感表达，力求通过韵律的安排和调整来表达诗人的情感态度和审美追求。这种追求不仅体现在诗歌的内容上，更通过诗歌的韵律形式来实现，使得汉代诗歌在表现技巧上达到了极致。这种情感与形式的统一，对后世的诗人在诗歌创作上产生了深远的影响，使得他们在追求诗歌的艺术美时，也注重情感与形式的和谐统一。

汉代诗歌的韵律美学对后世的影响还体现在诗歌创作的文化自觉上。汉代诗人在创作过程中，不仅注重诗歌的艺术性，还深刻体现了一种文化自觉和民族自豪感。他们通过诗歌传达了对于汉文化的认同和推崇，这种文化自觉不仅影响了后世诗人对于民族文化的认同感，也促进了中国传统文化的传承与发展。

第四节 《文选》的编纂对诗学的影响

（一）文学价值的提升

《文选》的编纂是中国文学史上的一座丰碑，它不仅是一部文学集成，更是一次对文学价值的提升和传承。自汉代以来，《文选》以其广泛的选材、卓越的文学艺术和深远的影响，成为中国古代文学的经典之作，对于推动文学在社会中的地位和价值有着重要的作用。

通过《文选》的编纂，汉代文学的成就得到了集中展示，这对于提升文学在社会中的地位具有重要意义。在《文选》之前，汉代文学虽有不少佳作，但散见于各种文集之中，缺乏系统性和整合性。《文选》的编纂将这些优秀的文学作品集中起来，使之成为一部独立的文学选集，这种集中展示的方式有效地彰显了汉代文学的成就，为当时文学的发展树立了典范，也让更多的人有机会接触、了解和欣赏到优秀的文学作品，从而提高了文学在社会中的地位。

《文选》的编纂对于传承文学传统、弘扬文学精神具有重要意义。在编纂《文选》的过程中，编辑们通过精心的选材和编辑工作，从各个时期、各个领域搜集了大量的优秀文学作品，并对其进行了整理和编排。这些文学作品涵盖了诗歌、散文、赋、文言小说等多种文学形式，内容丰富多样，体裁各异，代表了当时不同流派、不同风格的文学成就。这种集大成、传统传承的做法有助于保存和弘扬汉代以来的文学精华，使之得以延续和发展。同时，通过《文选》的编纂，许多优秀的文学作品得以传世，为后世学习借鉴提供了重要的文学资源，有利于激发和培养人们的文学兴趣，传承和发展优秀的文学传统，从而提升了文学在社会中的价值。

《文选》的编纂也对于文学批评和研究的发展产生了积极的影响。作为一部经典文学选集，《文选》本身就成了文学研究的重要对象。人们通过研读《文选》，深入分析其中的文学作品，探讨其艺术特点、思想内涵和历史背景，从而丰富了文学研究的内容和方法。在《文选》的影响下，文学批评开始走向系统化和理论化，出现了许多具有影响力的文学评论家和批评理论，为文学研究的发展奠定了基础。同时，《文选》的编纂也为后世文学批评家提供了丰富的素材和范本，为他们的研究和探讨提供了重要的参考依据，促进了文学批评的繁荣和发展。

《文选》的编纂不仅对汉代文学的发展产生了重要影响，也对后世文学的发展产生了深远的影响。《文选》所选取的文学作品不仅反映了当时的文学风貌和审美趣味，更蕴含着丰富的文化内涵和精神价值，具有超越时代的普世意义。这些优秀的文学作品通过《文选》的传世，被后世广泛传颂和传播，影响深远。例如，《文选》中的《七发》《帝命女史传》等作品，不仅在汉代备受推崇，而且在后世也成为文学典范，被广泛引用和模仿。这些作品的传世，不仅丰富了后世文学的创作资源，也对后世文学的发展产生了深远的影响，为后世文学的繁荣和壮大奠定了坚实的基础。

（二）诗学观念的传播

《文选》作为一部收录了大量文学作品的选集，在传播诗学观念方面具有广泛性和权威性。汉代是中国古代文学发展的关键时期之一，而《文选》编纂完成于西汉初期，涵盖了先秦至西汉初期的众多文学作品。其中有楚辞、汉赋等早期文学作品。这些作品不仅在形式和内容上展现了当时的诗学风貌，更蕴含着丰富的诗学观念和创作技巧，通过《文选》的广泛传播，这些诗学观念得以传承和发展。

《文选》的广泛传播为诗歌创作提供了丰富的素材和范例。在《文选》中，涵盖了各个时期、各个流派的诗歌作品，其中既有古朴质朴的《诗经》篇章，也有华丽辞藻的汉赋，以及激情奔放的楚辞。这些不同风格的诗歌作品为后世诗人提供了丰富的创作启示，启发了他们在形式和内容上的探索和创新。例如，汉代诗人司马相如在受到《楚辞》影响后，创作了《子虚赋》，在形式和表达上融合了楚辞的特点，形成了独具一格的风采。因此，可以说，《文选》的传播不仅使诗歌作品本身得到了广泛传播，更重要的是为后世诗人提供了丰富的文学素材和范例，促进了诗歌创作的繁荣与发展。

《文选》的传播也为诗学理论的发展提供了重要的支撑和基础。在《文选》中，不仅收录了大量的诗歌作品，还配有详尽的作者传记和文学评论，对诗歌的形式、内容、风格等方面进行了深入的探讨和分析。这些文学评论不仅反映了当时诗歌创作的审美标准和文学观念，更为后世的诗学理论研究提供了宝贵的史料和参考。例如，《文选》中对于楚辞的收录和评论，反映了当时文人对于楚辞独特风格和情感表达的认可和推崇，为后世文学评论家提供了重要的研究对象和范本。同时，《文选》中还包括了一些重要的诗歌理论著作，如《乐府杂曲》等，这些著作系统地阐述了当时诗歌创作的原则和技巧，对于后世诗学理论的形成和发展产生了重要影响。

《文选》的传播不仅对汉代诗歌及诗学理论产生了重要影响，更对后世文学的发展产生了深远影响。在汉代，《文选》的传播使得当时的诗歌创作达到了一个新的高峰，促进了汉赋、楚辞等文学流派的繁荣与发展。而在隋唐时期，《文选》成了文人雅士们的必读之书，对于唐诗的创作和发展产生了重要影响，例如王之涣、孟浩然等诗人都受到了《文选》中诗歌的启发和影响。可以说，《文选》通过其广泛的传播，不仅为汉代诗歌的繁荣与发展做出了重要贡献，更为后世诗歌创作和诗学理论的发展奠定了坚实的基础。

（三）文学标准的确立

要理解《文选》对文学标准确立的影响，需要从其所收录的作品和编选原则入手。《文选》是一部选集，其中收录了从先秦时期到刘义庆所处时代的各种文学作品，涵盖了诗歌、散文、文论等多种文学体裁。这些作品不仅在当时就有较高的文学地位，而且代表了各个时期的文学风貌和创作特点。刘义庆在编选《文选》时，注重选材的广泛性和代表性，力求收录那些具有典型意义、艺术价值和时代特色的作品。因此，《文选》所收录的作品成了后世评价文学作品的标准和范例，被认为是古代文学的精华所在。

可以从《文选》对后世文学创作的影响来理解文学标准的确立。《文选》中所收录的作品在形式、内容、表现手法等方面都具有较高的艺术水准和审美价值，对后世文学创作产生了深远的影响。首先，《文选》中的诗歌作品为后世诗人提供了丰富的创作范例和艺术借鉴，例如《楚辞》中的《离骚》《九歌》等诗篇以其豪放的气势和辞藻的华美成了后世诗人仿效的对象。其次，《文选》中的散文作品也对后世散文创作产生了重要影响，比如魏晋南北朝时期的散文作品以其清新自然、含蓄典雅的风格为后世所推崇，成了中国古代散文的典范。最后，《文选》中的文论作品也为后世文学理论的发展提供了重要参考，例如刘勰的《文心雕龙》等文论作品对后世文学理论的形成和发展产生了重要影响。

除此之外，《文选》对后世文学标准的确立还体现在其所传承的文学思想和审美观念方面。《文选》所收录的作品具有鲜明的时代特色和个性风貌，反映了不同历史时期的社会生活、人文精神和审美趣味。这些作品通过其独特的艺术表现形式和深刻的内涵意蕴，对后世文学的发展和传承起到了重要的作用。例如，《文选》中的作品多以抒情、议论、叙事等方式表现，这种多样化的文学形式为后世文学创作提供了丰富的样式和表现手法。同时，《文选》所传承的人文精神和审美观念也为后世文学标准的确立提供了重要参考，例如其中强调的情感真挚、思想深刻、形式优美等标准成了后世文学创作的重要准则。

第四章　魏晋南北朝的诗学特色

第一节　魏晋风骨与玄言诗

（一）风骨概念的提出

在魏晋时期，中国文学界涌现一股强烈的个性解放和情感真实的潮流。在这个时期，诗人们开始重视表达个人的思想感情，追求独特的艺术风格和表现方式。在这种背景下，出现了“风骨”这一美学理念，它成了评价诗歌作品的重要标准，体现了诗人的气质和风度。

要理解“风骨”，就需要从文字中窥见其内涵。在中国古代文学中，“风”指作品的风格、气度，是指作品表现出的特有气息和情感；“骨”则是指作品的韵味、魅力，是指作品内在的力量和品质。将“风”与“骨”结合起来，就是要求诗歌作品既要有独特的风格和气质，又要有坚实的内涵和品质。这种“风骨”既是诗人个性的表现，也是诗歌作品品质的体现。

理解“风骨”的提出需要考察当时的社会背景。魏晋时期，中国经历了长期的动荡和战乱，社会风气较为颓废，人们渴望寻找一种情感的出口，以此来抒发内心的疲惫和不满。在这种情况下，诗歌成了诗人们表达个人情感和思想的主要途径。他们希望通过诗歌来展现自己的个性和态度，以此来追求心灵的自由和解放。因此，“风骨”这一概念的提出，正是在这种社会背景下，诗人们对于个性解放和情感真实的追求的体现。

“风骨”这一美学理念的提出也与当时文化风尚的变迁密切相关。魏晋时期，中国的文化逐渐从道教、儒家的宗教神秘主义向自然主义和人文主义转变。在这种文化变迁的背景下，人们开始关注个体的情感和体验，追求人与自然、人与社会的和谐统一。因此，“风骨”这一美学理念的提出，也可以看作当时文化转型的产物，是中国文学由神秘主义向现实主义转变的标志之一。

“风骨”的提出对于中国古代诗歌的发展产生了深远的影响。它使诗歌不再局限于古典的形式和传统的题材，而是更加注重诗人个性的表达和情感的真实。诗人们开始尝试采用新的表现方式和技巧，以突破传统的束缚，表现出更加丰富多样的情感和思想。同时,“风骨”的提出也促进了诗歌的审美理念的更新和发展，为后世的文学创作提供了重要的启示和借鉴。

（二）玄言诗的兴起

玄言诗的兴起源于中国古代文化的深厚底蕴，其发展与道家哲学和玄学思想的交融密不可分。这种诗歌形式追求的不仅仅是表面的文字意义，更是一种超越言语的心灵沟通和思想交流。

玄言诗的兴起必须与中国古代文化传统有关。中国古代文化自古以来就有着深厚的玄学传统,尤其是道家思想对玄言诗的影响尤为显著。道家强调天人合一、追求自然与人道的和谐,这种思想与玄言诗中追求的含蓄表达、言外之意相契合。古人崇尚自然，尊崇道德，追求心灵的自由和境界的超脱，这些都为玄言诗的兴起提供了文化土壤。

玄言诗的兴起也与诗人个体的思想境界和审美情趣密切相关。玄言诗的诗人往往具有较高的修养和哲学素养，他们对生命、世界有着更深刻的感悟和理解，因此能够以一种超越日常生活的方式来表达自己的思想与情感。诗人通过玄言诗，不仅仅是在表达自己的情感，更是在探索生命的真谛，追求心灵的解脱与超越。

在玄言诗的创作中，语言的运用显得尤为重要。与风骨诗追求直白、简练的风格不同，玄言诗更注重言外之意和含蓄的表达。诗人往往采用隐喻、比喻等修辞手法，以抽象、深奥的语言来表达自己的情感与思想。这种含蓄的表达方式，既让读者在阅读中得到启迪，又给予了读者更多的想象空间，让他们能够在诗歌中领悟到更深层次的内涵。

玄言诗的兴起也与社会背景的变迁密切相关。在中国古代，封建社会的压抑与道家思想的弘扬相互交织，这种矛盾冲突的社会氛围也促成了玄言诗的兴起。

诗人通过玄言诗来表达对社会现实的思考与抗衡，以及对精神世界的追求与超越，这种在社会压力下的精神寄托也是玄言诗得以繁荣的重要原因之一。

（三）代表人物和作品

中国古典诗歌是中华文化宝库中的瑰宝，源远流长，博大精深。其中，魏晋时期的风骨与玄言诗，以其独特的艺术魅力和深邃的哲理思考，成为中国诗歌发展史上的一朵奇葩。魏晋风骨的形成，与那个时代的社会背景、文化思潮，以及人们的生活态度密不可分。玄言诗，作为魏晋时期诗歌的一大特色，更是将哲理的探究与诗歌的美感完美结合，展现了诗人们对于生命、宇宙、道德和哲学等方面的深刻思考。

魏晋南北朝时期，是中国历史上一个重要的转折点。社会动荡不安，战乱频仍，但也是士大夫阶层追求个性解放、精神自由的一个时期。在这样的社会环境下，魏晋风骨应运而生，其主要特点是崇尚自然、追求个性、强调精神自由，与当时盛行的玄学思想相互影响，形成了独特的文化氛围。这种风骨不仅体现在生活作风和价值观上，也深深影响了当时的文学创作，尤其是诗歌。

玄言诗是魏晋时期诗歌的一大特色，它以讲究意境、含蓄蕴藉和追求哲理深度著称。玄言诗通过诗人的深邃思考和独特感悟，探讨宇宙人生的根本问题，表达了诗人对于生命、自然、宇宙及其运行规律的认知和理解。这种诗歌往往以简练的语言、深奥的意义，展现出独特的美学价值和思想深度，为后世留下了丰富的哲学思考和审美享受。

嵇康是魏晋时期著名的文学家、哲学家，也是玄言诗的代表人物之一。他的诗作以风格清新、意境深远著称，充分展现了魏晋风骨的特点。嵇康的《与山巨源绝交书》不仅是一篇著名的辞赋，也充满了诗意，表达了他对于友情和个人理想的执着追求。

阮籍是魏晋时期“竹林七贤”之一，其诗作深受玄学思想的影响，善于通过诗歌探讨哲学和宇宙人生的问题。他的《咏怀诗》系列，以其深沉的哲理意蕴和独特的艺术魅力，成为玄言诗的典范。

陶渊明虽然不完全属于魏晋时期，但他的诗歌精神与魏晋风骨有着深刻的契合。陶渊明的诗作以崇尚自然、追求田园生活的理想为主题，展现了淡泊名利、返璞归真的生活态度。他的《归去来兮辞》和《饮酒》系列诗，不仅表达了对田园生活的向往，也富含了深邃的哲学思考。

这些代表人物及其作品，不仅展现了魏晋时期文化的独特魅力，也对后世的文学艺术产生了深远的影响。他们以诗为媒介，探讨了人与自然、人与宇宙、人与社会的关系，表达了对生命意义的深刻理解和追求，充分体现了魏晋风骨与玄言诗的价值和意义。

魏晋风骨与玄言诗是中国古典文学史上一颗璀璨的明珠。它们不仅反映了魏晋时期独特的社会背景和文化氛围，也展现了诗人们深邃的哲学思考和高超的艺术造诣。这些诗歌作品跨越千年，至今仍然闪耀着思想的光芒和艺术的魅力，对我们今天的生活和思考仍有重要的启示和影响。

（四）文化背景的影响

魏晋时期是中国历史上一个充满动荡和变革的时期。这个时期大约跨越了公元 220—420 年，标志着东汉末期政治制度的彻底崩溃和三国时期的结束，以及晋朝的建立。在这段时间里，中国社会经历了政治剧变、战乱频仍以及文化风貌的巨大变迁，而这些社会动荡和变迁在很大程度上影响了当时诗歌的创作，形成了独具特色的魏晋风骨与玄言诗。

魏晋时期的社会动荡给诗歌创作提供了丰富的素材和情感基础。这个时期，中国社会经历了长期的战乱和政治混乱，国家分裂成多个割据政权，民不聊生，人民饱受战火之苦。这种战乱的背景使得诗人们在创作中表现出更多的忧国忧民之情，抒发了他们对乱世的感受和对社会动荡的思考。同时，魏晋时期的政治剧变也使得人们对于传统价值观和道德观念产生了怀疑和反思，这种思想的转变也深刻地影响了诗人们的创作观念和文学风格。

魏晋时期士人隐逸生活的兴起为诗歌创作提供了特殊的文化背景。在这个时期，由于政治动荡和社会不安，许多士人选择了隐居山林，远离纷扰，过上了隐逸生活。这种士人隐逸的生活方式不仅是一种对时局的抗议，更是一种对于传统文化的回归和追求。士人们在山林隐居的同时，追求心灵的净化和修养，为诗歌创作提供了深邃的内心体验和精神追求。他们在山水之间，与自然相融，与心灵对话，创作出了许多具有玄思和超然意境的诗篇，展现了他们对人生和宇宙的深刻思考和感悟。

魏晋时期的诗歌以风骨与玄言为其特色，这与当时社会文化氛围密不可分。风骨诗指的是那些富有豪放潇洒之风骨的诗篇，这种诗歌常常表现出诗人豪情壮志，抒发对自由与独立的追求，展现出一种不拘泥于世俗习俗的个性风采。而玄言诗则更多地倾向于探讨宇宙万物的玄妙之处，通过对自然、人生、道义的思考，追求超越物质世界的境界，表达出诗人对于人生意义和存在价值的深刻追问。这种风格的形成，既受到了社会动荡的影响，也受到了士人隐逸生活的精神启发，展现了诗人们在风云变幻的时代中，对于自我和世界的独特理解和表达。

魏晋时期的文化环境也为诗歌创作提供了丰富的文学积淀和传统基础。在这个时期，中国文学积淀了几千年的传统，诗歌、文言文等文学形式已经相当成熟，并且形成了较为严谨的文学体系和规范。诗人们在创作时，往往会受到前人诗歌的启发和影响，吸收前人的精华，同时又注入自己的思想和感悟，形成了新的文学风貌。同时，魏晋时期还涌现了许多杰出的文学家和文学评论家，如王粲、陆机等，他们的文学批评和理论成就为当时诗歌创作提供了重要的指导和借鉴，推动了诗歌艺术的发展和完善。

魏晋时期的社会动荡和士人隐逸生活对于诗歌创作产生了深远的影响。这个时期的诗歌以其深邃的玄思和豪放的风骨为特色，展现了诗人们对于人生和宇宙的深刻思考和感悟，同时也反映了当时社会文化的特点和精神风貌。魏晋诗歌在中国文学史上占据着重要的地位，对后世诗歌创作产生了深远的影响，成为中国古典诗歌艺术的重要组成部分。

（五）风骨与玄言的艺术特色

中国古典诗歌是中华民族文化的瑰宝，其中，魏晋时期的风骨与玄言诗歌不仅是那个时代文学的代表，更是文化思想发展的重要标志。

“风骨”一词，最初源于画论，后借指文学作品中表现的人物性格、气质和风格。魏晋时期，社会动荡不安，士人阶层普遍追求个性解放，强调性情中正、超逸不羁。这一时期的文学作品，尤其是诗歌，倾向于展现一种超然物外的高洁气质和坚定不屈的精神风貌，这便是所谓的“风骨”。风骨之作往往不拘泥于形式，追求意境的开阔、语言的简练和情感的真挚。在表现技巧上，它们更注重通过意象的堆砌和对比，以及隐喻和象征的使用，来传达诗人的情感态度和价值观。

而“玄言”诗，则是魏晋南北朝时期流行的一种诗歌体裁，其特点是内容深奥、富含哲理，语言简练而意蕴丰富。玄言诗的出现，与当时社会的哲学思想，特别是道家和玄学的盛行密切相关。诗人们利用玄言诗这一形式，探讨宇宙人生的根本问题，表达对自然和宇宙的感悟，以及对生命意义的追求。在艺术表现上，玄言诗追求意象与哲理的高度统一，通过对自然景物的描绘和抽象概念的引入，使诗歌既有深刻的哲学内涵，又不乏美的艺术享受。

风骨与玄言的艺术特色，虽然各有侧重，但它们共同体现了魏晋时期文人追求个性解放和精神自由的思想趋势。这一时期的诗歌，不仅注重形式美的探索，更加强调诗歌的思想性和哲理性，从而极大地丰富了中国古典诗歌的表现力和深度。

在风骨之作中，我们经常能感受到诗人对于个性的坚持和对于自由的向往。例如，嵇康的《与山巨源绝交书》不仅是一篇著名的辞赋，也可以视为一首风骨十足的长诗。在这篇作品中，嵇康表达了自己超然物外、不受世俗束缚的人生态度和独立不羁的性格，展现了魏晋风骨诗的典型特征。

玄言诗方面，如陶渊明的作品，常常蕴含深邃的哲理思考，表现出诗人对自然和生命本质的深刻感悟。陶渊明的《归去来兮辞》以及《饮酒》系列，不仅表达了作者归隐田园的愿望，更透露出对人生、自然和宇宙之间关系的哲学思考，成为玄言诗的杰出代表。

魏晋风骨与玄言诗歌，以其独特的艺术魅力和深邃的思想内容，不仅影响了后世诗歌的发展，更成为研究中国古代文化和哲学的重要资源。它们展现了魏晋时期文人的精神风貌和哲学追求，成为中国文学史上一个独特而重要的篇章。在这一时期，诗歌成了文人表达个性、探索宇宙人生意义，以及传达美学追求的重要手段，其深远的影响力至今仍让后人赞叹不已。

第二节 南北朝时期的民歌与山水诗

（一）民歌的发展

民歌，作为民间口头文学的一种，历来是人民情感表达和文化传承的重要载体。在南北朝时期，民歌的发展达到了一个新的高度，其主题内容更加丰富，形式也更为多样。这些民歌大多以简洁明快的语言，生动形象地描绘了农村的自然风光、社会生活，以及人民的思想感情。其中，劳动歌曲、生活歌谣、爱情歌曲等类型尤为突出，它们以其真挚的情感和质朴的语言，深受广大民众的喜爱。

在南北朝民歌中，劳动歌曲是一个重要的类别。这些歌曲通常描绘农耕、渔猎等劳动场景，反映了劳动人民的辛勤工作和对美好生活的向往。例如，《采薇》歌曲系列，通过对采薇人采集野菜的场景的描述，既表现了劳动人民的艰辛生活，也抒发了对和平安宁生活的向往。

生活歌谣则更多地反映了民众的日常生活和社会风貌。这类歌曲内容丰富多彩，既有对自然景观的赞美，也有对人间情感的抒发，更不乏对社会现象的讽刺和批评。它们以通俗易懂的语言，生动地描绘了南北朝社会的多姿多彩的生活面貌，是研究当时社会文化和民俗的宝贵资料。

爱情歌曲作为民歌中的一个亮点，展现了南北朝时期人们对爱情的美好向往和深切感受。这些歌曲以其细腻的情感描绘和生动的形象表达，成了中国古代文学中表现人物情感的经典之作。例如，一些歌曲通过描绘男女之间的相思、离别、团聚等情境，表达了人们对忠贞不渝的爱情的追求和赞美。这些作品不仅丰富了当时的文学艺术，也为后世提供了关于南北朝社会风俗、人民情感生活的重要见证。

山水诗在南北朝时期也得到了空前的发展。南北朝时期的山水诗，不仅仅是对自然景观的描绘，更融入了诗人的哲思和情感，表达了他们对自然的热爱和对人生、宇宙的深刻思考。这一时期的山水诗，以其新颖的题材、独特的风格和深邃的意境，对后世的山水诗发展产生了深远的影响。

山水诗人谢灵运，被誉为“山水诗的鼻祖”。他的山水诗开创了中国山水诗的先河，其作品以雄浑的气势、奇特的想象和深邃的哲思著称，对后世的山水诗人产生了重要影响。谢灵运的山水诗，不仅描绘了自然景观的壮丽，更抒发了诗人游历名山大川时的豪迈情怀和对人生、自然的深刻感悟。

南北朝时期的山水诗，与民歌一样，是那个时代文化艺术繁荣的标志。山水诗的发展，不仅展现了当时人们对自然美的追求和赞美，也反映了他们对生命意义和宇宙真理的探索和思考。这些作品，无论是在艺术形式还是思想内容上，都为中国古典文学的宝库增添了辉煌的一页。

（二）山水诗的兴盛

在中国文学史上，山水诗是一个具有重要地位的诗歌流派。其兴盛期可以追溯至唐代，但更多的成熟和发展发生在宋代。在这一时期，山水诗成为文人雅士们喜爱的题材之一，其兴盛与多方面的因素密切相关。

山水诗的兴盛与中国古代文人的审美观念和文化传统有着密不可分的联系。在中国传统文化中，自然被视为至高无上的存在，而山水则是自然之中最为典型和富有象征意义的表现形式之一。文人雅士们深受儒家思想的影响，崇尚自然、崇尚与自然融合，因此他们对山水的倾心赞美不足为奇。山水诗的兴盛正是在这种文化背景下得以培育和发展的。

山水诗的兴盛与宋代社会的稳定和繁荣密切相关。宋代是中国历史上一个政治相对稳定、经济繁荣的时期，社会秩序相对较好，文化艺术得到了充分的发展空间。在这样的社会环境下，文人雅士们有了更多的精力和时间去追求诗歌创作，并将目光投向了自然山水之美，表达了他们对自然、生活的向往和赞美。

山水诗的兴盛也与文人雅士们日益增长的审美需求有关。在宋代，随着社会经济的发展和人民生活水平的提高，文人雅士们的审美追求逐渐超越了物质层面，更加注重心灵的满足和精神境界的提升。山水诗以其清新淡雅、意境空灵的特点，恰好迎合了他们对高雅艺术的需求，因此备受推崇和青睐。

山水诗的兴盛还受到文人雅士们个人创作意愿的影响。许多文人雅士对自然山水有着深厚的情感和独特的感悟，他们通过诗歌表达自己对自然的感慨和对生活的理解，同时也展示了他们对诗歌艺术的追求和创新。这种个人的创作热情和精神追求，为山水诗的兴盛提供了源源不断的动力和活力。

（三）代表作品与诗人

在中国文学的宏大史册中，南北朝时期（420—589）无疑是一个多元与转型并存的时代。这个时期，不仅社会结构、政治格局发生了深刻变化，文学领域也呈现出多姿多彩的面貌，尤其是在民歌和山水诗这两个类别中，展现出了丰富的文化内涵和艺术成就。

南北朝时期的民歌，承续了先秦两汉的民间文学传统，同时也吸收了魏晋风流、儒学思想以及佛教文化的影响，形成了具有独特韵味的文学现象。这些民歌大多反映了当时社会下层人民的生活状况、情感世界，以及对生活的希冀和追求，具有鲜明的时代特色和地域特征。其中，《乐府诗集》是研究南北朝民歌的重要文献，收录了大量的民歌作品，如《木兰诗》《东门行》等，这些作品以其质朴的语言、生动的情感，展现了平民生活的真实面貌，对后世产生了深远的影响。

山水诗方面，南北朝时期是其发展的重要阶段，标志着中国山水诗由初步形成向成熟转变的重要过渡期。这一时期的山水诗，不仅在题材、内容上有所扩展，更在情感表达和艺术风格上呈现出新的特点。诗人们开始更加注重对自然景观的直观感受和心灵体验，山水诗逐渐从单纯的描绘转向表现诗人的情感寄托和哲理思考，体现了人与自然和谐共生的美学追求。

在这一时期，谢灵运和谢朓是山水诗发展历程中不可忽视的两位杰出代表。谢灵运的山水诗，开创了“写景抒情”和“寄情于物”的新风格，他的诗作如《登池上楼》《山居赋》等，以其雄浑的气势和深邃的思考，展现了作者对自然界的热爱以及对人生哲理的深刻感悟。谢朓则以其清新脱俗的艺术风格著称，他的山水诗作品如《赛敬亭山庙喜雨》《赋贫民田》等，以细腻的笔触描绘了自然景观的精妙细节，表达了诗人对美好生活的向往和对自然美的热爱。

（四）民歌与山水诗的艺术特色

民歌与山水诗作为中国传统文化中重要的艺术形式，各具其独特的艺术特色，展现了不同的审美追求和文化内涵。民歌以其朴实自然、直接表达情感的特点而闻名，而山水诗则以其景与情的融合、细腻描绘自然景物的方式传达诗人的情感和哲理思考。这两种艺术形式在中国文学史上占据着重要地位，它们不仅是中国古代文学的精华，也是中华民族文化的重要组成部分，对后世的文学创作和文化传承产生了深远的影响。

民歌以其朴实自然的风格深受人们的喜爱。民歌源于民间，它是中国古代劳动人民在生活和劳动中创作的一种歌谣形式，具有浓厚的生活气息和深刻的社会情感。民歌的艺术特色主要体现在以下几个方面：

其一，朴实自然。民歌的语言直白、朴实，往往使用简单易懂的词语和句式，没有繁复的修饰和华丽的修辞，表达方式质朴自然，贴近人民生活。这种朴实自然的表达方式使民歌具有强烈的亲和力和感染力，能够深入人心，引起听众共鸣。

其二，直抒情感。民歌直接表达情感，情感真挚直接，没有隐晦和掩饰，使人感受到作者真实的情感体验。无论是欢乐、悲伤、爱情还是离别，民歌都能够用简单而真挚的语言表达出来，打动人心。

其三，具有鲜明的时代特征。民歌是中国古代劳动人民在特定历史时期创作的产物，它反映了当时社会政治、经济、文化等方面的特点和人们的生存状态，具有鲜明的时代特征和历史意义。通过民歌，人们可以了解到不同历史时期的社会生活和人民精神面貌，体验到历史的变迁和人类情感的流转。

而与民歌不同的是山水诗，山水诗是中国古典诗歌的重要流派之一，其艺术特色主要体现在以下几个方面：

其一，景与情的融合。山水诗注重景与情的融合，通过对自然景物的描绘来抒发诗人的情感和思想意境。在山水诗中，自然景物不仅仅是客观存在的对象，更是诗人情感的载体和表达的符号，诗人通过对景物的描绘和诗意的加工，传达出自己的情感和思想。

其二，细腻描绘。山水诗以其细腻入微的描绘手法而著称，诗人常常通过对景物的细致描绘来展现自己的审美情趣和诗意境界。无论是山川河流、林木花草还是天空云彩，诗人都能够用恰到好处的词语和形象描绘出来，使人感受到大自然的神奇和美妙。

其三，意境深远。山水诗以其深远的意境和富有哲理的思考而著称，诗人常常通过对自然景物的描绘来反映人生哲理和人类情感，使人们在欣赏诗作的同时思考人生、感悟人生的意义。在山水诗中，诗人常常通过对自然景物的描绘来表达自己对人生、命运、道德等问题的思考，使诗作更具有思想性和艺术性。

（五）文化与社会背景

南北朝时期是中国历史上一个充满动荡和变革的时期，这一时期的文化与社会背景对于了解中国古代文学的发展和演变具有重要意义。在这个时期，社会的动荡不安、政权更迭频繁，使得人们的生活充满了不确定性和挑战。在这样的社会背景下，文化扮演了重要的角色，成为人们寻求安慰和心灵慰藉的重要途径。

南北朝时期的社会动荡给了民歌一个独特的发展环境。民歌作为一种最直接、最贴近人民生活的文学形式，在这个时期发挥了极其重要的作用。社会动荡使得人们的生活充满了不确定性和变化，而民歌则成了他们抒发情感、倾诉心声的重要途径。在这个时期，许多民歌反映了人们的疾苦、哀愁，以及对未来的期盼，它们以朴素的语言、动人的旋律，直接触动了人们内心深处的情感。这些民歌不仅仅是文学的表达形式，更是社会民生的一面镜子，反映了人们生活的真实状态。因此，在南北朝时期的文化与社会背景下，民歌扮演了不可或缺的角色，成了人们情感宣泄的重要渠道。

山水诗的盛行也是南北朝时期文化与社会背景的产物。在社会动荡不安的背景下，人们渴望找到一种精神寄托，寻求内心的安宁与慰藉。而山水诗的盛行恰恰满足了这一需求。山水诗以其高远的意境、含蓄的情感而备受推崇，它将自然景观与人的内心情感融为一体，使人们在欣赏自然美景的同时，也得以反思人生、陶冶情操。在南北朝时期，人们面临着诸多的挑战和困境，他们通过欣赏山水诗中的高远境界和恬淡意境，寻求心灵的慰藉和安宁。山水诗的盛行不仅反映了人们对于精神寄托的需求，也反映了他们对于内心世界的追求，是南北朝文化与社会背景交融的产物。

在南北朝时期，佛教的传入与发展也对于文化与社会背景产生了深远的影响。佛教作为一种宗教信仰，给了人们在动荡不安的社会中寻求精神慰藉的新途径。

佛教强调超越尘世的苦恼，追求心灵的解脱与超脱，这与南北朝时期人们内心追求安宁与宁静的心态是相契合的。因此，佛教在南北朝时期得到了迅速的传播与发展，成了当时社会中一股重要的精神力量。佛教的影响不仅体现在宗教信仰上，也渗透到了文学创作中，许多当时的文学作品都融入了佛教的思想和意蕴，反映了人们对于心灵解脱的向往与追求。

南北朝时期的社会动荡也催生了一些具有政治倾向的文学作品。在这个时期，政权更迭频繁，各种政治力量相互角逐，因此在文学作品中往往会反映出作者的政治立场和态度。有些作品通过讽刺讥讽的手法，揭露时政的黑暗和腐败，表达人们对于社会现实的不满和愤慨；另一些作品则通过歌颂统治者或者宣扬某种政治理念，来彰显作者对于特定政权的支持与拥护。在这个背景下，文学作品不仅是艺术创作，更是政治立场和主张的表达，反映了社会政治生活与文化创作的密切联系。

南北朝时期的文化与社会背景对于中国古代文学的发展和演变产生了深远的影响。在这个时期，民歌、山水诗、佛教等文化现象的兴起与盛行，都与当时社会的动荡不安、人们内心的追求和需要密切相关。这些文化现象不仅是当时社会生活的反映，更是人们寻求心灵慰藉与精神寄托的重要途径，体现了人们在乱世中对于内心世界的探索和追求。同时，南北朝时期的文学作品也反映了作者对于时代的思考和态度，表达了对于社会现实的关注和批判，以及对于美好生活的向往和追求。

在南北朝时期，文化与社会背景的交织互动呈现出多样性与复杂性。除了民歌、山水诗、佛教等文化现象外，南北朝时期还有一些其他的文化特征，如文人墨客的兴起、史书编纂的活跃等，这些都对于时代的文化风貌和社会形态产生了重要影响。

文人墨客的兴起是南北朝时期的一个显著特征。在社会动荡不安的背景下，许多文人墨客选择了远离世俗纷扰，隐居山林，追求心灵的自由与超脱。他们以诗文书画为媒介，表达自己的情感和思想，创作了许多优秀的文学作品，成了当时文化生活的主要推动力量。文人墨客的兴起不仅丰富了当时的文化生活，也为后世留下了许多珍贵的文学遗产，对于中国文学的发展产生了深远的影响。

第三节　慧能与佛教诗学

（一）慧能的影响

慧能（638—713），唐代禅宗高僧，他的影响在中国佛教史上是不可忽视的。他的思想和言教对佛教诗学产生了深远的影响，推动了佛教诗歌向更深层次的哲理性和内在性发展。在理解慧能对佛教诗学的影响之前，我们需要了解他的生平和禅宗思想。

慧能生于隋末唐初，出家后拜龙树师学习律宗，但后来转向禅宗。慧能在唐初禅宗发展中扮演着重要的角色，他是中国禅宗黄檗宗的创始人。慧能在《六祖坛经》中的言教被视为中国禅宗的经典之一，他被誉为“禅宗宗师”，其禅宗思想影响深远，被后世奉为宗派宗匠。

慧能的影响不仅在于他的禅宗思想，更体现在他对佛教诗学的贡献上。佛教诗歌在中国历史上有着悠久的传统，自魏晋南北朝时期开始，佛教诗歌开始融入中国文化，成了中国文学史上的重要组成部分。在佛教诗歌的发展历程中，慧能的思想和言教产生了深远的影响，这体现在以下几个方面。

慧能的禅宗思想为佛教诗歌注入了更深层次的内涵。禅宗强调直指人心，直接领悟佛性。慧能在《六祖坛经》中提出了“不立文字”的观点，强调言语之限制，主张直指人心，这与传统的佛教诗歌有着密切的联系。传统佛教诗歌注重对佛法的宣扬和表达，常常通过形象生动的文字来描绘佛教的教义和修行之道。而慧能的禅宗思想打破了传统的文字限制，强调直接领悟佛性，这种内心的体验和领悟对佛教诗歌的创作产生了深远的影响，使得诗歌不再局限于对外在世界的描写，而是更加注重内心的体验和领悟。

慧能的言教启示了佛教诗歌的创作方向。慧能在《六祖坛经》中所提倡的“不立文字，直指人心”的思想，为佛教诗歌的创作指明了一条新的方向。传统的佛教诗歌往往以佛教的教义和修行之道为主题，通过形象生动的语言来描绘佛教的信仰和理想。而慧能的言教则强调直接领悟佛性，超越言语的限制，这为佛教诗歌的创作提供了新的思路。佛教诗人可以通过诗歌表达自己内心的体验和领悟，追求心灵的解脱和境界的升华，这使得佛教诗歌不再局限于对传统教义的陈述，而是更加注重个人的内心体验和境界的探索。

慧能的禅宗思想推动了佛教诗歌向更深层次的哲理性发展。禅宗强调直指人心，超越言语的限制，追求直接领悟佛性。慧能在《六祖坛经》中所阐述的禅宗思想，对佛教诗歌的发展产生了深远的影响。传统的佛教诗歌往往以佛教的教义和修行之道为主题，通过形象生动的语言来描绘佛教的信仰和理想。而慧能的禅宗思想则强调直指人心，超越言语的限制，追求直接领悟佛性，这使得佛教诗歌不再局限于对传统教义的陈述，而是更加注重对人生、宇宙等更深层次问题的思考和探索。因此，慧能的禅宗思想推动了佛教诗歌向更深层次的哲理性发展，使得诗歌不再局限于表面的描写，而是更加注重对人生和宇宙等更深层次问题的探索和思考。

慧能的影响还体现在他的弟子和传人身上。他的主要传人洪州慧远在慧能的基础上发展了黄檗宗，并且继承了慧能的禅宗思想和诗学风格，对后世的佛教诗歌产生了深远的影响。洪州慧远以及其他的慧能传人，将慧能的禅宗思想和诗学风格传承下去，使得黄檗宗在中国禅宗中独树一帜，对中国的文化和文学产生了重要的影响。

除此之外，慧能的影响还体现在他的弟子和传人所著的传记和评论文献中。《六祖坛经》作为慧能的言教录，被奉为中国禅宗的经典之一，对中国佛教思想产生了深远的影响。此外，慧能的生平事迹和禅宗思想也被后世的文人墨客传颂，成了中国文学史上的重要篇章。明代的《坛经序品》、清代的《坛经序论》等文献，都对慧能的思想和影响进行了深入的研究和阐释，使得慧能的影响在中国文学史上得到了充分的肯定和传承。

（二）佛教诗歌的特点

佛教诗歌的特点源自其深受佛教哲理的影响，这些诗歌不仅仅是文学作品，更是灵性的表达与追求。在佛教诗歌中，常常体现出以下几个显著的特点。

佛教诗歌强调超越世俗的境界。诗人通过文字表达对世俗生活的超脱和对内心境界的追求。他们深刻地理解到生命的无常和苦难，因此不再被世俗的名利困扰，而是寻求内心的平静与解脱。这种超越世俗的境界在诗歌中常常以对净土、涅槃等理想境界的描绘为主，体现了诗人对超越尘世的向往和追求。

佛教诗歌注重表达内心的体悟与感悟。诗人常常通过诗歌表达自己对禅理的领悟和对生命意义的思考。在静默冥想的过程中，他们观察内心的起伏和变化，从而体悟到生命的本质和宇宙的真理。这种内心体悟的表达常常具有深远的哲理意味，能够引发读者的共鸣和思考。

佛教诗歌以简洁、含蓄的语言风格为特点。诗人通过简短而深刻的语言，表达出对生命、宇宙的感悟和对解脱的追求。他们往往能够用简单的词语触及内心的深处，让人产生共鸣和震撼。这种简洁、含蓄的语言风格，使得佛教诗歌具有高度的艺术美感和思想深度。

佛教诗歌强调心灵的净化与修行。诗人常常通过诗歌表达对修行道路上种种挑战的思考和对心灵净化的追求。他们认识到人心是纷扰和烦恼的根源，因此通过修行禅定、舍弃贪念等方式来净化内心，实现心灵的解脱与升华。这种对修行的关注和表达，使得佛教诗歌成了一种灵性的指南和启示。

佛教诗歌常常以自然景物为表现对象。诗人通过对自然的观察和体悟，表达出对宇宙和生命的感悟。他们常常将自然景物与内心境界相结合，从而达到意境交融、意义深远的效果。这种以自然为表现对象的方式，使得佛教诗歌具有深厚的生命气息和自然之美。

佛教诗歌强调对生命的珍惜与感恩。诗人常常通过诗歌表达对生命的热爱和对生命的感恩之情。他们深刻地认识到生命的宝贵和无常，因此珍惜眼前的每一个时刻，并以感恩的心态对待生命中的一切。这种对生命的珍视与感恩的表达，使得佛教诗歌充满了温暖与人性的关怀。

（三）与传统文化的融合

慧能，中国禅宗六祖，以其简明深刻的禅宗思想和言行影响深远，不仅在佛教史上占有重要地位，而且对中国古典诗歌产生了深刻的影响。慧能的教诲与中国传统文化的融合，尤其是在诗学方面，表现出独特的风格和内涵，对后世文人墨客产生了重要影响，形成了一条独特的文学与宗教思想交融的路径。

慧能强调的“顿悟”思想，即人们可以通过突破性的洞见直接领悟佛性，这一点与中国古典诗歌追求的意境相通。诗人通过对自然景物的观察与体验，试图在瞬间的启发中捕捉到宇宙间最根本的真理。这种瞬间的悟性体验与慧能的顿悟思想不谋而合，使得佛教诗学在中国古典诗歌中占据了一席之地。

在中国传统文化中，诗歌不仅是表达情感的工具，更是一种修身养性、寄托哲理的方式。慧能的教诲进一步强化了这一观念。他提出的“心外无物，法外无教”观点，鼓励人们超越形式与外象，回归内心的真实体验。这与古典诗歌中追求“言志”和“抒情”相呼应，诗人通过对外界的观察和内心的反省，表达了对生命、自然和宇宙的深刻理解。

慧能的思想还与中国古典美学中的“道法自然”理念相融合。他认为，一切法门都应顺应自然，而不是人为地加以改造或修饰。这种思想与古典诗歌追求自然、质朴的风格不谋而合。诗人借助自然景物的描绘，传达人与自然和谐共生的理念，体现了对天地万物深刻的敬畏与爱护。

慧能与佛教诗学对传统文化的影响还体现在对言语表达的深刻理解上。慧能本人虽然未有大量诗作留世，但他的“不立文字，教外别传”的思想，强调了直接体验的重要性，这与中国古典诗歌中倡导的含蓄、追求意境的表达方式不谋而合。诗歌不仅是言语的艺术，更是情感和哲理的传达，要求读者在字里行间领悟作者的深意。

（四）佛教诗歌的社会意义

南北朝至隋唐时期是中国佛教发展的鼎盛时期，而佛教诗歌在此期间的兴起与繁荣，不仅仅是诗人个人情感与心性的表达，更具有深远的社会意义。这种诗歌形式既是文学的表达，也是佛教思想的传播工具，对当时社会的文化交流和宗教发展产生了积极的影响。

佛教诗歌是宣扬佛教思想的重要手段。在南北朝到隋唐时期，佛教在中国的传播正处于全盛期，而诗歌作为一种广为流传的文学形式，成了佛教思想的重要传播途径之一。通过诗歌的形式，诗人们将佛教的教义、禅理以及修行方法融入其中，巧妙地传达给读者。例如，玄奘、慧远等诗人的作品中常常体现了对佛教理念的思考和表达，他们以优美的语言、深刻的意境描绘出佛教中的慈悲、空性、禅定等核心概念，使人们在欣赏诗歌的同时也接触到了佛教的思想内涵。

佛教诗歌在推动文化交流方面发挥了重要作用。隋唐时期，中国处于多元文化交融的时期，佛教的传入也带来了印度、中亚等地的文化和思想。而佛教诗歌作为文学的一种形式，不仅在中国本土得到了发展，同时也吸收了外来文化的精华，形成了独特的风格。例如，隋唐时期的禅宗诗歌，既融合了中国传统文化中的意境和审美观念，又吸收了印度佛教诗歌的禅意和内涵，形成了独具特色的禅诗风格。这种文化的交流和融合，不仅促进了中国传统文化的发展，也拓宽了人们的文化视野，促进了不同文化之间的交流与理解。

佛教诗歌还在精神文化上对当时社会产生了积极影响。在南北朝到隋唐时期，中国社会处于动荡不安的时期，政治、经济的动荡常常给人们带来焦虑和困扰。而佛教诗歌以其深邃的禅意和超越尘世的境界，为人们提供了一种超脱世俗的精神寄托。诗人们通过诗歌表达对世间苦难的思考和超越，引导人们超越尘世的烦恼，追求内心的宁静与解脱。这种精神上的慰藉和引导，对于当时社会的稳定与和谐具有重要的意义，有助于减轻人们的压力和焦虑，促进社会的和谐与进步。

南北朝到隋唐时期的佛教诗歌不仅仅是诗人个人情感的抒发，更是传播佛教思想、推动文化交流、促进精神文化发展的重要载体。通过诗歌这一形式，佛教的教义和禅理在文学艺术中得以体现和传播，促进了中国文化的多元发展。同时，诗歌中所体现出的超脱尘世的境界也为当时社会的稳定与和谐提供了精神上的支持。因此，佛教诗歌在当时社会具有重要的社会意义，对于推动社会的文化交流与发展、提升人们的精神文化素质具有不可低估的作用。

第四节 文人交游与诗歌创作

（一）文人交游的社会背景

魏晋南北朝时期是中国历史上一个充满变革与动荡的时期，政治上的分裂和动荡导致了社会结构的变化，而文人的交游则成了这个时代的一种突出特征。在这个时期，文人之间的交往不仅仅是为了沟通交流，更是一种文化现象，呈现出以文会友、以诗结缘的独特社交方式。这种社会背景与文人交游的频繁与诗歌创作的直接影响密不可分。

魏晋南北朝时期的政治局势造成了社会结构的动荡。这个时期，中央政权逐渐衰落，各地形成了众多割据政权，导致了社会的分裂与动荡。由于政治上的不稳定，士族阶层逐渐丧失了原有的政治地位，相应地，他们开始将注意力转向文化领域，通过文学艺术来寻求心灵的满足和精神的归属感。因此，文人之间的交往成了一种重要的社会活动，也成了士族们重新建立身份认同的途径。

儒家文化的影响使得文人之间的交往更加深入。在魏晋南北朝时期，儒家文化在中国社会中占据主导地位，儒家的思想影响了人们的行为举止和社会交往方式。文人们多数受到儒家思想的熏陶，他们重视礼仪和人际关系，将文化修养作为一种重要的社会资本。因此，他们之间的交往不仅仅是为了交流思想，更是在一种儒家礼仪的框架下进行的。这种深厚的文化底蕴使得文人之间的交往更加频繁且有序。

诗歌作为一种崇高的文学形式在文人社交中扮演着重要的角色。魏晋南北朝时期是中国古代诗歌发展的重要时期，诗歌成了文人表达思想感情的主要方式。而在文人社交中，诗歌更是承担了凝聚情感、表达友谊的重要功能。文人们常常以赋诗相赠、以诗相谋，通过诗歌的创作与传播来加深彼此之间的感情。诗歌的这种社交功能使得文人之间的交往更加深刻而丰富。

佛教的传入也为文人社交带来了新的元素。魏晋南北朝时期，佛教逐渐传入中国，并成了当时社会的主要宗教之一。在这一过程中，很多文人受到了佛教思想的启发，他们将佛教的慈悲、超脱等思想融入自己的文学创作和社交活动中。因此，文人之间的交往不仅仅局限于世俗的情感表达，还包含了对人生、对世界的深刻思考，使得文人社交呈现出一种更加超越尘世的意蕴。

（二）交游对诗歌创作的影响

交游对诗歌创作的影响是多方面而深远的。文人们通过各种形式的交往，如聚会、游历和书信等，相互启发思想，切磋诗艺，从而促进了诗歌风格和技巧的多样化发展。

聚会是文人们相互交流、切磋诗艺的重要场所。在聚会上，文人们可以亲密交谈，分享彼此的创作经验和见解。他们不仅可以相互赏析作品，还可以讨论诗歌的主题、形式和技巧。这种开放式的讨论促使他们在创作中更加开阔视野，汲取他人的优点，从而不断提升自己的诗歌水平。通过与同道中人的交流，他们也能够建立起深厚的友谊和互相鼓励的关系，这种情感支持也是他们创作的重要动力之一。

游历是文人获取灵感、丰富阅历的重要途径。在游历中，文人们置身于不同的自然环境和人文景观之中，感受到来自不同地域、不同文化的独特韵味。这些新奇的感受和体验常常会激发他们的创作灵感，启发他们对诗歌题材和表现形式的探索。同时，游历也为文人们提供了结识志同道合的文人和与他们交流的机会，这有助于他们在诗歌创作中找到共鸣和支持。

书信往来是文人们进行深入交流、分享心得的重要方式之一。通过书信，文人们可以跨越时空的限制，与远在他乡的朋友保持联系，分享彼此的创作成果和心情感悟。书信往来不仅是一种交流工具，更是一种精神寄托和情感表达的方式。在书信中，文人们可以畅所欲言，探讨诗歌创作中的种种问题，向对方请教困扰自己的难题，也可以相互激励、鞭策，共同进步。因此，书信往来不仅促进了诗歌创作技巧的交流，也丰富了文人们的情感生活，增进了彼此之间的默契与了解。

（三）著名的文人交游群体

在中国古代文学史上，文人交游群体以其独特的文化气质和深远的历史影响，构成了中国古典文化的重要组成部分。尤其是魏晋南北朝时期，这一时期不仅是中国历史上的一个政治分裂时期，也是文化艺术异常繁荣的时期，其间涌现了大量杰出的文人和他们之间形成的交游群体，其中最为人们所熟知的便是“竹林七贤”和“七贤之交”。

竹林七贤是魏晋时期最为著名的文人群体之一，其成员包括嵇康、阮籍、山涛、向秀、刘伶、王戎、阮咸七人。他们大多居住在河南新郑的竹林之中，因而得名。这个群体的形成背景，与当时社会的动荡不安、官场的黑暗、士人的失落紧密相关。在这个群体中，每个成员都有着鲜明的个性特征，他们通过诗歌、哲学和生活方式的交流，展现了一种超脱尘世的闲适和对个人自由的追求。

竹林七贤反映了魏晋时期士人的精神面貌，他们不满于当时的社会现状，追求精神上的自由与解脱，他们的行为和思想在当时社会上产生了深远的影响。他们在文学、哲学、艺术等方面有着不可磨灭的贡献，尤其是在文学创作上，他们提倡以文会友，倡导性灵之作，其作品多表现出超脱物外的闲适与洒脱，深受后世文人的推崇。

除了竹林七贤外，魏晋南北朝时期还有一个著名的文人群体被称为“七贤之交”。虽然历史文献中对这个群体的记载不如竹林七贤那般详细，但它同样代表了魏晋南北朝时期文人交往的一个重要方面。这个群体的成员同样以其独特的文化追求和人格魅力，在当时的文化艺术领域产生了重要影响。

这两个群体的存在和活动，反映了魏晋南北朝时期文人交游的两个重要特点：一是追求个性解放和精神自由的倾向；二是以文会友，以诗歌、文学作为交往的重要方式。在那个时代，文人通过这样的交游活动，不仅寻找到了精神上的慰藉，也为中国古典文化的发展贡献了重要力量。

竹林七贤和七贤之交等文人群体的形成和活动，对中国古代文化艺术的发展产生了深远的影响。首先，在文学创作上，他们的作品突破了先前的文学传统，创造出了更加自由、开放的文学风格，为后世的文学发展开辟了新的道路。其次，在哲学思想上，这些文人群体的活动也促进了儒家、道家、佛家等哲学思想的交流与融合，丰富了中国古代哲学的内涵。最后，在社会文化氛围的塑造上，这些文人群体以其独特的生活方式和价值观，影响了后世对于文人理想形象的认识，促进了中国古代文化的多元化发展。

（四）文人交游的艺术成就

在探讨魏晋南北朝时期文人交游的艺术成就之前，我们需要了解这一时期的历史背景。魏晋南北朝时期（220—589）是中国历史上的一个重要转折点，这一时期的政治背景复杂多变，国家经历了由三国分裂到魏晋的统一，再到南北朝的分裂。尽管政治上的分裂和战乱给社会经济生活带来了巨大的冲击，但是在这种动荡的背景下，文化艺术却异常繁荣，涌现了一大批卓越的文人和艺术家，形成了鲜明的时代特色和文化风貌。

在魏晋南北朝时期，文人交游成为一种重要的社会活动，这些文人不仅仅在政治和学术上有深入的探讨，在文化艺术上也有着极高的成就。其中最为人们所熟知的“竹林七贤”，他们以超脱世俗、不拘小节的生活态度和深厚的文学艺术造诣而著称。这些人物之间不仅仅是文学上的合作，更是生活中的挚友，他们的交游在一定程度上反映了当时文人群体追求自由、超然世外的精神风貌。

竹林七贤及其交游群体的艺术成就，主要体现在文学、书法、音乐等领域。在文学方面，他们以其独特的人生观和审美观，创作了大量反映时代特色和个人情怀的诗歌、散文等文学作品，如嵇康的《与山巨源绝交书》、阮籍的《咏怀诗》等，这些作品不仅在文学史上占有重要地位，也对后世文学发展产生了深远影响。在书法方面，王羲之就是这一时期最杰出的书法家之一，他的《兰亭序》被誉为“天下第一行书”，其书法艺术达到了前所未有的高度，对中国书法史产生了深远影响。

音乐方面，魏晋南北朝时期也有着显著的成就。这一时期，随着儒家“礼乐”观念的深入人心，音乐被视为涵养性情、达到“和”的重要途径。文人交游中，不乏擅长音乐的人才，他们创作了许多优美的乐曲，如阮咸就是一位善于吹箫的音乐家，其吹奏的《高山流水》等曲目，不仅反映了他们超然物外的生活态度，也表现了当时人们对音乐艺术的高度追求。

魏晋南北朝时期的文人交游还对绘画、雕塑等其他艺术形式产生了影响。虽然时代久远，许多艺术作品未能流传至今，但从现存的文献记载中不难看出，这些文人在艺术创作上的探索和成就，为中国古代艺术的发展奠定了坚实的基础。

魏晋南北朝时期的文人交游不仅仅是一种社会现象，更是一种文化艺术的高峰，它们所代表的艺术成就，不仅反映了那个时代独特的文化风貌，也为后世的文化艺术发展提供了丰富的资源和灵感。在政治分裂和社会动荡的背景下，这一时期的文人以其独特的艺术追求和创作，展现了中国古代文化的韧性和活力，成为中国文化史上一个不可多得的瑰宝。

第五章　唐代诗学的兴盛

第一节　初唐四杰与诗的革新

(一)初唐四杰的成就

唐代是中国文化史上的一个高峰,尤其是在诗歌创作方面达到了空前的繁荣。本章“唐代诗学的兴盛”,展现了一个文学史上极为辉煌的时期,特别是初唐四杰的成就,为这一时期的诗歌创作奠定了坚实的基础。

初唐四杰是唐代早期四位才华横溢的诗人,他们以其创新的诗歌风格和深刻的思想内容,对后世产生了深远的影响。王勃、杨炯、卢照邻和骆宾王,他们虽然个人风格迥异,但共同承担了诗歌革新的使命,推动了唐代诗学的发展。

王勃被誉为“初唐四杰”之首,他的诗歌以雄浑豪放著称,擅长运用富丽堂皇的辞藻,表达对社会现实的深刻洞察。《送杜少府之任蜀州》是他的代表作之一,诗中通过壮丽的山水描绘,抒发了作者对友人的深情和对官场生涯的感慨。王勃的诗歌不仅在艺术上独树一帜,更在思想内容上展现了对社会现实的关切和对个人命运的深刻思考。

杨炯则以其清新脱俗的诗风受到后人的高度评价。他的诗歌注重意境的营造,擅长通过细腻的观察捕捉自然之美,其《从军行》等作品深刻反映了当时社会的动荡不安和人民的苦难生活,体现了诗人深厚的人文关怀和对和平的渴望。

卢照邻的诗歌则以深情婉转著称,他的诗作多以抒情为主,善于通过细腻的情感描写,表达对人生、友情和爱情的深刻感悟。《长安古意》是他的代表作之一,在中国诗歌史上具有划时代的意义,这首纵横开合的长诗巧妙地渲染了京都长安的繁华市井和统治阶级穷奢极欲的豪华生活,展现了卢照邻独特的诗歌美丽。

骆宾王的诗歌则以机智诙谐、风趣幽默著称，他的作品在当时就以其独特的风格受到了广泛的欢迎。《咏鹅》是其广为流传的佳作，以简洁明快的语言，生动地描绘了鹅的形象，体现了诗人对生活的热爱和对美的追求。

初唐四杰不仅在诗歌艺术上各展所长，更重要的是，他们通过作品反映了当时社会的变迁和人民的生活，表达了对理想、爱情、友情的追求和对美好生活的向往。他们的作品不仅丰富了唐代诗歌的内涵，也为后世的诗人提供了宝贵的艺术财富和创作灵感，推动了唐代诗学的蓬勃发展。

（二）诗歌风格的变革

王勃以其雄浑华丽的骈文诗风在初唐诗坛上独树一帜。他的诗作多以叙事抒情为主，善于运用辞藻华美的表达手法，使诗歌意境丰富深远。王勃的诗歌不仅在形式上有所突破，更在主题与思想上有所创新。他倡导儒家的仁政思想，通过诗歌表达对社会现实的关切与反思，体现了诗人的社会责任感和时代使命感。

杨炯的诗风清新雅致，常以山水田园为题材，展现了对自然的独特感悟。他的诗作清丽淡雅，用字简练明快，意境清新脱俗，给人以清新淡泊之感。杨炯的诗歌反映了他对生活的热爱与追求，以及对人生深层次思考的关注，具有较高的艺术价值和人文内涵。

卢照邻以其工于辞藻的才华而著称，他的诗作在用字上精练严谨，表达清晰准确。卢照邻的诗歌常以写景抒情为主，情感真挚，意境深远。他善于运用比喻、典故等修辞手法，使诗作更富有诗意和韵味。卢照邻的诗歌风格独特，为初唐诗坛注入了新的活力与魅力。

骆宾王则以其擅长议论的才华在初唐诗坛上占有一席之地。他的诗作多以议论文的形式出现，倡导人生哲理与道德伦理，寓教于诗，表达了诗人对社会风俗、人情世故的关切与思考。骆宾王的诗歌言之有物，富有智慧和哲理，具有较强的启迪性和感召力。

初唐四杰各具特色的诗歌风格在一定程度上丰富了初唐诗坛的艺术表现形式，推动了唐代诗歌的革新与发展。他们的诗作在形式、内容和思想上都展现出了不同的特点和魅力，为后世的诗人提供了丰富的创作资源和启示。同时，初唐四杰的诗歌风格也体现了他们所处时代的社会文化背景和个人情感体验，具有较高的历史与文化价值。

初唐四杰在诗歌风格上的变革体现在他们对形式、题材、意境等方面的创新与突破，以及对时代精神和个人情感的独特表达。他们的诗歌作品为唐代诗歌的繁荣与兴盛奠定了坚实的基础，对后世诗坛产生了深远的影响，是中国文学史上不可忽视的重要篇章。

（三）对后世的影响

唐代是中国诗歌发展的黄金时期，这一时期的诗歌不仅在艺术成就上达到了前所未有的高度，而且在诗歌思想、风格、技巧上也实现了巨大的飞跃，对后世的文学艺术产生了深远的影响。

初唐四杰不仅以其卓越的艺术成就标志着唐代诗歌的一个新的发展阶段，更以其革新的精神和独特的风格对后世产生了深远的影响。他们的作品不仅丰富了中国文学的宝库，也为后世的诗人提供了无数的学习和借鉴的对象。无论是在诗歌的思想内容上，还是在艺术形式上，初唐四杰的作品都展示了唐代诗歌多元化发展的趋势，他们的创新精神和艺术探索为后世的诗歌发展提供了重要的参考和启示。

（四）推动诗歌革新的因素

初唐四杰是唐代诗歌发展中的重要先驱，他们的作品为中国古代诗歌的发展奠定了基础，并推动了诗歌的革新。然而，要理解初唐四杰对诗歌革新的推动，不能仅仅从他们个人的才华和创作来考量，还需考虑唐代社会文化的繁荣为诗歌发展提供的肥沃土壤。

唐代社会的政治稳定为诗歌的繁荣提供了保障。唐初，隋朝统治的结束，唐朝的建立，带来了长达数百年的相对政治稳定。这一政治环境为文人创作提供了良好的氛围，诗人们不受战乱的干扰，能够更加专注于创作，从而推动了诗歌的发展。同时，唐代的开放和包容，使得各地文化得以交流融合，为诗歌的革新提供了广阔的空间。

唐代经济的繁荣为诗歌的发展提供了物质基础。唐代是中国历史上经济最为繁荣的时期之一，农业、手工业和商业都取得了巨大的发展。社会财富的增加使得文人有更多的闲暇从事诗歌创作，同时也为他们提供了更多的资金支持和物质条件，促进了诗歌创作的繁荣。在这样的经济条件下，文人们能够更加从容地进行创作，探索新的诗歌表现形式，推动诗歌的革新。

唐代文化的开放和多元化为诗歌的发展提供了广阔的空间。唐代是一个文化交流频繁、民族融合的时期，各种文化在这个时期相互交融、相互影响。在这样的文化环境下，诗人们受到了各种文化的启发和影响，积极吸收外来文化的精华，使得诗歌呈现出更加丰富多彩的面貌。这种开放的文化氛围为诗歌的革新提供了思想上的支持和启发，使诗歌创作能够走向更加广阔的领域。

唐代科技的进步为诗歌的发展提供了技术支持。唐代是中国科技发展的鼎盛时期之一，各种科技手段的进步为诗歌的创作和传播提供了便利条件。例如，印刷术的发明使得诗歌的传播范围大大扩展，人们可以更加便捷地阅读到各种诗歌作品，促进了诗歌的交流和发展。同时，一些科技手段的发展也为诗歌创作提供了新的表现方式，使得诗歌能够更加生动地表现出人们的思想和情感，推动了诗歌的革新。

初唐四杰推动诗歌革新的因素不仅包括他们个人的才华和创作，更重要的是唐代社会文化的繁荣为诗歌发展提供的肥沃土壤。唐代的政治稳定、经济繁荣、文化开放和科技进步为诗歌的繁荣提供了保障和支持，为诗歌的创新和发展提供了良好的环境和条件。正是在这样的历史背景下，初唐四杰才得以崭露头角，推动了中国古代诗歌的发展，并为后世诗人树立了光辉的榜样。

第二节 中唐时期的诗歌理论与实践

（一）诗歌创作的高潮

中唐时期是中国古代文学史上一个璀璨的时代，尤其是在诗歌创作方面，其高潮表现得淋漓尽致。代表性的诗人如李白、杜甫等，他们的作品不仅数量众多，而且在文学价值和艺术成就上都堪称经典。在这一时期，诗歌创作呈现出了丰富多彩的风貌，从题材的选择到艺术表现的技巧，都展现出了独特的魅力和风采。

中唐时期诗歌创作的高潮体现在诗人的数量和作品的丰富程度上。李白、杜甫作为这一时期的代表性诗人，他们的作品不仅在数量上十分可观，而且在质量上也非常高。李白的诗以豪放、奔放著称，他的作品如《将进酒》《蜀道难》等都成了经典之作，影响深远。而杜甫则以其深沉的思想、真挚的情感和宏大的气势而著称，他的作品如《登高》《望岳》等在中国文学史上占据着重要地位。除了李白、杜甫之外，还有许多其他优秀的诗人，如王之涣、孟浩然等，他们的作品也为中唐诗歌的繁荣做出了重要贡献。

中唐时期诗歌创作的高潮还体现在题材的丰富多样上。这一时期的诗人们创作的诗歌涉及了社会生活的方方面面，既有对自然景物的描写，也有对人生百态的思考，以及对时事政治的抒发。例如，李白的《望庐山瀑布》《赠汪伦》等作品展现了他对自然景观的独特感悟；杜甫的《春夜喜雨》《登高》等作品则表现了他对人生命运的深刻思考。同时，一些诗人还以自己的亲身经历和感受，写下了一系列真实而感人的诗歌，如杜甫的《兵车行》《望岳》等作品。这种丰富多样的题材选择为中唐诗歌的繁荣奠定了坚实的基础。

中唐时期诗歌创作的高潮还表现在艺术表现的丰富性和创新性上。诗人们在形式、语言、意象等方面进行了大胆的尝试和创新，使诗歌表现出更加丰富多彩的艺术风格。例如，李白的诗歌以豪放奔放、气势磅礴为特点，他善于运用夸张、比喻等修辞手法，使诗歌充满激情和张力；杜甫的诗则以平实、深沉、朴素为特点，他的语言质朴自然，意蕴丰富，常以率直的语言直抒胸臆，打动人心。除此之外，中唐诗歌还在诗歌形式上进行了探索和创新，如律诗、绝句、七言古诗等都得到了充分的发展和应用，使诗歌的形式更加多样化和丰富化。

中唐时期诗歌创作的高潮在诗人的数量和作品的丰富程度、题材的丰富多样性，以及艺术表现的丰富性和创新性等方面得到了充分体现。这一时期的诗歌不仅在数量上呈现出了空前的繁荣，而且在质量上也达到了极高的水平，成为中国古代诗歌史上的一个辉煌的篇章。中唐诗歌以其丰富的内涵、多样的形式和独特的艺术风格，为后世的诗人提供了宝贵的文学遗产和创作借鉴，对中国古代文学的发展产生了深远而持久的影响。

（二）诗歌理论的发展

中唐时期，大约从唐玄宗开元年间至唐德宗贞元年间，是唐代文化和诗歌艺术的一个重要阶段。这一时期，唐代社会经历了由盛转衰的过程，诗歌理论和实践也随之发生了显著的变化和发展，标志着唐代诗学的一个重要兴盛时期。诗歌理论的发展，不仅深化了人们对诗歌本质、创作方法、审美标准的认识，也促进了诗歌创作实践的繁荣。

诗歌理论在中唐时期的发展，体现在对诗歌审美价值的重新认识上。这一时期的诗人和诗论家开始更加注重诗歌的情感表达和意境创造。如白居易提出“文章合为时而著，歌诗合为事而作”的观点，强调了诗歌创作与社会实际的紧密联系，认为诗歌应该反映时代的面貌和人们的真实情感。同时，他还主张“诗中有画”，提倡通过诗歌营造出如画的意境，增强诗歌的艺术魅力。这种对诗歌情感和意境重视的观点，对后世的诗歌创作产生了深远的影响。

诗歌理论的发展还体现在对诗歌创作方法的探索上。中唐时期，诗人们不仅在内容上追求新意，在形式上也进行大胆的创新。例如，以韩愈和柳宗元为代表的古文运动，虽然主要针对散文，但其强调文字精练、返璞归真的理念也对诗歌创作产生了影响，鼓励诗人摒弃繁复的辞藻，追求语言的朴实自然。此外，司空图等人则探讨了诗歌的象征和暗示功能，提出诗应“象外之象”，即通过具体的景物表达深层的意义，这对后来诗歌意象的运用提供了理论基础。

中唐时期诗歌理论的一个重要特点是对诗歌创作规律的系统总结。在这一时期，诗歌创作和理论探讨达到了相互促进、相互深化的阶段。比如，韩愈在《送董邵南序》中提出了“气盛言宜”的观点，认为诗人的气质和情感是诗歌创作的重要基础，诗歌的高低优劣，取决于诗人的精神境界和情感深度。这种对诗人个性和情感重视的理论，为诗歌的个性化表达提供了理论依据。

中唐时期的诗歌理论发展还涉及对诗歌教育和批评的深化。随着诗歌活动的普及和诗歌地位的提高，诗歌教育和批评逐渐成为诗学研究的重要组成部分。例如，司空图的《诗品》虽然流传不广，但其尝试对诗歌进行等级划分和风格评价，反映了中唐时期诗歌批评向更加系统化、理论化发展的趋势。

中唐时期的诗歌理论与实践的发展，不仅丰富和深化了唐代诗学的理论体系，也推动了诗歌创作实践的繁荣。这一时期的诗歌理论，强调了诗歌的情感表达、意境创造、语言精练以及象征暗示等方面，对后世诗歌的发展产生了深远影响。中唐诗歌理论的兴盛，标志着唐代诗学达到了一个新的高峰，对中国古典诗歌的整体发展具有重要的意义。

（三）实践与创新并重

唐代是中国文学史上一个辉煌的时代，特别是诗歌，在这个时期达到了前所未有的高峰。中唐时期，诗歌理论与实践都经历了显著的变化和发展，实践与创新并重成了这一时期诗歌发展的显著特点。本文旨在探讨中唐时期诗歌理论与实践的发展，特别是如何通过实践与创新并重推动了唐代诗学的兴盛。

中唐时期的社会背景是不可忽视的影响因素。安史之乱后，唐朝的中央集权受到了严重的挑战，社会经济和文化发生了巨大变化。这些变化直接影响了诗歌的内容和形式，诗人们开始更加注重描绘社会现实和个人情感，追求诗歌表达的真实性和深度。这种趋势促使诗歌理论和实践都向着更加丰富多样和深入人心的方向发展。

在理论方面，中唐时期的诗歌理论家开始更加注重诗歌的审美价值和艺术表达，他们探讨了诗歌的各种技巧和创作原则，如意境的营造、语言的精练、情感的真挚表达等。比如，韩愈在他的《诗说》中强调诗歌要“志在道德，情在言外”，提出了诗歌创作中的道德和情感并重的理念。这些理论不仅指导了当时的诗歌创作，也对后世产生了深远的影响。

在实践方面，中唐时期的诗人们在遵循传统的基础上，勇于创新，不断尝试新的题材、风格和表达方式。杜牧、李商隐等人的诗歌就体现了这种创新精神。他们的诗歌在内容上更加注重个人情感的抒发和社会现实的反映，在形式上则更加注重诗歌的音乐性和语言的精练。这种实践与创新并重的策略，不仅丰富了诗歌的表现手法，也提高了诗歌的艺术水平。

中唐时期的诗歌创新还表现在诗歌形式的多样化上。除了传统的五言、七言诗外，诗人们还创作了许多新的诗歌形式，如律诗、绝句等，这些新的诗歌形式在后来的文学史上都占有重要地位。例如，白居易的“新乐府”运动，就是试图通过创新诗歌的形式和内容，使诗歌更加贴近生活，更能反映人民的声音。

中唐时期诗歌实践与创新的另一个方面是诗歌题材的扩展。诗人们不再局限于传统的咏史抒情等题材，而是将诗歌的视野扩展到了社会生活的各个方面，如都市生活、边疆风光、民间疾苦等，这些新的题材使诗歌更加丰富多彩，更加能够反映时代的面貌。

中唐时期的诗歌理论与实践的发展，特别是实践与创新并重的策略，极大地推动了唐代诗学的兴盛。这一时期的诗人们在遵循传统的同时勇于创新，不断探索诗歌的新的表现手法和艺术境界，使得唐诗不仅在数量上达到了空前的丰富，更在质量上达到了一个新的高度。中唐时期的诗歌成就，不仅是唐代乃至中国文学史上的一个重要里程碑，也为世界文学宝库贡献了璀璨的光芒。

（四）文学批评的兴起

唐代，尤其是中唐时期，无疑是中国文学史上一个辉煌的时代。这一时期，诗歌不仅在数量上达到了空前的高峰，而且在质量上也达到了极致，成为后世学者研究的宝贵财富。中唐时期的诗歌理论与实践，以及文学批评的兴起，是这一时期文学发展的重要特征，它们共同推动了唐代诗学的兴盛，并对后世产生了深远的影响。

中唐时期，随着唐朝社会的稳定和经济的发展，文人的社会地位得到了显著提升，文学创作活动更加活跃。诗歌作为表达情感、传达思想的重要手段，被广泛应用于社会生活的各个领域，如朝廷政治、社会生活、个人情感等。这一时期的诗人纷纷尝试新的题材、新的风格，力求在传统的基础上创新，形成了多种多样的诗歌流派。例如，白居易的“新乐府运动”，他提倡诗歌应当反映社会现实，关注民生疾苦，其诗歌语言平易近人，情感真挚，对后世产生了深远的影响。另外，李商隐、杜牧等人则擅长咏史怀古，其诗歌多用隐喻、典故，形式上更为工整严谨，内容上深沉含蓄，展现了诗人深邃的历史感和丰富的文化底蕴。

中唐时期的诗歌理论发展也达到了一个新的高度。诗人和学者们不仅关注诗歌的创作实践，更加重视对诗歌艺术规律的探讨和总结，从而形成了一系列重要的诗歌理论著作。例如，韩愈的《诗说》，提出了“诗教人以道德，感人以情志，动人以景物”的观点，强调诗歌的教化功能和审美价值。司空图的《诗品》，则从不同的角度对唐代及以前的诗人进行了评价和分类，对后世的诗歌批评和理论研究产生了重要影响。这些理论的提出和讨论，不仅丰富了唐代的文学理论体系，也为诗人的创作提供了理论指导和参考。

与此同时，文学批评也在这一时期得到了空前的发展。随着文学作品数量的增加和文学交流的活跃，文学批评成为文学创作和理论研究不可分割的一部分。文学批评家们不仅关注作品的艺术价值，更加关注作品的社会功能和教化作用。他们通过对作品的分析、比较和评价，揭示作品的艺术特色和深层含义，对促进文学艺术的发展起到了积极作用。例如，白居易在他的诗歌创作和理论中，就经常对当时的文学作品进行评价和批评，提倡诗歌应当贴近生活、关注民众，反对空洞的辞藻和做作的风格，这对促进诗歌艺术的健康发展起到了积极的推动作用。

文学批评的兴起，更是推动了文学艺术的自我反思和自我完善，对促进中国古代文学艺术的发展和繁荣产生了深远的影响。

（五）多样化的诗歌风格

唐代是中国历史上诗歌文化最为繁荣的时期，其中中唐时期诗歌理论与实践的发展尤为显著，形成了多样化的诗歌风格，对后世产生了深远的影响。本文将重点论述中唐时期的诗歌理论与实践，以及这一时期多样化诗歌风格的特点和成因。

中唐时期诗歌理论的发展具有明显的特点。在这一时期，诗歌的创作与评价标准趋于多元化，诗人和理论家们在探索诗歌的本质和价值方面进行了深入的思考。比如，“诗言志，歌永言，声依永，律和声”。强调诗歌应当真实地反映诗人的情感和思想，这一观点对后世诗歌创作产生了深远的影响。同时，白居易的“文章合为时而著，歌诗合为事而作”的理论，也反映了中唐时期人们对诗歌与社会现实关系的重视。

中唐时期的诗歌实践也呈现出丰富多彩的特点。这一时期，不仅继承了初唐四杰的浪漫主义风格，更吸收了安史之乱后社会变革的深刻影响，诗风开始出现多样化的趋势。例如，以白居易、元稹为代表的“新乐府运动”，他们借鉴古乐府之风，创作了大量反映社会矛盾和人民疾苦的诗歌，推动了诗歌风格的现实主义倾向。而韩愈、柳宗元等人则提倡古文运动，主张学习先秦两汉的文风，这一思想也影响了诗歌的风格，使其趋向简练、质朴。

中唐时期多样化的诗歌风格不仅体现在主题和内容上，还体现在形式和技巧上。这一时期，诗人们在诗歌的艺术表现上进行了大胆的创新和尝试。比如，对五言诗的探索达到了前所未有的高度，不仅有豪放、奔放的风格，也有细腻、柔和的风格；七言诗则在这一时期越发成熟，无论是律诗还是绝句，都有很高的艺术成就。同时，诗人们还注重诗歌的音乐性和节奏感，通过对声韵、对仗的精心安排，使诗歌更加和谐美观。

中唐时期的多样化诗歌风格还受到了时代背景的影响。安史之乱后，唐朝的社会经历了巨大的变革，诗人们对于社会的关注和对个人命运的感慨更加深刻。这种社会变革和个人情感的交织，促使诗人们在创作中追求更加真实、深刻的情感表达，也推动了诗歌风格的多样化发展。同时，中唐时期的文人交流也十分活跃，诗人们相互切磋、互相影响，形成了丰富多彩的诗歌创作氛围，这也是多样化诗歌风格得以形成的重要原因之一。

中唐时期诗歌理论与实践的发展标志着唐代诗学的一个重要转折点。这一时期不仅诗歌理论日趋成熟，诗歌实践也呈现出前所未有的多样化特点。无论是在主题内容上的现实关怀，还是在形式技巧上的艺术创新，中唐时期的诗人们都做出了卓越的贡献，推动了唐代诗学的蓬勃发展。这些多样化的诗歌风格不仅丰富了中国诗歌的艺术宝库，也为后世的文学创作提供了宝贵的经验和启示。

第三节 唐代律诗与绝句的发展

（一）律诗与绝句的定义

唐代，被誉为中国诗歌的黄金时代，其间诗学的兴盛达到了前所未有的高度。在这一时期，律诗与绝句成为文人墨客表达情感、抒发志趣的重要形式，它们的发展不仅丰富了唐代的文学艺术，也为后世的诗歌创作奠定了坚实的基础。本节旨在探讨唐代律诗与绝句的发展，及其对后世诗学的影响。

律诗与绝句的定义是理解它们的发展不可或缺的基础。律诗，又称为“七言律诗”，其结构严格，每首诗八句，每句七个字，按照平仄声调的规则排列，且要求对仗工整。而绝句，则是更为简练的诗歌形式，通常由四句组成，每句五字或七字，虽然在形式上较为自由，但依然遵循一定的平仄和对仗规则，以达到音韵和谐、意象鲜明的艺术效果。

律诗与绝句的发展不仅在形式上有所变化，更体现在诗歌内容和艺术风格上的丰富多样。在唐代，律诗多以抒情、咏史、咏物等为主题，通过对自然景物、人生感悟的描写，展现了诗人们对生活的热爱和对理想的追求。而绝句则更为注重抒发情感、表达思想，诗人们常常在四行之内，借助寥寥数语，表达出自己对世界、对人生的感慨和思考，具有强烈的个性化和抒情性。此外，随着时间的推移，律诗与绝句的题材和风格也发生了一定的变化，诗人们在创作中不断吸收外来文化和艺术风格，使得律诗与绝句在内容和形式上呈现出更为丰富多彩的面貌。

（二）代表人物和作品

唐代是中国古代诗歌发展的辉煌时期，其诗歌形式多样，包括律诗和绝句在内。律诗和绝句在唐代的发展展现了诗人们对于自然、社会和人生的深刻体验和表达。在代表人物和作品方面，王维和杜甫都是不可忽视的重要人物，他们的作品《山居秋暝》和《春夜喜雨》分别代表了律诗和绝句在唐代的高峰之作。

王维（701？—761）是唐代著名的诗人、画家，他的诗歌以婉约清丽、含蓄深远而著称。《山居秋暝》是他的代表作之一，通过对自然景色的描绘，表达了诗人对于自然的感悟和对于人生的思考。诗中“空山新雨后，天气晚来秋”一句，展现了作者对秋日山居的宁静和清幽的感受，暗示着自然与人生的变化。王维以“随意春芳歇，王孙自可留”表达了对自由自在的向往，同时也点出了人生的无限可能性。整首诗既有对自然景色的写实描绘，又蕴含着深刻的哲理，展现了王维诗歌的魅力和深度。

杜甫（712—770）则是唐代另一位杰出的诗人，他的诗歌以豪放激昂、浑厚雄浑而著称。《春夜喜雨》是杜甫的代表作之一，以绝句形式写成。诗中“好雨知时节，当春乃发生”一句，表达了作者对于春雨的喜悦，以及对于季节更替的深刻感悟。诗中所描述的春雨给大地带来了生机和希望，寓意着新生和希望的到来，体现了杜甫对于生命的热爱和对于美好的向往。杜甫的诗歌中融合了对自然、人生和社会的关怀和思考，展现了他诗歌的宏大气势和深刻内涵。

王维和杜甫的作品都体现了唐代律诗和绝句的特点和魅力。王维的《山居秋暝》以其婉约清丽、含蓄深远的风格，展现了律诗的艺术魅力和哲理深度；杜甫的《春夜喜雨》则以其豪放激昂、浑厚雄浑的风格，展现了绝句的表现力和情感张力。两位诗人的作品都在表现自然景色的同时，蕴含着对于人生、社会和时代的深刻思考和感悟，具有极高的艺术价值和文化内涵。

除了王维和杜甫之外，唐代还有许多其他优秀的律诗和绝句诗人，如王之涣、孟浩然、李白等，他们的作品在唐代诗歌的发展中也起到了重要的作用。王之涣的《登鹳雀楼》、孟浩然的《春晓》、李白的《将进酒》等作品都是唐代律诗和绝句的经典之作，展现了唐代诗歌的丰富多彩和博大精深。

王维的《山居秋暝》和杜甫的《春夜喜雨》代表了唐代律诗和绝句的高峰之作，展现了诗人们对于自然、社会和人生的深刻感悟和表达。他们的作品不仅在形式上精湛，而且在思想内涵上富有深度，对于中国古代诗歌的发展产生了重要影响，成为后世诗人学习和借鉴的典范。

（三）艺术特色和技巧

唐代律诗和绝句在艺术特色和技巧上展现了独特的魅力，这体现在对音律的追求、语言的凝练，以及情感的深邃等方面。这些特征不仅展示了诗人高超的艺术技巧，也反映了当时的文化底蕴。

唐代律诗和绝句对音律的追求是其独特之处之一。律诗的格式要求严格，包括字数、句式、韵脚等方面的规定，这种格式的限制要求诗人在丰富多样的音律中寻求和谐。每一句每一字的选择都需要考虑到整体音韵的统一，这对诗人的语言造诣和音韵感提出了极高的要求。绝句则更加简洁明了，其四句的形式更是要求诗人在短小的篇幅内表达出优美的音律。在这种严格的格式要求下，诗人不得不精雕细琢，从词语的选用到排列顺序的安排，都要力求让音律达到完美的和谐。

唐代律诗和绝句在语言的凝练上也有着独特的表现。律诗的格式限制使得诗人在有限的词语中表达丰富的意境，这要求诗人必须善于用简练的语言精准地表达出自己的思想和感情。绝句更是以简约精练著称，四句间承载了丰富的情感和思想，每一字都凝结着诗人的心血。这种语言的凝练不仅使得诗歌更加富有表现力，也让读者在短暂的阅读中领略到诗人的深意。

唐代律诗和绝句在情感的表达上也有着独到之处。律诗的格律要求使得诗人在表达情感时更加丰富多彩，他们可以通过对句式、对仗、韵脚的变化来表现出不同的情感色彩，从而使诗歌更加生动、立体。而绝句由于其简练的形式，则更加注重情感的凝练和深刻，诗人需要在极为有限的篇幅内通过精妙的语言和意象来表达出丰富的情感。这种情感的深刻表达不仅使得诗歌具有强烈的感染力，也让读者在感受到美的同时，更能体会到诗人的情感共鸣。

唐代律诗和绝句在艺术特色和技巧上体现了对音律的追求、语言的凝练，以及情感的深刻表达。这些特点不仅展示了诗人高超的艺术技巧，也反映了唐代文化的丰富内涵。唐代律诗和绝句的发展不仅在当时产生了深远的影响，也为后世的诗歌创作提供了宝贵的经验和借鉴。

（四）在诗歌史上的地位

唐代律诗与绝句的发展在诗歌史上的地位非常重要。律诗与绝句的兴盛标志着唐代诗歌达到了一种形式上的完美，对后世诗歌的影响深远，成为学习和研究的重要对象。

唐代律诗的兴起和发展使得诗歌形式更加规范化和精致化。律诗以其严格的格律要求，如平仄、押韵、字数等，使诗歌形式更加规整，极大地丰富了诗歌表现手段。这种形式上的规范不仅提高了诗歌的审美价值，还促进了诗歌的传播和流行。律诗成了宫廷文化的代表，许多文人士大夫都纷纷追随，致使其在社会上具有较高的地位和影响力。

与律诗相对应的是绝句的兴起。绝句是唐代诗歌中的另一种重要形式，它以其简洁、含蓄的特点赢得了广泛的赞誉。绝句的格律较为自由，可以灵活运用，但又不失严谨性，这使得绝句在表达思想感情时更加灵活多样。绝句的流行推动了诗歌的语言风格的更新和变革，开启了唐代诗歌的另一种表现形式，成了唐代诗歌的一大亮点。

律诗与绝句的兴盛对后世诗歌产生了深远的影响。首先，律诗的规范化对后世诗歌的发展产生了积极的影响。律诗的格律要求为后世诗人提供了一种规范的创作范式，激发了他们对诗歌形式的探索和创新。其次，绝句的简洁含蓄为后世诗人提供了一种新的表达方式。绝句的语言简练，意境深远，成了后世诗歌创作的重要参照对象。最后，律诗与绝句的兴盛促进了诗歌的多样化发展。唐代律诗与绝句的并存使得诗歌形式更加丰富多样，为后世诗歌的发展提供了广阔的空间。

唐代律诗与绝句的发展在诗歌史上占据着重要地位。它们的兴盛标志着唐代诗歌达到了一种形式上的完美，对后世诗歌的发展产生了深远的影响。律诗的规范化和绝句的简洁含蓄成了后世诗歌的重要特点，为诗歌的发展开辟了新的道路。因此，唐代律诗与绝句成了学习和研究的重要对象，对于理解和把握中国古代诗歌的发展轨迹具有重要意义。

第四节 唐宋八大家与诗歌批评

（一）唐宋八大家的构成

唐宋八大家是中国文学史上具有重要影响的八位文学家，他们以其卓越的文学创作和文学批评对后世产生了深远的影响。唐宋八大家分别是：韩愈、柳宗元、欧阳修、苏轼、苏洵、苏辙、王安石、曾巩。这些文学家不仅在诗歌创作上有着杰出的成就，同时也在诗学理论和诗歌批评方面做出了重要贡献，他们的思想和作品标志着中国文学史上的一个高峰，尤其是在唐代诗学的兴盛和发展方面起到了关键作用。

唐代诗学的兴盛与这些文学家密切相关。唐代，作为中国古代诗歌的黄金时代，诗歌创作无疑达到了一个前所未有的高峰。而在这个时期，文学批评也随之兴起和发展，为诗歌的繁荣提供了理论支持和评价标准。在这一过程中，韩愈和柳宗元的作用不可忽视。

韩愈，被后世尊称为"文起八代之衰"，是唐代古文运动的领袖。他提出了"文以载道"的观点，强调文学作品应该承载道德和理想，反对空洞的骈文，倡导恢复先秦两汉的古文风格。这一理论不仅对散文有重大影响，也对诗歌创作产生了深远的影响。韩愈的诗歌既注重形式美，又强调内容的思想性和教化功能，对后世的诗人产生了重要影响。

柳宗元，与韩愈齐名，同为唐代古文运动的重要人物。他在文学创作和理论上也有独到之处，特别是在诗歌的自然描写和情感表达上，柳宗元有着精湛的功力。他的诗歌深刻揭示了社会矛盾和人性的复杂，通过对自然景物的细腻描绘反映出深沉的思想感情，影响了宋代诗人的创作。

进入宋代，文学理论更加丰富和发展，诗歌批评达到了一个新的高度。宋代的欧阳修、苏轼等人不仅在诗歌创作上有杰出成就，他们在文学批评上也有深刻的见解。欧阳修提出了"文以明道"和"文心"等概念，强调作品应反映时代精神和作者的真实情感。苏轼的诗歌批评则更注重个性表达和艺术创新，他倡导的

“诗中有画，画中有诗”的理念，为诗歌创作提供了新的视角。

唐宋八大家的诗歌批评，无论是从理论高度还是批评实践来看，都对中国古代诗学的兴盛起到了推动作用。他们的文学观念、创作理念和批评标准，不仅深刻影响了当代文学，也成为后世文学研究和欣赏的重要依据。

唐宋八大家不仅在文学创作上取得了巨大成就，更在文学批评和理论上开辟了新天地，为中国古代文学的发展奠定了坚实的基础。他们的文学理论和批评实践，对诗歌的发展产生了深远的影响，特别是在推动诗歌艺术的创新和提高文学审美标准方面，贡献卓著。唐宋八大家的文学批评，不仅是对诗歌艺术价值的肯定，更是对诗歌社会功能的重视，他们认为诗歌不仅要追求艺术上的完美，还要承担起教化和启迪的社会责任。这一观点为后世诗歌创作和批评提供了宝贵的理论资源，使中国古代诗歌艺术更加丰富多彩，充满生机。

（二）对后世的影响

唐宋八大家所倡导的文学观念对后世诗歌创作产生了直接而深刻的影响。他们强调诗歌应该具有情感真挚、形象生动、语言简练的特点，注重抒发个人感情和观察社会风俗。这种文学观念对后世的诗人产生了巨大的启发作用，促使他们更加注重诗歌的表现力和生动性，不断探索新的艺术表现手法，推动了诗歌创作的多样化和丰富化。

唐宋八大家的批评方法为后世的文学批评提供了重要的范例和借鉴。他们在批评诗歌时，注重对诗歌语言、意境、结构等方面的分析，提出了许多富有见地的批评观点和方法。这些批评方法不仅在当时对诗歌创作起到了指导作用，而且为后世的文学批评理论提供了重要的参考，帮助后人更好地理解和评价诗歌作品。

唐宋八大家强调文学的社会责任，对后世的文学创作产生了深远的影响。他们认为文学应当关注社会现实，反映人民生活的苦乐与哀愁，传达人文关怀和社会正义。这种强调文学的社会责任的观念，激励了后世的文学创作者积极投身社会，关注时事民生，创作出大量具有社会意义和时代特色的作品，推动了中国古典诗歌的发展与变革。

唐宋八大家的文学思想和批评方法在后世也不断被继承和发展。尽管时代变迁，文学形式和题材发生了很大的变化，但是唐宋八大家的文学观念和批评方法仍然具有重要的现实意义和启示作用。许多后世的文学批评家和文学理论家都对唐宋八大家的批评方法进行了深入的研究和发展，将其与当代的文学实践相结合，为中国文学的发展注入了新的活力和动力。

（三）文学批评的发展

唐宋八大家在中国文学批评史上具有重要地位，他们的努力不仅推动了文学批评的发展，还对后世文学创作和批评产生了深远影响。在唐宋时期，他们对诗歌的评论和分析尤为突出，特别是对诗歌艺术性与思想性的双重要求，成为后来诗歌评价的重要标准。这一时期的文学批评发展，不仅在理论上丰富了文学批评的框架，还在实践中促进了文学创作的繁荣发展。

唐宋八大家对诗歌的评论与分析突显了诗歌艺术性的重要性。在他们的批评中，对诗歌的艺术手法、韵律结构、用词技巧等方面进行了深入的研究和评价。例如，由唐代诗人白居易、元稹、张籍、李绅等所倡导，主张恢复古代的采诗制度，注重诗歌的音乐性和感染力，强调对现实生活的真情实感；苏轼则推崇诗歌的自然流畅和情感抒发，注重诗歌的写意与情致。这些评论不仅丰富了对诗歌艺术性的认识，也为后世诗歌创作提供了重要的启示和借鉴。

唐宋八大家对诗歌的思想性提出了新的要求。他们认为诗歌不仅要有艺术上的精湛，还应当具备丰富的思想内涵，能够表达作者的思想感情和时代精神。在诗歌的评论中，他们注重从诗歌中挖掘出更深层次的思想，探讨诗人的人生观、价值观，以及时代背景下的文化现象。例如，柳宗元在《江雪》中表现了对自然景观的赞美，同时蕴含了对人生苦难的思考；范仲淹的《岳阳楼记》通过对岳阳楼的描写，反映了作者对政治现实和人生境遇的思考。这种将诗歌与思想相结合的批评观念，为后世文学创作提供了更为深刻的内涵和意义。

唐宋八大家的诗歌批评还在一定程度上影响了后世的诗歌评价标准。他们所提出的诗歌评价观念和方法，成为后世文学批评的重要基础，影响了后世文学理论的发展。例如，他们强调诗歌的音韵和意境，提倡情感真挚和语言精练，这些标准在后世文学批评中被广泛接受并发展。同时，他们对诗歌的审美要求也为后世诗歌创作指明了方向，促进了中国古代诗歌的发展与传承。

第六章　宋代诗学的转型与发展

第一节　宋诗的新风格与新题材

（一）感情细腻化

宋代诗学的转型与发展是中国文学史上的重要篇章，它不仅代表了诗歌形式和风格的巨大变革，也反映了宋代社会经济、文化以及思想观念的深刻变化。宋代，尤其是北宋和南宋时期，社会相对稳定，经济发展，文化繁荣，儒学复兴，这些因素共同孕育了宋代诗学的新特点和新发展。其中，宋诗的新风格和新题材，尤其是感情的细腻化，是其显著特色之一。

宋代诗人在创作中注重诗意与情感的真挚表达，追求诗歌与自身心灵的深度对话。这一点，与唐代的壮丽山河、雄浑气势形成了鲜明对比。宋诗更加注重描绘细腻的情感和日常生活的点滴，体现了人与自然、人与社会、人与自我之间更加微妙和复杂的关系。

宋代诗学的新风格首先体现在对传统诗歌形式的革新上。在形式上，宋代诗人对五言、七言绝句和律诗进行了深化和创新，同时，也出现了许多新的诗歌体裁，如琴调、慢词等，这些都丰富了宋代诗歌的形式和风格。在内容上，宋代诗人更注重个性化表达，诗中充满了自我情感的真挚流露和个性思考的深度反映。

宋代诗人的情感细腻化，是其诗歌新风格的一个重要特点。他们在诗中倾注了更多的个人情感，用更加细腻和微妙的笔触去捕捉内心世界的微妙变化，表现出对生活的深切感受和对自然的细腻观察。比如，苏轼的诗作，就常常透露出复杂的情感和深邃的思考，其诗中的“明月几时有，把酒问青天”不仅仅是表达对自然美的赞叹，更蕴含了诗人对人生、命运的感慨和对宇宙间存在的哲思。

宋代诗学的发展还体现在题材的拓展上。与唐代诗人相比，宋代诗人的创作更加贴近生活，他们更愿意将诗歌的视角对准社会的各个角落，包括市井生活、自然风光、人情世态等。这些新的题材使得宋代诗歌更加丰富多彩，更能反映出当时社会的真实面貌。

例如，宋代诗人晏殊、欧阳修等，他们的诗歌创作不仅仅局限于表达个人的情感和感悟，更多的是对社会现象的观察和思考。他们的作品中常常融入了对贫富差距、社会不公等社会问题的关注，展现了宋代诗人对于社会的深切关怀和责任感。

宋代诗学的转型与发展是在历史的长河中自然而然发生的。它既有其时代背景的决定性因素，也有宋代诗人个人才华和努力的结果。宋代诗学的新风格和新题材，特别是情感的细腻化，不仅丰富了中国诗歌的表现形式和内容，也深刻影响了后世的文学创作。通过宋代诗人的作品，我们可以感受到那个时代独特的文化氛围和社会心态，以及人们对美好生活的向往和追求。宋代诗学的转型与发展，是中国文学史上一个不可多得的宝贵财富，值得我们继续探索和研究。

（二）题材日常化

宋代诗学的转型与发展是中国古典诗歌史上的一个重要篇章，标志着中国诗歌从唐代的辉煌向宋代的内在丰富与多样化转型。这一时期，随着社会经济的发展、文化思想的变革和文学观念的更新，宋诗呈现出了新的风格和新的题材，尤其是题材的日常化，这不仅反映了时代的变迁，也展示了诗人们对生活深刻感悟和精神世界的探索。

宋代，一个文化兴盛的时代，政治上虽然经历了北宋与南宋的更替，但经济上的繁荣、科技的进步，以及文化艺术的发展，为诗歌创作提供了广阔的空间。宋代社会经济的基本特点是商业的高度发展，城市的兴起和手工业的进步，这些都直接或间接地影响了诗歌的创作。市井生活的繁华与民间艺术的兴盛，使得宋代的文人不再局限于宫廷和士大夫的社会圈，他们更多地接触到了社会的底层，体验到了百姓生活的喜怒哀乐。

在这样的背景下，宋诗的题材开始日常化。与唐代诗人倾向于表现壮丽山河、历史典故的高远主题不同，宋代诗人更加注重描绘日常生活中的普通景象和细微情感。这种日常化的题材不仅仅局限于写风景、叙友情、咏物怀古，更重要的是它开始关注到了社会的各个层面，如市井小民的生活、手工业者的辛劳、商贾的流转等。

例如，苏轼的诗歌就广泛地吸收了民间艺术和生活的元素，其诗作中不乏对市井生活的细腻描绘，如《饮湖上初晴后雨》中的“水光潋滟晴方好，山色空蒙雨亦奇”，不仅仅是对自然景色的描绘，更是对平凡生活的颂歌。同时，他的诗歌也表现出了对社会底层人民生活的同情和理解，这种深入生活、关注民生的精神，成为宋代诗歌的一大特色。

另外，宋代诗人在题材的选择上也更加多样化，他们尝试将诗歌的触角伸向了更为广泛的领域。比如，欧阳修在《醉翁亭记》中，就通过描写一次郊游经历，展现了人与自然和谐共处的理想生活状态；辛弃疾的诗歌，则常常蕴含着强烈的时代感和爱国情怀，通过对日常生活场景的描绘反映了民族危机和个人情感的交织。

宋诗题材的日常化，实际上是宋代文化转型的一个缩影。这一转型不仅体现在文学上，还涉及哲学、艺术、科学等多个方面。在文学上，宋代的这种转变体现了诗人们对生活的深入观察和感悟，他们试图通过诗歌来表达对生活的理解和态度，展现了宋代社会的精神面貌。这种从宏观到微观，从远古到当下的视角转换，不仅丰富了中国古典诗歌的表现手法，也拓宽了诗歌的主题和内容。

（三）哲理性加强

宋代诗歌以其新风格与新题材而著称于世。其中，哲理性的加强成为一大亮点。宋代是理学兴盛的时期，这对于诗歌的发展产生了深远的影响。在宋代诗人的创作中，哲学思考和理学观点被融入诗歌之中，赋予了作品更加深刻的内涵和思想的抒发。

宋代诗人在其诗作中常常展现出对宇宙、人生的深刻思考和认识。他们不仅仅是在描绘自然风景或者抒发个人情感，更多的是通过诗歌表达出对于人生、社会、宇宙的理解和思索。这种哲理性的加强使得宋代诗歌具有了更为丰富和深刻的内涵，也使得这些作品在后世留下了深远的影响。

在宋代诗歌中，表现出来的哲学思考主要体现在对人生的思考上。诗人们通过对自然景物、人生百态的描绘，表达了对人生的感慨和思考。他们常常从微小的事物中触发对人生的思考，从而引发出对宇宙、生命、道义等更为深刻的探讨。比如，在苏轼的《赤壁赋》中，他通过对赤壁之战的描写，表达了对人生沉浮、命运无常的感慨，展现出对于生命的深刻思考和对于人生价值的探讨。

宋代诗人也借鉴了儒家、道家、佛家等不同哲学流派的思想，将其融入诗歌创作之中。他们通过对不同哲学观点的探讨，展现了对人生道路的多元理解和认识。这种哲学思考的融入，不仅丰富了诗歌的内涵，也使得这些作品具有了更为广泛的文化价值。比如，王安石的《登飞来峰》中，他借景抒怀，通过对自然景物的描写，表达了对人生境界的追求，体现了儒家思想中的“至善至美”的理念。

宋代诗歌中哲理性的加强还表现在对人性的思考上。诗人们常常通过对人性的描写，展现了对人性善恶、情感世界的洞察和思考。他们揭示了人性的复杂性和多样性，反映了社会风貌和道德伦理的缤纷。比如，在辛弃疾的《青玉案·元夕》中，他通过对人们欢聚一堂、共度佳节的描写，反映了人性中的喜庆和向往美好的一面，同时也暗示了人生中的无常和离别之苦。

宋代诗歌在具有新风格与新题材的同时，哲理性的加强成了一大特点。诗人们通过诗歌表达了对宇宙、人生的深刻思考和认识，展现了对于人生道路的多元理解和认识。这种哲学思考的融入，丰富了诗歌的内涵，也使得这些作品在后世具有了深远的影响。

（四）艺术表现的创新

宋代，特别是北宋时期，诗学经历了一场深刻的转型与发展。在这一时期，传统的诗歌形式、题材和艺术表现方式都出现了显著的变革，形成了宋诗的新风格和新题材。这一转变不仅深刻影响了后世的诗歌创作，也使宋代诗歌成为中国文学史上一朵异彩纷呈的奇葩。

宋代是一个经济、社会和文化都高度发展的时期，城市化进程加快，市民阶层的崛起为文学创作提供了新的社会基础。宋代诗人中不乏来自不同社会阶层的代表，他们的生活经历、情感体验和价值观念都与唐代的诗人有所不同，这直接促使了诗歌风格和题材的更新换代。宋诗的新风格与新题材主要体现在以下几个方面。

宋诗在艺术表现上的创新，是对传统诗歌形式的一种突破。宋代诗人大胆尝试不同的诗歌体裁，如宋代的词和曲，其流行程度甚至超过了传统的诗。这些新兴诗歌形式更加注重音乐性和抒情性，使诗歌的艺术表现更加丰富多彩。例如，词原本是伴随音乐演唱的文学形式，其语言更加口语化，情感表达也更为直接和丰富。通过这种形式，诗人能够更加自由地表达个人情感，捕捉瞬间的美好或哀伤。

宋诗的新题材反映了宋代社会的多样性和复杂性。宋代诗人不再局限于传统的山水、边塞等题材，他们开始关注城市生活、市民情感，以及个人心灵世界的探索。这种转变使得宋诗的题材更加广泛，涵盖了政治、历史、哲学、生活琐事等多个方面。诗人们通过细腻的观察和深刻的思考，将日常生活中的点点滴滴转化为诗歌的素材，使得宋代诗歌更加贴近普通人的生活。

例如，苏轼的《念奴娇·赤壁怀古》不仅仅是对历史事件的追忆，更通过赤壁之战引发对人生、宇宙和历史的深刻思考。另外，辛弃疾的词作则体现了宋代末年社会动荡不安的时代背景，其慷慨激昂的词句中充满了对国家和民族命运的关切。

宋代诗歌在语言表达上也呈现出新的特点。宋代诗人注重诗歌的言之有物，力求语言精练、意象新颖。他们摒弃了唐代诗歌中繁复的辞藻，追求更为简洁明快的表达方式。这种风格的转变，使宋代诗歌在形式上更为灵活，语言上更加通俗易懂，更能直接触及读者的心灵。

宋代诗学的转型与发展，不仅仅是形式和题材的革新，更深层次地反映了宋代社会文化的变迁和诗人们的思想觉醒。宋代诗人通过对传统诗学的继承和超越，创造出了一系列具有时代特色的文学作品，为中国诗歌的发展注入了新的活力。他们的创新实践，对后世诗歌的发展产生了深远的影响，使得宋代诗歌成为中国文学宝库中一颗璀璨的明珠。

第二节　诗词分家与词的兴起

（一）诗词分家的背景

在中国文学史上，诗与词一直都是文学创作的两大主流形式。然而，在宋代之前，诗与词并未严格分家，而是相互交融、共存于文学创作之中。直到宋代，随着词赋逐渐独立成体，诗词分家的趋势逐渐显现，词逐渐成为文学创作的主要形式之一。这一现象的出现与当时社会文化的变迁、文学创作的需求，以及文学审美的发展密切相关。

宋代是中国文学史上一个重要的转折点，也是词赋兴起与诗词分家现象逐渐明晰的时期。在宋代，社会经济的繁荣、文化的发展，以及科技的进步为文学的繁荣创造了有利条件。这一时期的社会生活多姿多彩，民风浓厚，人们对文学艺术有着极高的热情和追求。同时，宋代的政治体制相对宽松，社会上涌现了一大批有文化素养的士人，他们的涌现为文学的繁荣提供了坚实的基础。

词作为一种独立的文学形式逐渐兴起，与当时社会文化的变迁密不可分。宋代是中国文人大量涌现的时期，这些文人对于个人感情的抒发有着迫切的需求。与此同时，社会上也形成了一种新的审美趋势，人们开始追求简洁、含蓄、婉约的文学风格，而词恰恰满足了这一审美需求。词以其短小精悍、言简意赅的特点，迅速赢得了广泛的欢迎，成了广大文人士的创作首选。

另外，词的兴起也与诗歌创作的困境有关。在唐代，诗歌达到了一个高峰，但到了宋代，由于前期诗歌的精英化和规范化，导致了后期诗歌的创作疲软。很多诗人开始感到传统诗歌形式的束缚，对于现实生活的表达有所不足，而词的出现为他们提供了一种新的表达方式。词的自由度较高，可以更加灵活地表达诗人的个人感情和生活体验，因此吸引了大量诗人的青睐。

词的兴起还与文学市场的需求有关。宋代是商业经济蓬勃发展的时期，文学作品开始走向市场化，文人需要创作能够受到市场欢迎的作品来获取经济利益。而词由于其简短、易传唱的特点，更适合在市场上流通和传播，因此受到了商业文学市场的青睐，这也进一步推动了词的发展与流行。

（二）词的兴起原因

宋代社会环境的变化是词兴起的重要原因之一。宋代是中国历史上一个极具变革性的时期，政治、经济、文化等各个方面都发生了巨大的变化。宋代是一个相对和平稳定的时期，相较于前代的战乱，这种相对稳定的社会环境为文人创作提供了良好的条件。文人们不再被迫以生存和战争为主要目标，而是有更多的精力投入文学艺术的创作中。

宋代是一个繁荣发展的时期，经济繁荣为文人提供了更多的物质基础和精神空间，使得他们有更多的时间和机会从事文学创作。特别是在城市中，商业的兴盛和文化的交流使得文人们能够更加容易地接触到各种不同的思想、文化和艺术形式，这对词的创作产生了积极的影响。

宋代社会的士人地位得到了提升，士人文化开始成为主流文化。士人在社会中的地位和影响力不断上升，他们开始成为文学艺术的主要创作阶层。这一社会现象使得士人们更加关注情感表达和个体内心世界的表现，词作为一种适合表达复杂情感的文学形式得到了青睐。

文人情感表达需求的提升也是词兴起的原因之一。宋代文人普遍追求内心的真实感受和情感的深刻表达，他们渴望通过文学艺术来表达自己的情感体验和思想感悟。而词作为一种短小精悍、富有音乐感的文学形式，恰好能够满足文人们对情感表达的需求。词的音乐性使得文人们可以通过音律和韵律来表现情感的起伏和变化，而其短小的篇幅则更加适合于表达情感的精华和要点，这使得词成了宋代文人情感表达的首选形式之一。

宋代社会环境的变化和文人情感表达需求的提升是词兴起的两个重要原因。宋代相对稳定的社会环境为文人的创作提供了条件，经济繁荣和士人地位的提升使得文人们有更多的时间和机会从事文学创作，而文人们对情感表达的追求则促使词这种适合表达复杂情感的文学形式得到了青睐。这些因素共同作用下，使得词在宋代得到了极为辉煌的发展，并成了中国文学史上的重要篇章。

（三）词派的形成

词派的形成是中国文学史上一个极为重要的发展阶段，它标志着词这一文学体裁的成熟与多样化。在中国古代文学中，词是一种独具特色的文学形式，它既有古乐府的传统基础，又吸收了民间歌谣的风格特点，经历了漫长的历史过程，最终形成了自己的独特风貌。在词的发展过程中，不同的词人对于诗歌创作的理解和追求不尽相同，因而形成了各具特色的词派。

首先要提及的是豪放派。豪放派词人以苏轼、辛弃疾等为代表，他们追求情感直抒胸臆，笔墨豪放奔放，以率真豪放的情感表达和较为随意的艺术手法著称。他们的词作大多气势磅礴，雄浑豪放，以奔放豪迈见长，对人生、自然、爱情等题材的抒发常常带有强烈的个性色彩和生活感受，力图通过直抒胸臆的方式来表达自我情感与人生观。在他们的词作中，常常能够感受到一种豪放奔放、开放自由的创作氛围，这与他们个人的性格特点以及对生活的态度密切相关。

而与豪放派相对应的是婉约派。婉约派词人以柳永、李煜等为代表，他们注重语言的委婉含蓄，善于运用修辞手法，追求意境的曲婉深沉，以及情感的微妙表达。他们的词作多以闺怨、幽怨、别离等女性情感为主题，倾向于表现内心世界的柔情与感伤，对于爱情的追求常常表现为一种含蓄的、内敛的态度，更多地表现为一种情感的抒发和诉说，而非直接的宣泄。婉约派词人的创作风格，以及作品所表达的情感常常被认为是典型的婉约之美，他们的词作给人以幽静清丽、曲折含蓄的审美感受，常常令人感叹其中所蕴含的情感力量和文化内涵。

除了豪放派和婉约派之外，还有其他一些词派，如山水派、田园派等，它们也各具特色，反映了不同词人对于艺术追求和审美理想的不同理解。山水派词人以苏轼、黄庭坚等为代表，他们擅长通过对山水景色的描绘来表现自己的情感和思想，借助山水之景来抒发人生感慨，追求一种超脱世俗、追求自然的生活理想。而田园派词人则更多地关注田园生活的情趣和乡土风情，以及人与自然的和谐关系，他们的词作常常流露出一种淳朴自然、恬静安逸的生活情趣，给人以淳朴自然之美的感受。

（四）词与生活的紧密联系

在讨论宋代诗学的转型与发展时，诗词分家与词的兴起是一个不可或缺的主题，特别是词与生活紧密联系的方面，它不仅是文学形式上的变革，也是文化、社会乃至思想观念转变的体现。宋代，一个文化繁荣、经济发展、社会变革极为显著的时期，诗词艺术的发展亦步亦趋于这一时代的脉动。

宋代之前，诗歌是文人表达情感、抒发志向的主要形式，其风格、体裁及表现手法相对固定，更多地受到文人雅士文化的制约。而进入宋代，随着经济的发展、城市的兴起及文化的多元化，民间艺术得到了空前的发展，尤其是词，它以其更加贴近生活、形式更为灵活多变的特点，逐渐成为反映社会生活、表达个人情感的重要文学形式，与传统诗歌形成了鲜明的对比。

词的兴起，首先是因为它与生活的紧密联系。宋代社会经济的快速发展带来了城市文化的繁荣，市井生活丰富多彩，民众情感需求更为复杂。词源于唐代的乐府民歌，本就根植于民间，更能贴近普通人的生活情感。宋人在此基础上进一步发展，使词成为一种更加细腻地表达个人情感和生活体验的文学形式。从南宋江南水乡的柔情、北宋都市生活的繁华，到边塞军旅的苍凉，词都能以其独特的形式和语言，捕捉生活的细节，反映时代的风貌。

词的兴起与宋代文人的自我意识觉醒密切相关。宋代文人面对社会的变迁与个人命运的波折，更加注重内心情感的抒发和自我精神世界的探索。词以其短小精悍、情感丰富的特点，为文人提供了一个展示个性、表达情感的平台。如苏轼的《江城子·密州出猎》、辛弃疾的《青玉案·元夕》，都以其深邃的情感和独特的视角，展现了文人复杂的内心世界和对生活的深刻感悟。

词的兴起还受到宋代科举制度变革的影响。科举制度的变革使得更多具有不同社会背景的人才涌入文人阶层，这些新兴文人群体带来了不同的生活体验和情感需求，他们更倾向于使用词这种形式来表达自己的情感和体验。因此，词成了宋代文化多元化、社会变革中一个重要的文学现象。

宋代诗学的转型与发展是一个复杂的文化现象，其中诗词分家与词的兴起是其重要的一环。词之所以能在宋代获得空前的发展，不仅因为它与生活的紧密联系，更是因为它符合宋代文人探索个性、表达情感的需求，同时也反映了宋代文学观念的变化和社会文化的发展。可以说，词是宋代文学一个独特而重要的现象，它不仅丰富了中华文学的宝库，也为后世提供了宝贵的文化遗产。

（五）词的艺术成就

宋代诗学的转型与发展，特别是在诗词分家与词的兴起这一领域，是中国文学史上一个极为重要的时期。这一时期，词赋予了新的生命力和艺术成就，成为宋代文学的代表之一。宋代，尤其是北宋和南宋，是中国封建社会中期的重要时段，政治、经济、文化等方面均有显著的发展和变革，这些变革直接影响到了文学创作的风格和方向。诗词作为文学的两大主要体裁，在这样的历史背景下呈现出分家与转型的特征，尤其是词的艺术成就，显示了宋代文人深厚的文化积淀和对传统诗词艺术的新的诠释。

诗词分家的背后，是宋代社会经济结构和文化认知的深刻变化。唐代以前，诗是文人表达情感、抒发志向的主要文学形式，词则相对边缘化，多用于歌唱。到了宋代，随着城市经济的发展、市民阶层的崛起，以及文人阶层对个性表达和审美追求的不断提高，词逐渐成为更能满足时代需求的文学形式。它比传统诗歌形式更为灵活多变，更加注重音乐性和情感表达，更能捕捉到细腻的情感波动和复杂的心理变化，因而在宋代得到了空前的发展。

艺术成就方面，宋代词展现了前所未有的高度。在形式上，宋代词人在继承唐五代词风的基础上，更加注重词的结构严谨和对仗工整，创造了许多新颖的词牌和曲调，使词的艺术形式更加多样化、精致化。在内容上，宋代词人善于运用比兴、象征等手法，把个人的情感体验与自然景物、社会现实紧密结合起来，表达了更加深层的意蕴和更为细腻的情感。在情感表达上，宋代词达到了空前的深度和广度，无论是豪放派的激昂慷慨，还是婉约派的细腻柔和，都以其独特的风格和深刻的情感影响了后世。

宋代词的艺术成就，不仅体现在对传统诗词艺术的继承和发展上，更在于它对后世文学，乃至整个文化艺术的深远影响。宋词以其独特的美学价值和深邃的思想内容，成为研究宋代乃至中国古代文化、艺术、社会的重要资源。它的兴起和发展，标志着中国文学史上一个重要的转型期，不仅丰富了文学的表现形式和主题内容，更推动了文学艺术向更加人性化、个性化的方向发展。

宋代词的艺术成就是宋代文化的重要组成部分，它不仅展示了宋代文人的艺术创造力和审美追求，也反映了宋代社会的精神面貌和文化特质。通过对宋代词的研究，我们可以更深刻地理解宋代乃至中国古代文化的丰富性和复杂性，对中国传统文化和文学有更加全面的认识和理解。

第三节 宋代文人与诗歌社团

（一）文人社团的兴起

宋代，作为中国封建社会的一个重要历史时期，不仅在政治、经济、文化等方面呈现出丰富多彩的面貌，更在文人社团的活动上展现了其独特的魅力。文人社团的兴起，无疑是宋代文化发展的一个显著特点，它不仅促进了文学艺术的繁荣，还对后世产生了深远的影响。

文人社团的形式多样，既有官方背景的学社，也有私人自发组织的诗社等。这些社团通常以共同的文学兴趣、地缘关系或是师生关系为纽带，聚集了大量具有相似文化追求的文人。在这样的集体中，文人们不仅可以分享和交流自己的文学作品，还能讨论各种文学理论，相互批评指导，共同提高。此外，文人社团还经常组织各种文化活动，如诗歌朗诵、文学讲座、书画展览等，这些活动极大地丰富了社会文化生活，增进了文人间的友谊和理解。

文人社团的活跃，为宋代文学的发展提供了一个良好的社会环境。在这个环境中，诗歌成为最受文人欢迎的文学形式之一。宋代诗歌在继承唐代诗歌传统的基础上，更加注重文学的现实意义和社会责任，强调诗歌与人生、社会的紧密联系。许多文人通过诗歌来表达自己的政治理想、哲学思想和情感体验，使宋代诗歌呈现出独特的时代特色。

诗歌社团作为文人社团中的一个重要组成部分，对于推动诗歌创作和理论探讨起到了不可替代的作用。在诗歌社团的活动中，文人们可以自由地展示自己的诗歌才华，发表个人见解，从而激发了文人创作的积极性和创新意识。同时，通过对诗歌的共同研究和讨论，文人们在理论上达成了许多共识，推动了宋代诗歌理论的发展和完善。

值得一提的是，宋代文人社团的兴盛，还得益于当时社会经济的发展和文化教育的普及。经济的繁荣使得文人有了更多的物质基础来从事文学创作和交流活动。而科举制度的完善和书院教育的发展，则培养了大量具有文学素养的人才，为文人社团的发展提供了丰富的人力资源。这些因素相互作用，共同促进了宋代文人社团的繁荣。

（二）社团对诗歌创作的影响

宋代文人社团作为文化交流与诗歌创作的重要平台，其对诗歌创作的影响是深远和多维的。这一时期，文人社团不仅是文人交往的场所，更成了文化创新和诗歌发展的重要推手。文人社团的活动促进了诗歌风格的多样化和创作热情的高涨，成员间的互动和竞争也推动了诗歌技艺的提高。

文人社团提供了一个自由交流和批评的平台，使得文人能够相互借鉴、批评，从而促进了诗歌风格的丰富多样化。在这些社团中，文人们聚集一堂，共读诗篇，相互批评指正，使得诗歌创作不再是孤立的个人行为，而是一个集体参与、相互启发的过程。这种密切的交流促使文人们敞开心扉，勇于尝试不同的诗歌风格和形式，促进了文学创作的创新与发展。

文人社团活动促使了创作热情的高涨。社团中的文人通过定期的聚会、诗歌会等形式，共同分享自己的作品，相互竞赛，这种竞争和鼓励机制大大激发了他们的创作热情。文人们在这种氛围中，更加注重诗歌的审美追求和技艺提升，进一步推动了诗歌艺术的繁荣。

文人社团的存在促进了诗歌技艺的提高。在社团中，文人们通过交流和讨论，相互学习，不断提升自己的文学修养和诗歌创作能力。这种技艺的提高不仅体现在诗歌形式和内容的创新上，也体现在诗歌语言的精练和表达的深刻上。文人们追求诗歌的精致和内涵，不断探索诗歌表现手法，使得宋代诗歌更加成熟和完善。

文人社团还成了传播文化和诗歌的重要渠道。社团中的文人通过书信、访问、赠诗等方式，将自己的诗歌理念和作品传播开来，这不仅促进了文人间的文化交流，也使得诗歌创作的影响力得以扩散。这种文化的传播，进一步丰富了宋代的文学景观，提升了文学艺术的整体水平。

宋代文人社团在促进诗歌风格多样化、提升创作热情、推动技艺提高，以及传播文化等方面发挥了重要作用。这些社团不仅是文人交流思想、共享情感的场所，更是推动宋代诗歌发展的重要力量。通过这些社团的活动，宋代诗歌在形式和内容上都得到了极大的丰富和发展，展现了宋代文化的独特魅力和深刻内涵。

（三）文人社团与政治

宋代文人社团与政治的互动关系是一个复杂而又细腻的话题。在宋代，诗歌不仅是文学创作的一种形式，更是文人表达政治理想、情感交流和社会互动的重要媒介。诗学的转型与发展，尤其是在本章“宋代诗学的转型与发展”的背景下，与宋代文人社团的形成与运作密切相关，而这些文人社团又与当时的政治生活紧密相连。

在宋代，随着经济和社会的快速发展，文人阶层迅速扩大，他们中的许多人并非全然依赖官职生活，这使得他们有更多的自由去组织或参与各种文人社团。这些文人社团通常围绕文学创作、艺术欣赏、学术讨论等活动组织，不仅促进了文人间的相互交流和学术研究，也成了他们表达政治见解、互相支持的平台。诗歌作为一种高度精练、含蓄的表达方式，在文人社团中占有极其重要的地位，它既是文人才华的展示，也是情感和政治理念的传达工具。

宋代诗学的转型，尤其体现在从唐代的盛世诗风向更加注重个性表达和情感细腻的方向发展。这一转型不仅反映在诗歌的内容和风格上，更在于诗歌创作背后的社会文化环境。宋代文人社团的兴起为诗歌创作提供了新的社交场域，文人通过社团活动，分享自己的作品，相互批评，共同提高。这种形式的互动加速了诗歌风格的多元化，促进了宋代诗学的发展和创新。

同时，宋代文人社团与政治的关系也极为复杂。一方面，文人社团成为文人表达政治理念、批评时政的渠道之一。在宋代的政治环境中，直接的政治参与常常充满风险，而文人通过诗歌这一相对隐晦的方式来表达自己的政治立场和社会关怀。例如，通过赞美理想的政治制度或批评现实的政治弊病，诗歌成为一种特殊的政治话语。另一方面，文人社团的活动也受到了政治因素的影响，不同的政治派别可能支持不同的文人社团，文人社团的成员组成和活动方向也可能因政治变迁而变化。

值得注意的是，宋代文人社团并非完全是政治的附庸。许多文人社团更多地注重文学、艺术和学术的交流，他们努力营造一个相对独立的文化空间，追求文学艺术的自身价值。这些社团的存在，不仅丰富了宋代的文化生活，也为诗学的发展提供了肥沃的土壤。通过这样的社团活动，宋代文人能够跨越地域和政治的界限，形成了跨地域的文学。

宋代文人社团作为文学交流的同时，更是政治议论的重要场所。文人通过社团的活动，表达政治观点，讨论国事，从而间接影响了当时的政治风气和政策取向。这一现象不仅体现了宋代文人的政治热情和参与意识，也反映了宋代社会文化的开放性和多元性。在这一时期，文人不仅是文化的传播者和创新者，同时也成了政治思想和社会观念的重要推动者。

（四）社团对后世的影响

宋代，一个文学与艺术兴盛的时代，见证了文人社团在诗歌创作和文学理论方面的显著贡献。这一时期，诗人和学者们通过社团结成亲密的交流圈，共同研讨文学艺术，推动了文学理论的发展和诗歌创作的繁荣。宋代文人社团的影响深远，不仅在当时促进了文化艺术的交流与发展，而且为后世留下了丰富的文化遗产，对中国乃至世界文学的进程产生了深刻的影响。

在宋代，诗歌社团不仅是文人交流思想的场所，更是推动文学革新的重要力量。这些社团通常由具有相似文学兴趣和审美取向的文人组成，他们定期聚会，相互吟诵诗歌，讨论文学艺术，互相批评和启发，形成了独特的文学交流模式。通过这种形式的交流，诗人们得以相互学习，借鉴他人的创作技巧，从而丰富和提高自己的诗歌艺术。这种互动促进了文学思想和诗歌风格的多样化，对宋代乃至中国诗歌史的发展产生了深远的影响。

宋代文人社团对文学理论的贡献也不容忽视。在文人社团的促动下，宋代文学理论得到了重要的发展和完善。社团成员们通过集体讨论，对诗歌的审美标准、创作手法等进行深入探讨，形成了一系列具有创新性的文学理论观点。这些理论观点不仅引导了当时的诗歌创作实践，也为后世的文学研究提供了重要的理论资源。宋代文人社团的理论贡献，特别是对诗歌美学的探索，深刻影响了后世文学理论的发展方向。

宋代文人社团在文学传播和保存方面也发挥了重要作用。社团成员们编纂的诗集、文集，不仅是他们个人创作成果的集结，更是当时文化艺术风貌的反映。这些作品的汇编和传播，极大地丰富了宋代乃至整个中国文学的库存，为后世研究提供了珍贵的第一手资料。通过这些文学作品的传承，宋代文人社团的文学成就得以跨越时空，持续对后世产生影响。

宋代文人社团在诗歌创作和文学理论方面的贡献是多方面的。他们不仅推动了文学创作的繁荣，也对文学理论的发展做出了重要贡献，更通过编纂和传播文集，为后世留下了丰富的文化遗产。这些成就不仅展示了宋代文化艺术的繁荣，也为后世文学的发展奠定了坚实的基础。宋代文人社团的历史角色和文化价值，是对中国乃至世界文化历史的重要贡献，他们所创造的文学价值和理论成果，至今仍为后世学者和文艺创作者所借鉴和推崇。

宋代文人社团的成就，体现了中国古代文人对文学艺术深刻的热爱与追求。他们通过社团这一平台，不仅加深了个人之间的友谊，更重要的是，他们共同维护和传承了中国古代文学的传统，为后世的文学创作和理论研究提供了丰富的营养土壤。宋代文人社团精神的一个重要体现是，他们重视文学的社会功能和教化作用，认为文学不仅是个人情感的抒发，更是社会教化和文化传承的重要工具。这一观点对后世文学创作和文艺理论的形成和发展产生了深远的影响。

第四节　宋诗与宋代画艺的交融

（一）诗画同源的艺术观

在讨论宋代文化艺术的繁荣时，不可避免地会提及宋代诗歌与绘画艺术的紧密结合，这种结合不仅体现在形式和内容上，更体现在深层的艺术观念和审美追求上。宋代是中国历史上一个重要的文化和艺术高峰时期，其中，诗歌与绘画艺术的交融尤为显著，反映了宋代文人对于艺术的深刻理解和独到见解。这一时期，诗画同源的艺术观在文人群体中广为流传，并深刻影响了宋代乃至后世的文艺创作和审美观念。

宋代文人提出并广泛认同“诗中有画，画中有诗”的艺术观念，这一观点深刻体现了宋代文化艺术的特点。宋代文人不仅是诗人，同时也是画家，他们在创作中追求诗意与画意的完美结合，力图在画中寄托诗情，在诗中描绘画意。这种艺术追求，使得宋代的诗歌和绘画艺术呈现出高度的内在一致性和互相渗透的特点。通过这种融合，宋代的诗画不仅在形式上互为表里，更在精神上相得益彰，共同构建了一个富有诗意的审美空间，使读者和观众能够在艺术的享受中体验到更深层次的情感共鸣和思想启迪。

在宋代，诗歌与绘画的交融也表现在文人画的兴起上。文人画强调“意境”与“气韵生动”，倡导“以诗入画，以画助诗”，强调画作不仅要呈现出外在的形态美，更要表现出内在的情感和精神世界。这种以情动形，以意导物的创作方法，与宋代诗歌追求情感真挚、意境深远的特点不谋而合，使得诗画之间形成了一种相互启发、相互促进的良性互动。宋代文人通过绘画表达诗中的意象，通过诗歌赋予绘画更深的内涵，从而使得两者之间形成了一种难以分割的紧密联系。

宋代诗画交融的艺术实践还体现在对自然景观的描绘上。宋代文人在诗歌和绘画创作中，都极其重视对自然景观的观察与体验，追求以心写景，以景寄情，力图通过艺术创作传达出对自然的深刻感悟和独到理解。无论是在山水画中捕捉到的山川云雾的变幻莫测，还是在诗句中表达对风月星辰的细腻感受，都显示了宋代文人对自然界美的深切体验和崇高的情感投入。这种对自然美的共同追求和体验，进一步加深了诗歌与绘画艺术之间的内在联系。

宋代诗画同源的艺术观不仅仅是一种简单的形式上的模仿或是内容上的互相借鉴，它更深层次地反映了宋代文人对于艺术本质的思考和理解。在他们看来，无论是诗歌还是绘画，都是表达人的情感、传达人的思想、展现自然与社会的一种手段。这种观点促使他们在创作过程中，不断探索如何更好地通过这两种形式来体现自己的艺术追求。

宋代文人的这种艺术实践，显著地推动了诗歌与绘画艺术的风格发展和技法创新。例如，在绘画上，宋代画家不再仅仅满足于传统的线描手法，而是开始尝试用笔墨来表达光影变化和空气感，这种技法的创新让画作呈现出更加丰富的层次和更强的立体感，与诗歌中追求意境深远、情感细腻的特点相契合。同样，宋代诗歌在表达手法上也更加注重借助自然景象来抒发情感，通过对自然景物的细腻描绘和深刻感悟，以达到传达情感、表现意境的目的，这种手法与绘画艺术中追求景物表现的精神是一致的。

（二）文人画的兴起

宋代是中国历史上文化与艺术交融最为紧密的时期之一，特别是在诗歌与绘画领域。这一时期不仅见证了中国古典诗歌的繁荣发展，也是文人画兴起并达到鼎盛的阶段。宋代文人画的兴起，不仅标志着中国画的一大转变，也体现了文人追求个性表达和文化自觉的精神面貌。

文人画的概念，最初是指文人士大夫们的绘画作品，与专职画家的作品区别开来。宋代文人画家不仅精通文学，而且在绘画上也有很高的造诣，他们的作品往往融合了诗、书、画三者的元素，体现了一种“诗中有画，画中有诗”的审美特色。这种艺术形式的出现，与宋代社会文化背景和文人精神追求密切相关。

在宋代，社会经济和文化都达到了高度发展的阶段，城市经济的繁荣和科举制度的完善，为文人提供了广阔的社会舞台和自我实现的机会。这些文人士大夫不满足于仕途上的成功，更加注重精神层面的追求和个性的表达。他们通过诗歌、书法和绘画来抒发情感、表达思想和展示才华，使得文人画成了表现文人精神风貌和个性化追求的重要载体。

文人画的代表人物如苏轼、黄庭坚等，他们不仅是杰出的诗人，同时也是才华横溢的画家。以苏轼为例，他的诗歌与绘画作品都极具个性，充分展现了文人追求自由表达和个性化追求的精神。苏轼的山水画，笔法豪放不拘，色彩简约而富有变化，画面常常融合了他的诗意和哲学思考，展现了超凡脱俗的意境。

（三）诗情画意的具体体现

宋代是中国文化史上的一个重要时期，特别是在诗歌和绘画艺术方面，表现出了高度的成就和密切的交融。宋代的文人画家不仅在绘画技艺上有所创新，而且在表达诗情画意上也达到了前所未有的高度。这一时期，诗与画的结合不仅是艺术形式上的融合，更是一种深层次的文化和哲学思想的交流。

宋代画家在创作时常常将诗文直接融入画作之中，或是通过画面引发观者联想到某些诗句，以此来增强作品的意境和深度。这种做法使得画不仅仅是视觉上的欣赏，更添加了文学的内涵，观者在欣赏画作的同时，也能体会到诗中的情感和意境，两者相得益彰，共同构建了一种独特的艺术空间。

诗情画意的具体体现，在宋代画作中表现得尤为突出。例如，北宋张择端的《清明上河图》不直接附有诗句，但整幅画作生动地描绘了宋代都城汴京的繁华景象和热闹的市民生活，使人不禁联想到同一时期许多诗人对都城繁华和百姓生活的描绘。而南宋时期，文人画成为主流，画家如赵孟頫、马远等人的作品，往往直接在画旁题诗，或将诗意寓于画中，让画作和诗句相互映衬，深化了作品的艺术魅力和文化价值。

宋代的文人画强调“气韵生动”，追求“画中有诗，诗中有画”，体现了一种“以诗为画，以画入诗”的艺术追求。画家们不仅注重画面的布局、色彩、线条等技巧性的表达，更注重通过这些技巧来传达深层的情感和哲学思想。在这一过程中，诗歌作为一种富有深意的文学形式，为画家提供了丰富的情感和意象来源，画家则通过自己的艺术创造，将这些诗意转化为视觉形象，使观者能够在视觉和心灵上同时获得震撼。

宋代的画评家和理论家也对诗情画意的关系进行了深入的探讨。例如，著名的画理论家郭若虚在其《图画见闻志》中提到，画如诗文，需寓意于形象之中，强调了画作要有内在的文化底蕴和哲学思想。这一理论不仅指导了当时画家的创作实践，也对后世的绘画艺术产生了深远的影响。

宋代的诗情画意不仅限于画中直接描写或附加诗句，更在于画家们通过自己对自然和社会的深刻理解，将这些感悟转化为画面。这种转化并非简单的描摹或再现，而是一种更为深层的、富有创造性的艺术表达。画家们通过观察自然，体会四时变化，感受山川的气韵，再结合自己的情感和哲学思考，创作出既具有高度审美价值又富含深刻意义的作品。这些作品不仅能够给人以美的享受，更能引发人们对生命、自然和宇宙的深层次思考。

例如，苏东坡不仅是杰出的诗人，还是杰出的画家。他的作品往往能够跨越诗画之间的界限，将诗意深深地融入画中。苏东坡的画作不求形似，而注重神似，通过简洁、生动的笔触传达出诗中的情感和哲理，使画作本身就如同一首生动的诗。苏轼的这种艺术实践，体现了宋代文人追求诗情画意交融的最高境界，即“诗中有画，画中有诗”，达到了艺术创作的极致。

（四）影响及传播

宋代，一个文化鼎盛的时期，诗与画的交融达到了前所未有的高度。在这一时期，诗人和画家不再是两条平行线，而是相互交织、相互启发的艺术伙伴。这种交融不仅极大丰富了宋代的艺术创作，也为后来的明清文人提供了无穷的灵感与思考，影响深远。

宋代诗画交融的一个显著特点是文人画的兴起。文人画强调的是“意境”的表达和“气韵生动”的追求，这与宋代诗人追求的艺术境界不谋而合。画家们不仅在作品中融入了诗意，甚至常常直接在画作旁边题诗，使画作和诗歌形成了一种完美的互补和统一。这种艺术形式的创新，使得宋代的画不仅仅是视觉上的享受，更是一种情感和哲理的传达，充满了深刻的文化内涵。

宋代诗画交融对明清文人的影响首先体现在艺术创作的理念上。明清时期，文人画家广泛汲取宋代诗画融合的精神，将诗情画意融为一体，使得文人画达到了新的高度。他们更加注重表达个人的情感和意境，强调“画中有诗，诗中有画”，从而推动了文人画艺术的发展和完善。明清文人画的兴起，可以看作宋代诗画交融思想的直接延续和发扬。

除了直接影响艺术创作，宋代诗画交融的理念也深刻影响了明清文人的艺术观念。在宋代，诗画交融已经模糊了文学和绘画的界限，使得艺术创作变得更加自由和开放。这种思想在明清时期得到了进一步的推广和深化，文人开始更加重视艺术创作中的个性表达和情感抒发，强调艺术的主观性和创造性。这种艺术观念的转变，不仅促进了文艺复兴的兴起，也为后世的现代艺术发展奠定了基础。

宋代诗画交融的影响还体现在艺术传播和欣赏的层面。通过诗画结合的形式，宋代艺术家们成功地将复杂的哲学思想和丰富的情感以直观、易于理解的方式传达给观众。这种艺术传播方式极大地拓宽了艺术的受众群体，使得更多的普通人能够接触并欣赏到高雅的艺术作品。明清时期的文人也继承了这一传统，他们通过各种途径，如诗社、画会等，推广诗画艺术，使之成为社会文化生活的一个重要组成部分。

宋代的诗画交融不仅在当时产生了巨大的影响，也对后世尤其是明清文人的艺术观念和创作产生了深远的影响。这种影响不仅限于艺术领域内部，更扩散至整个社会文化的各个方面，促进了文化的多元化发展和艺术审美的提升。

（五）代表人物与作品

宋代，一个文化繁荣、艺术创新并存的时代，诗词与绘画艺术达到了前所未有的高度。在这一时期，许多文人墨客不仅在诗词创作上造诣深厚，而且在绘画艺术上也有着独树一帜的成就。其中，苏轼无疑是最为人所熟知的代表性人物之一，他的作品和思想不仅影响了他的时代，也为后世留下了宝贵的文化遗产。

苏轼（1037—1101），字子瞻，号东坡居士，北宋时期杰出的文学家、政治家、艺术家。他的才华横溢，跨越了文学与艺术的界限，尤其在诗、词、文、画上有着极高的成就。苏轼的诗词广泛涉猎人生哲学、历史感悟、自然风光等领域，其语言清新脱俗，情感真挚动人，展现了一种超脱世俗的豁达心态。在绘画艺术上，苏轼同样表现出了非凡的才能，他的绘画作品深受文人画风影响，追求意境与情感的自然流露，尤其擅长山水、人物等题材。

宋诗与宋代画艺的交融，最为显著的体现就是文人画的兴起。文人画强调诗情画意的统一，追求的是一种“意境”而非纯粹的形似，它要求画家不仅要有高超的绘画技艺，更要有深厚的文化素养和诗意的心境。苏轼在这方面的造诣尤为出色，他不仅是一位伟大的诗人，也是一位卓越的画家。他的画作往往能够将诗文与绘画艺术完美融合，通过笔墨传达深邃的思想感悟和独特的审美情趣。苏轼的画作，如《寒食帖》和《木石图》等，不仅展现了其精湛的艺术技巧，更重要的是，它们传递了作者对生活、对自然、对社会的深刻感悟和独到见解。

苏轼在宋代文化艺术史上占据着举足轻重的地位，他的作品是诗与画交融的杰出范例，体现了宋代文人追求文化与艺术完美统一的理想。苏轼的艺术实践和理论思考，不仅对同代和后世的文人画家产生了深刻影响，也为中国文化艺术的发展贡献了独特的价值。苏轼的艺术成就展现了宋代文化的复杂性与多维性。在他的诗词与画作中，我们可以看到对传统文化的继承与发扬，同时也有对新思想、新技术的探索与尝试。苏轼的艺术探索，特别是他在绘画理论上的贡献，如他关于“意象”与“生动”相结合的论述，预示了后世文人画“以诗入画”“以画入诗”的美学追求。通过这种跨越艺术门类的创新实践，苏轼强调了艺术创作中的主观表达和情感传递，这对于推动宋代乃至中国传统艺术的发展，具有重要的启示意义。

第七章　元明清诗学的多元探索

第一节　元代诗歌的特点与影响

（一）文化融合

元代，一段历史的交汇，见证了文化的融合与诗歌的创新。这一时期，随着蒙古族的统治确立，不仅带来了政治格局的变化，也促进了不同文化的交流与融合。在这种背景下，元代的诗歌展现出了别具一格的特点和深远的影响。

文化融合成了元代诗歌最鲜明的特色之一。在蒙古族统治下，北方民族的文化与汉族文化的相遇与融合，为诗歌创作提供了新的素材和视角。在这种文化交融的环境中，元代诗歌吸纳了北方民族的语言特色和思想精髓，诗歌内容更加贴近生活，表现出边疆文化的豪迈与开阔，以及对自然景观的热爱和赞美。这种文化的融合，不仅丰富了诗歌的表现手法，也使得元诗在情感表达和主题思想上更为多元和包容。

元代诗歌在文化融合的影响下形式更加多样化，新兴的文学形式如曲子词和杂剧中的唱词得到发展，这些形式因其民族特色和口语化表达更贴近民众生活，扩大了诗歌受众。同时，诗人们的视野扩展到更广泛的社会和自然领域，使得元代诗歌在探讨社会、人生和自然时呈现出独特视角和深刻思考，丰富了诗歌的主题和内涵。

元代诗歌的特点和影响，是在蒙古统治下多元文化融合的大背景中形成的。这一时期的诗歌，不仅在艺术形式和主题内容上展现出了新的特色，也对后世诗歌的发展产生了深远的影响。元代的文化融合，为诗歌创作提供了丰富的素材和广阔的视野，促使诗歌在表达手法和主题思想上都有了新的发展。这种在不同文化交流融合中形成的诗歌特色，不仅是元代独有的文化现象，也为中华文化的多元发展做出了重要贡献。

元代诗歌在形式和内容上的创新，打破了传统诗歌的框架，为明清乃至近现代的文学创作提供了新的视角和灵感。其特有的文化融合现象，尤其是对北方民族文化的吸纳和借鉴，为中国文学的多元发展贡献了重要的元素。

（二）语言简练

元代，这一跨越了中国历史上蒙古族统治时期的朝代，其诗歌文化无疑为中国文学史留下了浓墨重彩的一笔。元代诗歌在整个中国诗歌的发展史上，展现了独特的特点与深远的影响，尤其是其语言的简练性，为后世的文学创作提供了新的视角和灵感。

元代诗歌简练的语言风格，也是对前朝文学传统的一种自觉突破。在元代之前，中国古典诗歌经历了从先秦到唐宋的长期发展，形式和内容逐渐趋于成熟和复杂。然而，元代的诗人们并没有简单地效仿前人，而是根据自己的时代背景和生活体验，创造出了一种更为简洁、直接的诗歌语言风格。这种风格的转变，不仅展现了元代诗人的创新精神，也为后世的文学创作提供了新的可能性。

元代诗歌的语言简练，还体现在对传统诗歌形式的创新上。例如，元曲的兴起，就是元代诗歌发展的一个重要标志。元曲继承了诗歌的传统，但在形式和内容上都进行了大胆的创新，其语言更加口语化，情感表达更为直接，这既是元代诗歌语言简练特点的体现，也进一步推动了中国文学从传统向现代转型的过程。

元代之后，无论是明清小说的兴盛，还是近现代文学语言的简化和口语化，都可以看到元代诗歌影响的影子。通过突破传统诗歌语言的繁复和典故的束缚，元代诗人们开辟了文学表达的新天地，为后世的文学创作提供了更为广阔的表达空间和更加多样化的表达方式。

（三）曲词发展

元代（1271—1368）是中国历史上一个极具特色的时期，不仅因为它标志着蒙古族统治全中国，还因为在这一时期，中国的文化艺术领域发生了深刻的变革，尤其是诗歌和曲艺的发展。元代的诗歌和曲艺，尤其是曲词的发展，不仅展现了独特的艺术魅力，也对后世产生了深远的影响。

在元代之前，中国的诗歌主要以唐诗宋词为代表，讲究意境深远和文字精美。然而，元代的社会背景、民族融合，以及政治和社会的动荡，为诗歌和曲艺带来了新的表现内容和形式。元代的曲词，尤其是通过杂剧形式表现出来的曲词，其最大的特点在于强调直接表现生活，以及对平民生活的深刻同情，从而增强了诗歌的表现力和感染力。

元代的曲词和杂剧，其实是一种将诗歌、音乐、舞蹈和戏剧融为一体的综合艺术形式。这种艺术形式的出现，使得诗歌的表达不再局限于书面文字，而是通过舞台表演的方式，让诗歌的韵律、意境以及情感得到了更加直观和生动的展现。这种表现形式使得诗歌更加接近于普通百姓的生活，也使得文学作品更加生动和真实。

元曲中的“三杰”，即关汉卿、白朴、郑光祖，他们的作品不仅在艺术上取得了高度成就，也反映了当时社会的现实问题。例如，关汉卿的《窦娥冤》通过窦娥的悲剧命运，揭示了封建社会的不公和腐败；郑光祖的《倩女离魂》则通过爱情故事表达了人的真挚情感和对自由的向往。这些作品通过曲艺的形式，让诗歌的表现力和感染力达到了新的高度。

元代曲词的另一个显著特点是语言的生动和通俗。在元代之前，中国诗歌多使用文言文，而元曲则大量使用白话，这使得诗歌更加贴近民众的生活语言，易于被理解和传唱。这种语言上的转变，不仅反映了文学语言的民主化趋势，也使得文学艺术更加深入人心。

元代的曲词和杂剧对后世的影响深远。在文学史上，元曲的发展标志着中国古典文学从唐宋的诗词走向了更加广泛的民间艺术和口头文学的结合。在艺术形式上，元代曲艺的成功实践，为明清戏曲的发展奠定了基础，特别是在曲艺表演和戏剧创作上的创新，为后来的京剧等戏曲形式的成熟提供了宝贵的经验。此外，元代曲词中的许多主题和表现手法，如对社会底层人物的同情、对正义和理想的追求，以及对爱情和人性的深刻探讨，都对后世的文学创作产生了深刻的影响。这些主题和手法的流传，使得中国文学的视野更加广阔，情感表达更加丰富多彩。

从文化交流的角度看，元代的政治格局促进了中亚和西亚文化元素与中国传统文化的交融，这在文学艺术中也有所体现。元代曲词和杂剧中融入了不少异域风情，无论是服饰、乐器，还是故事情节，都体现了文化的多元和包容。这种文化的交融，不仅丰富了元代文学艺术的表现形式和内容，也促进了文化的创新和发展。

元代的曲词与杂剧在技巧上也有重大创新，如在结构布局、人物塑造和语言运用等方面都有所突破。这些创新不仅提高了艺术作品的艺术性和观赏性，也为后来的戏剧和文学创作提供了新的表达手段和创作理念。特别是在戏剧的表演艺术上，元代曲艺的发展，推动了表演艺术向更加专业化和系统化的方向发展，对中国乃至世界戏剧艺术的发展产生了深远的影响。

（四）思想多元

元代是中国历史上一个特殊的时期，其间社会经历了深刻的变革，这些变化不仅仅体现在政治、经济、文化各个层面，也深刻地影响了文学创作，尤其是诗歌。在这一时期，中国传统诗歌经历了重要的转型，这些变化既包含了形式上的创新，也包含了思想内容的多元化。

在元代，中国经历了蒙古族统治者的统一和对外扩展，这不仅加速了民族的融合，也使得中华文化与周边，以及远方的文化有了更多的交流。这种大背景下的社会动荡和民族融合，为元代诗歌创作提供了更加广阔的视野和更为丰富的内容。元代诗人不再局限于传统文人的审美情趣和题材，他们的视野更为开阔，关注点也更加多元。

首先，在思想内容上，元代诗歌反映了更加广泛的社会层面。这一时期的诗歌不仅仅局限于抒发个人情感，也不仅仅是对自然风光的描绘，而是涵盖了边疆风光、民族风情等更加多元化的主题。这种多元化的思想内容，是元代社会大背景的直接反映。元代统治者对于边疆地区的控制加强，使得边疆地区的风土人情成为诗人创作的新鲜素材。同时，蒙古、汉、回、藏等多民族的交融，也为诗歌创作提供了丰富的民族风情素材。

其次，元代诗歌在表达对战争和生活的深刻思考上，也显示出了其独特的特点。这一时期的中国社会，战乱频仍，人民生活困苦，这些社会现实被诗人深刻地反映在了他们的作品中。不少诗作通过对战争的描绘，表达了对和平的向往和对生命的珍视，这种思想内容的深刻性和广泛性，是前朝诗歌所不多见的。

最后，元代诗歌的思想多元还体现在对传统文化和价值观的反思和批判上。在这一时期，一些诗人开始对传统的儒家价值观念和社会秩序进行反思，他们的作品中既有对传统文化的继承，也有对现实社会的批判和反思。这种思想上的开放性和批判性，是元代诗歌区别于以往的一个重要特点。

（五）影响深远

元代，这一历史时期虽然相对较短，但它在中国文化，尤其是诗歌发展史上留下了不可磨灭的印记。元代的诗歌，以其独特的艺术魅力和深远的文化影响，不仅丰富了中国古代文学的宝库，也为后世的文学创作和文化发展提供了宝贵的资源和灵感。

元代诗歌的最大特点，可能就是其广泛吸纳民间文化和艺术元素，特别是在曲词方面的创新和发展。这一时期，由于政治和社会环境的特殊性，士大夫阶层的文人相对边缘化，使得文学创作的主体更加多元化，民间文艺得以迅速发展，尤其是以宋代词为基础，进一步发展成熟的元曲。元曲集词的精华，吸收戏曲的表现手法，形成了一种融诗、词、歌、剧为一体的新文学形态，这在中国文学史上是前所未有的。

元代诗歌在题材和内容上也显示出了更加广阔的视野和更加深刻的社会意识。这一时期的作品往往直面社会现实，表达了人们对于生活的感受和对于时代变迁的深刻思考。无论是对苦难深重的民众生活的同情，还是对理想社会的向往，元代诗人都用自己的笔触进行了深刻的描绘和批评，体现了诗歌的社会价值和时代精神。

在语言风格上，元代诗歌同样展现出了独到之处。在这一时期，由于文学与民间艺术的紧密结合，诗歌语言更加生动、通俗，既有深刻的思想内容，又不乏风趣幽默，使得诗歌更加接地气，也更加能够打动人心。这种语言风格的变化，为后世的文学创作提供了新的表达方式和思考角度。

元代诗歌对后世的影响是深远而持久的。首先，在文学形式上，元曲的创新为明清乃至近现代的诗歌和戏曲创作提供了新的形式和表现手段，特别是在戏曲文学方面，元代以来形成的许多经典剧目，不仅在中国广为流传，也对世界文化产生了影响。其次，在内容和主题上，元代诗歌中对社会、人生的深刻反思和批评，启发了后世文人对于社会现实的关注和思考，促使文学作品更加关注人民生活，更加注重表达人性的光辉和社会的进步。最后，在语言表达上，元代诗歌的通俗化趋势，也对后世文学语言的发展产生了重要影响，促进了文学语言的简洁化和生动化，使得文学作品更加贴近民众，更能够表达人们的真实情感。

第二节 明代诗学的复兴与变革

（一）复古运动

明代，作为中国历史上一个重要的朝代，不仅在政治、经济、文化等多方面有着显著的成就，其文学领域的发展尤其值得关注。明代诗学的复兴与变革，尤其是在诗歌领域的复古运动，无疑是这一时期文化复兴的重要体现。这一时期，诗人们不满于当时文学界的某些风气，倡导复古，企图在文学艺术的形式和内容上回归古典，从而达到文学的新生。

复古运动是明代诗学复兴与变革中最为显著的特点之一。这场运动的核心，是对唐宋以前诗风的高度崇尚和努力恢复。明代的文人学者深感唐宋时期的诗歌在艺术成就上的非凡价值，尤其是宋诗的文学价值和审美标准，被视为文学创作的典范。他们认为，唐宋以来的诗歌代表了中华文化的精髓，特别是宋代诗人如苏轼、黄庭坚等人的作品，以其深邃的思想内容和精湛的艺术技巧，成为明代诗人学习和效仿的对象。

在这一背景下，江西诗派作为宋代诗歌传统的继承者和发扬者，其影响力在明代达到了顶峰。江西诗派强调诗歌的文学价值和审美追求，主张诗中应有“意象”和“情志”，并且认为诗歌创作应遵循一定的格式和规则。明代的诗人们，如唐寅、文徵明等，都深受江西诗派的影响，其作品中不仅反映了对古典诗歌形式的追求，也体现了个人情感的真挚表达和对时代精神的深刻反思。

然而，明代的复古运动并非简单地模仿古人，而是在继承的基础上寻求创新和变革。这些诗人在尊崇古典的同时，也不失时代感，他们的作品既有对古典美学的回归，也有对当下社会现实的关注和反映。这种结合古典与现代、传统与创新的诗歌创作，为明代乃至后世的文学发展注入了新的活力。

明代的复古运动也是一种文化自觉和文化自信的体现。在面对外来文化的冲击和国内社会经济的变革时，明代文人通过复古运动寻求文化的根基和精神的寄托。他们深信，只有深入挖掘和继承中华优秀的传统文化，才能在变革中保持文化的连续性和稳定性，进而推动社会的和谐发展。

（二）个性解放

明代，特别是明中叶以后，中国社会经历了深刻的变革和发展，这种变化也深刻影响了文学，尤其是诗学的领域。在这一时期，诗学的复兴和变革成了文人学士和诗人们探讨的重要议题。一方面，复古运动在诗学领域获得了空前的重视，诗人们致力于挖掘和复兴古代诗歌的美学理念和艺术形式，试图通过学习古人的作品来恢复和继承中国古典诗歌的传统。另一方面，明代的社会文化背景也孕育了个性解放的思潮，这不仅体现在文学创作的领域，更是一种时代精神的体现。

在明代，尤其是明中晚期，随着商品经济的发展、市民阶层的崛起和文化生活的多元化，诗人的社会背景、生活经验和价值观念出现了多样化。这种社会变迁促使一部分诗人开始追求个性表达和情感真挚，他们的作品往往体现出与传统儒家克制相对立的个性解放和情感表达的特点。这些诗人不满足于仅仅模仿古人，而是力图在继承传统的基础上展现自我，表达个人的情感体验和世界观。他们认为，诗歌应该是心灵的自由抒发，是个人情感和思想的直接体现。

这种个性解放的倾向，在当时社会文化多元化的大背景下显得尤为突出。这一时期的诗人，如唐寅、徐渭等，他们的诗作往往强调情感的真挚和个性的独立，反映了个人主义思想的萌芽。他们在诗歌中表达了对传统礼教束缚的不满，对个人自由和情感真挚的追求。这些作品往往更加注重表现个人情感和生活体验，而不是仅仅满足于传统的审美规范和道德教化。

同时，明代的这种文学现象也与当时的文化思潮有关。儒学在明代虽然依然是官方的主导思想，但道家、佛家思想的流行，特别是文人对于宋明理学的反思和批判，也为个性解放的文学倾向提供了哲学基础。这些思想的流行促进了文人对于个人情感、自我意识的重视，为诗学的变革提供了丰富的思想资源。

（三）文学批评

明代，作为中国历史上一个文化繁荣的时期，其诗学的复兴与变革在文学批评领域表现得尤为显著。这一时期的诗学发展不仅仅是一个简单的复兴过程，更是一个深刻的文化和思想变革，它在推进中国传统诗歌朝着更加丰富多样的方向发展的同时，也促进了文学批评理论的深化和创新。

在明代，诗歌作为文学的重要组成部分，其地位愈加显著。这一时期的文学批评家不仅继承了前代的诗学理论，如对律诗、绝句的格律要求，对诗歌内容的道德审美观念等，同时也提出了许多新的观点和理论，对诗歌的创作理论和审美原则进行了深入探讨。他们注重诗歌的情感表达和艺术美感，强调诗歌应当体现出诗人的个性和创造力，这一点在文学批评中占据了重要地位。

明代的诗论作品数量增多，其中不乏高质量的批评作品。例如，胡应麟的《诗薮》，不仅在理论上有所创新，而且在批评实践中也具有重要意义。这些文学批评家通过对诗歌的审美原则、创作方法、风格特点等方面的分析和评价，为后世的诗人提供了宝贵的创作指导，促进了诗歌艺术的发展。

值得注意的是，明代诗学的变革也体现在其批评观点的多样性上。在这一时期，文学批评不再局限于儒家的道德教化功能，而是更加注重诗歌的审美价值和艺术表达。诗学批评家们开始尝试从不同的角度审视和评价诗歌，如探讨诗歌与自然的关系、诗人与社会的互动等，这些新的批评视角丰富了明代的诗学理论，也反映了当时社会文化的多元性。

明代的文学批评还体现了对传统诗学理论的反思和超越。一些批评家对过去诗歌创作中过分强调格律、忽视情感表达的做法提出了批评，他们认为诗歌的首要任务是传达真挚的情感，而不是机械地遵循格律。这种观点的提出，促进了诗歌创作风格的多样化，也为后世的自由诗创作提供了理论基础。

（四）新题材与新风格

明代，一个历史转型期，既承载着文化传统的继承，又孕育着新思想的萌芽。在这一时期，诗歌作为文学的重要组成部分，其复兴与变革尤为显著，这一变化不仅体现在诗歌的题材和内容上，更深刻地反映在其风格和表现形式的创新上。

诗学的复兴，首先是对传统诗歌精神和技巧的一种回归与重视。明代文人在历史的长河中汲取养分，尤其是对唐诗的崇拜和学习，使得诗歌的语言更加精练，意境更加深远。然而，单纯的模仿并不能满足时代的需求，因此，在继承的基础上，明代诗人开始探索诗歌的新表达和新风格，使得明代诗学既有复兴的传统色彩，又不乏变革的新意。

新题材的涌现，是明代诗歌变革的显著特点之一。这一时期，社会经历了从封建王朝的稳固到社会矛盾的激化，诗人的视角因而更加广阔，诗歌的内容也更加丰富多样。除了传统的山水田园，明代诗人还关注城市生活的方方面面，如市井小民的苦乐、都市的繁华落寞，乃至西洋的奇珍异物。这种题材的拓展，不仅丰富了诗歌的内容，也使诗歌成为反映社会全貌的重要手段。

与新题材的探索相伴随的，是诗歌风格的创新。明代诗人在形式上进行大胆尝试，如采用白话文书写诗歌，这在以往的文学中是不多见的。这种风格上的变革，使诗歌更加贴近生活，语言更加通俗易懂，也为后世的文学发展开辟了新的道路。此外，明代还出现了多种诗歌流派，如婉约派、豪放派等，这些流派各具特色，丰富了诗歌的表现形式，也体现了诗人各自不同的审美倾向和社会立场。

明代的政治抱负和社会矛盾，也是诗歌创作的重要内容。许多诗人通过诗歌表达了对时政的关注和对社会现实的批评。这种诗歌往往直接揭示了社会的不公和人民的苦难，体现了诗人的责任感和使命感。这样的诗歌，不仅具有很高的文学价值，更具有深刻的社会意义。

（五）技艺提升

明代，作为中国传统文化和文学的一个重要时期，其诗学的复兴与变革具有深刻的意义和影响。这一时期，社会环境的变化、文化思想的发展，以及对前代诗学传统的继承与反思，共同促成了明代诗歌独特的艺术风貌和技艺水平的显著提升。

明代诗人普遍展现出对诗歌技巧和艺术表现的高度重视。这不仅仅是对形式的追求，更是基于深厚文化底蕴和审美意识的提升。明代社会相对稳定，经济文化发展迅速，城市化进程加快，市民阶层崛起，这为文学艺术的繁荣提供了广阔的社会基础。诗人们在这样的背景下，受到了更多元化的文化影响，对传统诗学进行了新的探索和创新。

在构思和布局上，明代诗人注重诗歌的结构安排和内在逻辑，力图使诗歌在内容和形式上达到和谐统一。他们借鉴古代诗歌的经典技法，如对对联的巧妙运用、篇幅的合理安排等，同时也不断尝试新的构思方式，如探索诗歌的空间感和时间感的表达，使诗歌具有更丰富的层次和更广阔的视野。

在用词和韵律上，明代诗歌同样展现出显著的提升和创新。诗人们精心选词造句，追求语言的凝练和韵味，努力表现诗歌的音乐美。他们在继承传统韵律体系的基础上，也敢于打破常规，尝试不同的韵脚和节奏，以求诗歌的新鲜感和生动性。此外，明代诗人对于诗歌用词的选择更加讲究意境与情感的结合，力图通过精确而生动的语言，传达更加细腻复杂的情感和深邃的思想内容。

明代诗学的这种复兴与变革，是在对传统的继承与发扬基础上实现的。诗人们既尊重经典，又不拘泥于旧有模式，勇于探索和尝试，以适应时代的变化和审美的发展。他们的创新不仅体现在诗歌的形式技巧上，更重要的是，在于诗歌内容的深化和思想性的提升。诗歌成为反映时代精神、传达个人情感、抒发思想见解的重要载体。

第三节　清代前期诗歌的新趋势

（一）清初三大家

清代前期，中国诗歌经历了一次深刻的变革，这一时期不仅是社会历史背景的巨变，更是文学艺术领域内部发展的必然结果。清初三大家——龚自珍、袁枚、赵翼，以其独特的文学才华和创新精神，开创了清代前期诗歌的新趋势，他们的诗歌作品不仅艺术成就显著，更对后世产生了深远的影响。

龚自珍，以其深沉的历史感和浓郁的个人情怀创作了大量诗歌，其多反映了晚清社会的动荡不安和个人的忧国忧民之情。龚自珍的诗歌融汇了传统与创新，既有古典诗歌的典雅，又不乏新时代的气息。他的诗作在形式上既继承了传统的律诗、绝句，也尝试了新的表现手法，如使用白话文来写诗，使其诗歌更加接近生活，情感表达更为直接和真挚。龚自珍的诗歌深刻揭示了封建社会的矛盾和个体在其中的挣扎，其作品《己亥杂诗》尤为著名，展现了他深邃的思想和卓越的艺术才能。

袁枚则以其独特的生活哲学和文学创造力，在诗歌创作上表现出别样的风采。袁枚的诗作在题材和风格上都显示出较大的灵活性和开放性，他擅长用诙谐幽默的方式反映生活中的点滴，用轻松的笔触描绘人间百态。袁枚的《随园诗话》不仅是诗歌创作的集大成之作，更体现了他对诗歌艺术的深刻理解和独到见解。袁枚在诗歌中追求自然真实，反对刻意雕琢，主张“诗中有画，画中有诗”，他的诗作因此而生动活泼，别具一格。

赵翼则以其宽广的视野和深刻的社会意识，对清初诗歌做出了重要贡献。赵翼的诗作兼具史诗般的宏大叙事和细腻的个人抒情，既有对历史沧桑的深邃反思，也有对个人命运的微妙感悟。他的诗歌在风格上既继承了明清以来的文学传统，又融入了西方文学的某些元素，展现了清代前期诗歌的新趋势。赵翼的诗歌创作不仅关注历史与现实，更注重内心世界的探索和表达，其《廿二史札记》等作品，以其独特的视角和深刻的思想内容，对后世的诗人产生了深远影响。

清初三大家以其非凡的文学才华和创新精神，不仅推动了清代前期诗歌的发展，也为中国古典诗歌的创新提供了新的方向和可能。他们的作品在艺术上的成就，不仅在于形式上的创新和内容上的丰富，更在于他们对传统诗歌精神的继承与发扬，以及对现实生活深刻洞察和批判性思考的融合。通过他们的诗歌，我们可以看到一个从封建社会向现代社会过渡时期的文化风貌和社会心态的变迁。

（二）情感深化

清代前期，中国历史上的一段多变与复杂的时期，诗歌作为时代的反映，呈现出了明显的新趋势，尤其在情感的深化与内心世界的探索上表现得尤为突出。这一时期的诗歌，不仅仅是对外在世界的描绘与抒发，更重要的是成了诗人情感深处与内心世界的映射，体现了更加复杂、细腻且深刻的情感体验。

在明清之际，社会动荡、王朝更迭给文人墨客带来了深刻的心理震撼和情感体验。这种特殊的历史背景，使得清代前期的诗人不满足于仅仅表达对自然的赞美或是对现实的批评，他们更多地转向内心，探索个人情感与精神世界的深层次内容。这种转向，不仅丰富了诗歌的主题，也使得诗歌的表现手法和艺术风格更为多元化和深化。

诗人们通过对个人遭遇的反思、对理想与现实冲突的感慨，以及对生命意义的探索，抒写了一系列情感深刻、意境深远的作品。他们在诗中表达了失落、孤独、忧伤、反抗、怀旧、悲悯等更为复杂的情感，体现了对人生、对社会、对自然的深刻感悟和高度关注。通过这种深入的情感表达和内心世界的探索，清代前期的诗歌展现了更高的艺术成就和文化价值。

情感的深化与内心世界的探索，使得清代前期的诗歌在艺术表现上呈现出更加细腻和微妙的特点。诗人们通过使用典雅而富有象征意味的语言，构建起一种独特的情感氛围和意境空间，使读者能够在诗歌中感受到诗人内心世界的深层次动荡和情感的细腻变化。这种情感上的深化与艺术上的细腻，不仅仅是对个人情感的直接表达，更是对人性、对生命本质深刻探索的反映。

清代前期诗歌情感深化的特点，也与当时文人墨客的生活经历和心理状态紧密相关。许多诗人在政治动荡和社会变迁中经历了个人命运的沉浮，他们的作品中既有对过往岁月的怀念，也有对现实不满和对未来的憧憬，这些复杂的情感交织在一起，使得诗歌成了一种独特的情感抒发和心灵对话的方式。通过这种方式，诗歌不仅成了个人情感的释放，更成了一种文化传承和情感共鸣的桥梁。

（三）风格多样

清代前期，中国的文化与诗歌经历了一段重要的转型期。在这个时代，社会与政治的变迁为诗歌创作提供了新的思想资源和表达空间。诗人们不再满足于模仿古典诗歌的固定格律和主题，而是开始探索更为多样化和个性化的表达方式。这一时期的诗歌风格多样，既有坚持古典传统的复古倾向，也有追求创新与个性表达的现代风格，体现了文化的多元化和开放性。

复古风潮在清代前期诗歌中占据了重要地位。许多诗人对于明末清初社会动荡和道德沦丧感到失望和忧虑，他们通过回归古典文学，特别是汉唐时期的诗歌风貌，试图恢复和维持传统的道德价值和文学审美。这些诗人深入研究古代诗歌的语言、形式和精神，力图在自己的作品中复现古典美学的典范。他们认为，通过复古，可以为当代社会提供道德指导和文化自觉。这种复古风潮并非简单的模仿或复制，而是在深入理解古代文学传统的基础上，创造性地继承和发展。

与此同时，追求创新与个性表达的现代风格也在清代前期诗歌中占有一席之地。部分诗人对传统诗歌的固定形式和陈旧主题感到不满，他们力图打破传统束缚，探索新的诗歌表现手法和主题内容。这些诗人倾向于表达更为真实的自我感受，关注个人经历和情感的细腻描绘。他们在诗歌中融入现代生活的元素，反映社会变化和个人心境的微妙变动，展现了较为开放和包容的文化视角。这种现代风格的诗歌不仅丰富了诗歌的表现手段，也拓宽了诗歌的主题范围，为后世的文学发展注入了新的活力。

清代前期诗歌的风格多样性，反映了这一时期文化的开放性和多元化。诗人们在坚守和复兴传统文化的同时，也积极吸收新的思想和艺术观念。这种文化态度不仅促进了诗歌风格的多样化发展，也为中国文学的创新和进步提供了肥沃的土壤。无论是复古风潮还是现代风格，都体现了诗人们对于传统与现代、固守与创新之间平衡的探索和思考。

这一时期诗歌的多样化风格也与社会背景密切相关。清代前期的中国社会在经历了明末的战乱后，逐渐步入了一个相对稳定的发展时期。经济的复苏、文化的交流以及社会思想的开放，为诗歌创作提供了广阔的空间。

（四）批判与反思

清代前期，特别是明末清初，是中国历史上一个极为重要的转型期，这一时期的诗歌不仅承载着丰富的文化内涵，而且也映射出社会的深刻变迁。在这一时期，诗歌创作呈现出显著的新趋势，尤其是在批判与反思的主题上，表现得尤为突出。这些新趋势不仅体现了诗人对时代的深刻感悟，也折射出他们在艺术表达和思想内容上的探索与创新。

清代前期诗歌在批判性方面呈现出强烈的时代感。随着清朝的建立和社会结构的变动，许多诗人在作品中深刻反映了民族危机和社会矛盾。他们用诗歌作为载体，对社会的不公和历史的沉痛进行了深刻的批判。这种批判不仅仅是对旧社会的批判，更是对新统治阶级的批判。例如，著名的“康乾盛世”背后隐藏的民间疾苦和社会不平等，成了许多诗人笔下批判的对象。他们通过描绘民生疾苦、官僚腐败等现象，揭露了表面繁荣背后的社会问题，表达了对民族命运和人民生活的深切关怀。

清代前期诗歌在反思上表现出深刻的历史意识。许多诗人在作品中反复思考历史的进程和民族的命运，试图从历史的维度对当下的社会现状进行深入的思考和反思。这种反思不仅局限于对过去的回顾，更重要的是对未来的展望和对理想社会的追求。诗人们通过回顾历史，尤其是对明末清初那段特殊历史时期的反思，来表达对理想与现实之间巨大差距的感慨，以及对社会变革的渴望。这种深刻的历史反思，使得他们的诗歌不仅仅是文学创作，更是对时代的记录和对历史的审视。

清代前期诗歌的批判与反思也表现在对传统文化和价值观的重新审视上。在这一时期，一些诗人开始对传统儒家思想进行批判性的反思，他们对儒家的道德观念、社会秩序，以及对个人的约束提出了质疑。同时，也有诗人开始探索西方的科学知识和启蒙思想，试图找到解决中国社会问题的新途径。这种对传统与现代、东方与西方的批判性对话，反映了诗人们在文化认同和价值取向上的迷茫和探索，同时也预示着中国文化在新旧交替中的变革与发展。

清代前期诗歌的批判与反思还体现在对个人命运和人性的深刻探讨上。面对动荡的社会环境和复杂的人际关系，许多诗人在作品中表达了对个人命运的思考，以及对人性光明与阴暗面的探索。他们通过个人的经历和感悟，反映了当时社会的复杂性和人性的多面性。这种对个人生命意义的追问和对人性深层次的探索，使得他们的诗歌具有了更为深刻的哲学意味和人文关怀。

（五）技巧与创新

清代前期诗歌呈现出一种新趋势，这种趋势在技巧与创新方面表现得尤为显著。清代前期诗人在继承传统的基础上，并没有止步不前，而是努力探索新的表现手法和艺术技巧。这种努力不仅丰富了诗歌的表现力，也使得清代前期诗歌在中国文学史上占据着重要的一席之地。

清代前期诗人在技巧上的探索主要体现在对比的运用上。对比是诗歌表现力的一种重要手法，能够通过对事物的对立或对比来突出主题或情感。在清代前期诗歌中，诗人们常常运用对比手法来增强诗歌的艺术感染力。例如，康熙年间的诗人袁枚在其诗作中常常运用对比手法，通过对自然景物的对比来表达自己的情感和思想。这种对比不仅仅体现在意象的对立上，还表现在语言的对比上，诗人们善于运用反讽、夸张等手法，使得诗歌在形式上更加生动有趣，同时也增强了诗歌的表现力和感染力。

清代前期诗人在诗歌创作中尝试了象征和寓言两种抽象表现手法。他们通过自然景物的象征性描写来隐喻深层情感和思想，如袁牧利用花草树木表达对人生的感慨，使诗歌更具诗意和深度。同时，诗人们也运用寓言手法，通过故事性的人物和事件描写来传达对社会和人生的反思，如袁枚使用动物寓言批判社会风气，增加了诗歌的启发性、趣味性和吸引力。这些创新手法使诗歌更加贴近读者心灵，引起共鸣，增强了诗歌的影响力。

清代前期诗歌在技巧与创新方面表现出了新的趋势。诗人们不仅在继承传统的基础上努力探索新的表现手法和艺术技巧，而且在对比、象征、寓言等方面进行了大胆的尝试和创新，丰富了诗歌的表现力，增强了诗歌的影响力，使得清代前期诗歌在中国文学史上占据着重要的一席之地。这种趋势不仅对当时的文学创作产生了积极的影响，也为后世的文学创作提供了宝贵的借鉴和启示。

第四节 清末民初诗歌的西学东渐

（一）文化交融

清末民初时期，中国社会面临着巨大的变革，其中一项重要的变化是西方文化的传入和影响。这种文化交流不仅仅限于政治领域、经济领域，还深刻地影响了文学艺术，尤其是诗歌这一文学形式。在这个时期，中国的诗歌逐渐开始吸收西方文学的元素，经历了一场西学东渐的过程。这种文化交融不仅促进了诗歌内容和形式的刷新，也反映了中国社会文化的变革和思想观念的更新。

清末民初诗歌的西学东渐体现在内容上。随着西方文化的传入，中国诗人开始对西方文学作品进行研究和借鉴，吸收了自然主义、浪漫主义等思想和风格。自然主义强调对自然的客观描写和现实生活的真实反映，这与中国传统诗歌的意境追求有所不同，但为诗人提供了表现社会现实、关注民生疾苦的新视角。例如，白话诗人王湾在其诗作中常常描绘城市的喧嚣与底层人民的生活，表现了对现实生活的关注和批判。而浪漫主义则强调个人情感、想象力和审美体验，这与中国古典诗歌中的情感表达有着相通之处，但又更加强调个体的独立性和内心的表达。这些西方文学的元素的引入，使得清末民初诗歌的内容更加丰富多样，展现了诗人们对于现实生活和内心世界的不同关注与表达。

清末民初诗歌的西学东渐也表现在形式上。传统的律诗逐渐失去了在新诗创作中的主导地位，而白话诗、新体诗等新的诗歌形式开始兴起。这些新的诗歌形式更加灵活自由，不受传统格律的束缚，更适应于表达现实生活和个人情感。例如，白话诗的出现打破了传统文言文诗歌的约束，使诗歌更加贴近百姓生活，更容易为普通人所理解和接受。新体诗则尝试吸收西方诗歌的形式特点，如自由诗、散文诗等，注重语言的音韵、节奏和排比，从而使诗歌的表现力和表现形式更加丰富。这些新的诗歌形式的出现，为诗人们提供了更多的表现手段和创作空间，推动了诗歌艺术的发展和创新。

清末民初时期，随着西方文化的影响和中国社会的变革，诗歌开始反映更多元化和开放化的思想观念，诗人们关注社会现实和个人情感，探索人生意义，形成了与传统不同的表达方式。这一时期的诗歌不仅在内容上吸收了西方元素，也在形式上采用了新的诗歌形式，如白话诗和新体诗，更加贴近人民生活和语言，标志着中国文学现代化的重要发展阶段。

（二）新诗兴起

在清末民初时期，中国的文学风貌正在经历着一场深刻的变革，其中诗歌领域更是呈现出了西学东渐的明显趋势。在这一时期，传统的诗歌形式受到了挑战，新诗运动开始兴起，人们尝试用白话文写诗，这标志着中国诗歌向现代转型的开始。

西学东渐的影响是新诗兴起的重要背景之一。随着近代西方文化的传入，中国知识分子开始接触到西方文学的诗歌形式和思想。他们受到了西方现代诗歌的启发，开始思考如何借鉴西方的创作手法和思维方式，来创造出适合当时社会和个人情感表达的新诗形式。这种跨文化的交流和启发，为新诗的诞生奠定了基础。

新诗运动的兴起是对传统诗歌形式的一种挑战。新诗的诞生不仅体现了对传统形式的反叛，更是一种思想解放和创新的表现。在新诗的创作中，诗人们开始尝试用白话文写诗，与传统的文言文诗歌形式有所不同。白话文的运用使诗歌更加贴近日常生活，更容易被普通人理解和接受，也更具有时代性和现代感。这种写作方式的出现，打破了传统诗歌形式的束缚，为诗歌的发展开辟了新的道路。

新诗的兴起不仅在形式上有所突破，更在内容和主题上展现出了新的特点。传统诗歌往往注重抒发个人情感或描写自然景物，而新诗则更加关注社会现实和人民生活。诗人们开始将自己的目光投向社会底层，关注劳动人民的生存状况、社会的不公正现象，以及民族的命运。他们试图通过诗歌来呼吁社会的改革和进步，表达对人民的关爱和对未来的期许。这种关注社会现实的情感和思想，使新诗展现出了强烈的时代气息和社会责任感。

同时，新诗运动也使一批优秀的诗人崭露头角，他们以鲜明的个性和独特的创作风格在诗坛上崭露头角。例如，鲁迅、郭沫若等诗人都是新诗运动的代表人物，他们以饱满的热情和深刻的思想感染着整个时代。他们的诗作不仅在形式上具有创新，更在思想内涵和艺术表达上展现出了高度的成就，对中国现代诗歌的发展产生了深远的影响。

（三）思想解放

清末民初时期是中国社会动荡变革的时代，同时也是思想解放的起点。诗歌作为文学的一种形式，承载了时代的思想和情感，反映了人们内心的声音和对社会现状的态度。在这一时期，诗人们以其笔下的文字，积极参与到社会思潮的旋涡中，表达对传统束缚的批判，追求自由、平等、人权等现代价值。

清末民初时期的诗歌反映了对传统观念的挑战和批判。长期以来，中国社会受到封建礼教和儒家思想的影响，人们在思想上受到了严格的束缚，对于个人自由、平等等现代价值的追求受到了压制。然而，随着西方近代思想的传入，尤其是思想解放运动的兴起，人们开始逐渐审视传统观念的合理性，并对其进行批判。许多诗人通过诗歌表达了对传统伦理道德的怀疑，对旧有秩序的颠覆，展现了对自由思想的向往和追求。他们敢于挑战传统的权威，呼吁个体的自由和独立，为时代的思想解放做出了积极的探索和尝试。

清末民初诗歌反映了对自由、平等、人权等现代价值的追求。在社会转型期，封建社会的结构逐渐被动摇，人们开始向往新的社会秩序和现代价值观念。诗人们在创作中表达了对自由的向往，他们追求个人的自由和尊严，反对任何形式的压制和束缚。同时，诗歌也反映了对平等和人权的追求，诗人们呼吁消除社会的阶级和地位差别，主张人人平等，享有平等的权利和机会。他们借助诗歌这一载体，将对社会不公的愤怒和对美好未来的憧憬表达得淋漓尽致，为社会的进步和发展发出了响亮的呼声。

清末民初诗歌反映了思想解放的个体追求和价值探索。在这一时期，个体意识逐渐觉醒，人们开始关注自身的内心世界和精神追求。诗人们通过自己的作品，表达了对生活的感悟和对人生意义的追求，探索个体在社会变革中的定位和存在意义。他们试图通过诗歌来寻找内心的慰藉和精神的满足，在文字的世界里探寻自我，表达情感和思想的自由。这种个体追求和价值探索，丰富了诗歌的内涵，也为人们提供了反思和启迪。

（四）民族意识和爱国情怀

在清末民初时期，中国社会面临着前所未有的动荡和危机，外国列强的入侵和国内的政治腐败使得国家沦为半殖民地半封建的状态。在这样的背景下，诗歌成了表达民族意识和爱国情怀的重要途径，许多诗人通过他们的作品，深刻地反映了当时人们的思想和情感。

诗歌在清末民初时期被赋予了承载民族复兴希望的使命。面对国家的危亡，许多诗人以笔为刀，借助诗歌的形式表达了对国家命运的担忧和对民族复兴的期许。他们在作品中描绘了民族的疾苦和沉重的历史负担，呼吁国人团结一心，共同抵抗外来侵略，重振中华民族的雄风。这种民族复兴的呼声在他们的诗歌中得到了深刻的体现，成了凝聚人心、鼓舞士气的精神力量。

清末民初诗歌中所展现的爱国情怀也贯穿于诗人们的创作之中。他们以自己的笔端，抒发了对祖国的深厚情感和对民族精神的热爱。在诗歌中，他们对祖国的山河、风土人情进行了生动的描绘，展现了对祖国大好河山的眷恋之情。与此同时，诗人们也通过自己的文字，激发了人们对民族文化的自豪感和对国家命运的责任感，号召大家积极投身于爱国救国的伟大事业中去。

诗歌还成了民族精神的传播者和弘扬者。在诗人们的笔下，民族精神得以生动地呈现出来，激励着人们不断奋发向前，为国家的繁荣富强而努力奋斗。诗歌中所表达的对传统文化的珍视和对民族精神的传承，为中国社会注入了正能量，引领着人们走向民族自尊、自信和自强的道路。正是在这种民族精神的引领下，中国人民才得以在危难之中团结一致，共同为国家的发展进步而努力奋斗。

（五）文学团体和期刊

在清末民初时期，文学团体和期刊的兴起标志着中国现代诗歌创作与批评活动的蓬勃发展。这一时期，文学团体和期刊成了促进诗歌创新与文学思想交流的重要平台，对中国现代诗歌的发展产生了深远的影响。

文学团体在清末民初的兴起，打破了传统文人孤芳自赏的局面，为诗歌创作提供了更为开放和活跃的氛围。这些文学团体通常由一群志同道合的文学青年组成，他们在团体中相互交流、切磋，共同探讨诗歌的创作技巧和文学思想。这种集体性的创作氛围极大地激发了诗人们的创作热情，推动了诗歌创作的多样化和丰富化。

同时，文学期刊的兴起也为诗歌创作与批评提供了重要的平台。众多的文学期刊如《新青年》《青年杂志》等相继问世，它们不仅提供了发表诗歌作品的机会，还为诗人们提供了批评与评论的舞台。在这些团体和期刊中，涌现了一大批积极探索、勇于创新的诗人和文学批评家。他们敢于挑战传统的文学观念和形式，大胆尝试新的诗歌表现手法，致力于表达现实生活中的个人情感与社会意识，使得中国现代诗歌焕发出勃勃生机。

除了在文学上的创新，这些团体和期刊也为诗歌的翻译与引进提供了契机。在西方文学思潮的影响下，越来越多的西方诗歌被翻译介绍到中国，为中国诗人提供了更为广阔的创作视野和思想营养。同时，中国的诗歌作品也逐渐传播到西方，促进了中西文化的交流与融合。

然而，文学团体和期刊的兴起也面临着一些挑战和困难。首先，由于时代背景的变迁和社会环境的动荡，一些文学团体和期刊可能会因为种种原因而难以持续运营，导致它们的影响力和生存空间受到一定程度的限制。其次，由于文学批评的主观性和多样性，不同的文学团体和期刊之间可能会存在意见分歧和竞争，使得诗歌创作与批评的环境变得更加复杂和多元。

清末民初文学团体和期刊的兴起是中国现代诗歌发展史上的重要里程碑，它们为诗人们提供了更为开放和活跃的创作平台，推动了诗歌创作与批评的多样化和丰富化，促进了中国现代诗歌思想的更新与发展，同时也为中西文化的交流与融合提供了契机。然而，随着时代的变迁和社会环境的变化，文学团体和期刊面临着各种挑战和困难，需要在不断探索中寻求生存与发展的路径。

第八章　古典诗歌的文体特征与流派

第一节　叙事与抒情：诗歌的基本文体

（一）叙事与抒情的界定

中国古典诗歌，作为中华文化的瑰宝，自古以来便以其独特的魅力和深邃的文化内涵影响着世界。在其中，叙事与抒情是其基本文体，不仅贯穿了中国诗歌发展的各个时期，而且形成了不同的文体特征与流派，丰富了中国诗歌的艺术表现和思想内容。

叙事与抒情的界定，是中国古典诗歌研究中的一个基础而重要的问题。叙事，顾名思义，是以讲述故事、叙述事件为主要内容和形式的一种诗歌文体。它侧重于人物的行动和事件的发展过程，通过故事的叙述传达作者的思想感情和审美追求。而抒情，则是直接表达诗人自己的情感、心境和志趣的诗歌文体。它不像叙事那样依赖于故事框架，而是更加注重内心感受的抒发和情感的传达，借助各种修辞手法和象征意象，以达到激发读者共鸣的目的。

叙事诗歌在中国古典诗歌中占有重要地位。从《诗经》中的叙事诗，到唐代的叙事长诗，再到宋代叙事诗的发展，叙事诗歌以其鲜明的故事性和历史性，成为表现社会生活、反映历史变迁、抒发作者情感的重要手段。如唐代的白居易，他的《长恨歌》就是通过叙述杨贵妃的爱情悲剧，抒发了对人世沧桑的深切感慨和对理想爱情的无限向往。

与叙事诗歌相对应的是抒情诗歌。抒情诗歌在中国古典诗歌中也占据极其重要的地位。从《诗经》的抒情诗，到晚唐诗人的抒情作品，再到宋词与元曲的兴盛，抒情诗歌以其深邃的情感和精湛的艺术表现，展现了诗人的内心世界和情感体验。如李白的《静夜思》，简单的语言中蕴含了深远的思想情感，抒发了诗人对故乡的深切思念，成为中国抒情诗歌的典范。

在中国古典诗歌的发展过程中，叙事与抒情两种文体不仅各自发展，形成了各自的特色和流派，而且还相互融合，产生了新的诗歌形式。如唐代杜甫的诗歌，既有深刻的叙事内容，又有丰富的抒情色彩，通过对社会现实的深刻观察和对个人情感的真挚抒发，展现了诗人深邃的思想感情和高超的艺术造诣。此外，宋词和元曲等新的文学形式，也是叙事与抒情相结合的产物，它们以更加灵活多变的形式和更加细腻深刻的情感表达，丰富了中国古典诗歌的艺术表现和思想内容。

（二）叙事诗的典型特征

中国古典诗歌，其文体特征和流派的多样性，构成了中华文学宝库中的璀璨明珠。在探讨古典诗歌时，叙事与抒情无疑是其两大基本文体，而叙事诗的典型特征则为理解其文化内涵和艺术价值提供了重要视角。

叙事与抒情作为诗歌的基本文体，分别代表了诗歌表达的两种基本情态。抒情，顾名思义，更多地关注于内心情感的表达和抒发，它强调的是诗人个人情感与心灵体验的直接流露；叙事，则是以讲故事的方式，通过事件的叙述和描绘，传达诗人的观点和感受。这两种文体在中国古典诗歌中并存，相辅相成，共同丰富了中国诗歌的艺术表现。

在这两大文体中，叙事诗因其独特的艺术魅力而占据着不可忽视的地位。叙事诗的典型特征，既有其结构上的独特性，也有其内容上的丰富性，更有其情感上的细腻与深刻。

从结构上讲，叙事诗往往采用较为宽松的叙述结构，以时间或空间为线索，将诗歌的情节层层推进，形成一种宏大的叙事框架。这种结构不拘泥于传统诗歌的严格格律，给予了诗人更大的创作自由，使得叙事诗能够跨越时间和空间，展现更为广阔的视野和更为丰富的内容。例如，唐代史诗《长歌行》通过广阔的叙事视角，展现了壮丽的历史画卷和深沉的民族情感。

在内容上，叙事诗往往围绕历史事件、英雄人物或民间故事等进行创作，这些内容既包含了丰富的历史文化信息，也蕴含了深刻的社会思考和人文关怀。通过叙事诗，诗人不仅能够记载历史、传承文化，还能够通过对事件和人物的描绘，折射出自己对于人生、社会、历史的理解和感悟。如杜甫的“三吏”和“三别”，不仅生动地记录了战乱中的悲惨景象，更通过对平民百姓苦难的描写，表达了诗人深切的同情和强烈的社会责任感。

从情感表达上看，叙事诗虽以叙事为主，但其情感表达却非常细腻而深刻。在叙述事件和描绘人物的过程中，诗人往往能够巧妙地融入个人情感和主观评价，使得叙事诗既有客观叙事的广度，又不失抒情诗的深度。这种情感的双重维度，使叙事诗的艺术魅力更加深邃和复杂。

中国古典诗歌的流派多样，从先秦的楚辞，到汉魏六朝的骈文，到唐宋的诗歌，再到元明清的词曲，每一种文体都有其独特的美学特征和文化内涵。叙事诗作为这一众多文体中的重要组成部分，它的发展历程和典型特征不仅反映了中国古代社会的历史变迁，也映照了诗人们丰富的情感世界和深邃的思想境界。通过对叙事诗典型特征的探讨，我们不仅能够更加深入地理解中国古典诗歌的艺术魅力，还能够窥见那些历经千年仍能触动人心的诗篇背后深藏的文化智慧和人性光辉。

（三）抒情诗的风格特色

抒情诗最显著的特征是其直接表达诗人内心情感和思想的能力。与叙事诗借助故事、事件来传达情感不同，抒情诗往往直接展现诗人的喜怒哀乐、爱憎离合，以及对自然、社会、人生等的感悟和理解。这种直接性赋予了抒情诗极强的情感感染力和表现力。

在形式上，抒情诗更加注重言简意赅、意象丰富。诗人常常通过精练的语言、生动的比喻和象征，以及独特的意象组合，构建出饱含深意的诗篇。这些意象往往富有鲜明的文化特色和时代色彩，通过寄托和象征，使得抒情诗在传达个人情感的同时，也反映了广泛的社会情感和文化心态。

音乐性也是抒情诗的重要特征之一。诗歌的韵律、节奏、押韵等音乐元素，不仅增强了语言的美感和节奏感，也加深了情感的表达和传达。这种音乐性使得抒情诗不仅是视觉的艺术，也是听觉的享受，进一步增强了诗歌的艺术魅力。

中国古典抒情诗的流派多样，风格各异。从汉乐府诗的民歌风格，到魏晋南北朝时期的山水田园诗，再到唐宋时期的诗歌创作，各个时期的抒情诗都有其独特的风格和特色。

唐诗是中国古典诗歌的巅峰，其抒情诗尤为著名。唐代诗人如李白、杜甫、王维等，以其卓越的艺术成就影响了后世。李白的诗以豪放、奔放著称，充满了个人主义色彩，展现了诗人对自由、理想的追求；杜甫的诗则深刻反映了社会现实和人民苦难，显示了诗人深沉的忧国忧民之情；王维的诗则以山水田园为主要内容，展现了诗人淡泊明志、追求自然和谐的人生态度。

宋词继承并发展了唐诗的传统，形成了更为细腻、灵动的抒情风格。宋代词人如苏轼、李清照等，他们的作品更加注重情感的细腻表达和心理的深刻描绘，反映了更加复杂的社会生活和更加丰富的个人情感。

元曲则在抒情诗的传统上，融合了戏曲元素，形成了独特的抒情表现方式。元代诗人如关汉卿、白朴等，他们的作品在表现深沉情感的同时，也融入了戏剧的对话和情节，使得抒情诗更加生动、直接和多元。

（四）文体融合与变革

在中国古典诗歌中，叙事与抒情这两种基本文体并非孤立存在，而是常常相互渗透、交织融合的。这种文体融合与变革不仅丰富了诗歌形式，也使诗人能够更为灵活地表达情感与思想。

中国古代诗歌中的叙事元素并非仅仅是简单的事件描述，而往往融入了诗人的情感态度。例如，在《木兰辞》中，虽然主要叙述了木兰代父从军的故事，但其中也不乏木兰对家国情怀的抒发，通过描写木兰忍辱负重、孝敬父母的情节，表达了诗人对忠孝美德的赞颂和对国家的忧虑。同样，在《长恨歌》中，唐代诗人白居易以唐玄宗与杨贵妃之间的爱情悲剧为叙事背景，但在描述宫廷生活的同时，也渗透了诗人对时局的忧虑与对人生无常的感慨，使诗歌既有了故事情节，又具备了抒情的内涵。

而抒情诗中同样可以发现叙事的痕迹，诗人往往会借助叙事手法来丰富情感的表达。比如，在王之涣的《登鹳雀楼》中，诗人通过描绘自己登楼远眺的情境，融入了对人生短暂、世事变幻的思考，虽然没有直接叙述某一具体事件，但在描述登楼过程中，诗人通过时间、空间的流逝，展现了对时光流逝的感慨和对生命的思索，使诗歌既有了抒情的情感表达，又具备了对人生的叙事性思考。

这种叙事与抒情的融合不仅仅局限于古代诗歌，而是贯穿于整个中国文学史的发展过程中的。在宋词中，尤其突出体现了这种融合。宋词往往以叙事情节为载体，通过叙述特定场景或故事来抒发诗人的情感，同时又注重音韵和意境的构造，以实现情感更深层次的表达。

叙事与抒情作为古典诗歌的两种基本文体，在中国诗歌发展史上始终相互交融、相辅相成。叙事与抒情的融合不仅丰富了诗歌的形式和内涵，也为诗人提供了更为灵活的表达方式，使得诗歌能够更好地传递情感、展现思想，成为中国文学传统中不可或缺的重要组成部分。

（五）代表作家与作品

中国文学历史悠久，其诗歌作为文学的精华之一，在叙事与抒情的文体方面有着丰富的表现。自古至今，代表作家们通过各自的作品，展现了不同的叙事与抒情风貌，其中杜甫、李白、苏轼等文人的作品尤为经典。

杜甫是唐代杰出的诗人之一，他的诗歌以叙事见长，深受后人喜爱。他的代表作之一“三吏”以生动的叙述展现了社会的黑暗和腐败，具有深刻的社会意义。在这首诗中，他以三个官员为主角，通过对他们的描写，反映了当时官场的丑恶现象，揭示了人性的复杂和社会的黑暗面。这种叙事手法不仅增强了作品的表现力，更使读者对社会现实有了更为深刻的认识。

而杜甫的“三别”则是以叙事情节为主线，展现了诗人对友情、乡愁、人生离别的深刻感悟。通过三次别离的叙述，杜甫将自己的情感融入其中，使作品充满了浓厚的抒情色彩。每一次别离都是一次心灵的撕裂和思想的碰撞，使读者在情感上产生共鸣，深受触动。

相比之下，李白则以豪放奔放的抒情风格著称，他的《将进酒》被誉为中国古代诗歌中的绝世佳作。这首诗以酒作为主题，通过对饮酒、作乐的描绘，表达了诗人对人生的豁达态度和对自然的热爱。李白借酒浇愁，将个人情感与生活体验融入诗歌之中，使得作品充满了浓郁的抒情色彩，激发了读者对自由、奔放、豪情的向往。

苏轼则以其细腻、柔婉的抒情风格而著称，他的《江城子·密州出猎》是他的代表作之一。这首诗以猎者的视角，描绘了狩猎场面和大自然的景致，展现了诗人对自然的热爱和对生活的感悟。苏轼通过对景物的细腻描绘和情感的表达，将自己的情感与自然景致相融合，使作品充满了诗意和抒情。

中国古代诗歌在叙事与抒情的文体上有着丰富的表现形式。杜甫以深刻的社会观察和真挚的情感展现了叙事的力量，李白以豪放奔放的风格和深刻的人生感悟展现了抒情的魅力，苏轼则以细腻柔婉的笔触和对自然的感悟展现了抒情的精髓。这些经典作品不仅反映了作家个人的文学造诣，更蕴含着丰富的文化内涵和人生智慧，对后世具有重要的启示意义。

第二节　从骈文到近体：变化的审美趣味

（一）骈文的特点

骈文作为古代文学中的一种特殊文体，具有独特的特点。它在魏晋南北朝时期尤为盛行，许多文人都以此展现了对形式美的追求和审美趣味。骈文的特点主要表现在对仗工整和语言华丽两个方面。

骈文以对仗工整为其显著特点之一。所谓对仗，即在文句的结构上追求平行、对称，使得句子在形式上达到一种平衡、和谐的美感。这种对仗往往表现在音韵、字义、句式等方面。在音韵上，骈文常常运用平仄、押韵等修辞手法，使得文句在朗朗上口之余，更显韵律和节奏感。在字义上，骈文会运用反复、排比等手法，使得文句之间呼应、相互照应，增强了表现力和感染力。在句式上，骈文追求句与句之间的对比、呼应，以及句内成分的平行、对称，使得整体文风更加流畅、优美。这种对仗工整的特点，使得骈文在结构上呈现出一种高度的艺术美感，给人以耳目一新的感受。

骈文以语言华丽为其独特之处。骈文的语言常常采用华丽、辞藻和丰富的修辞手法，如夸张、比喻、拟人等，以及汉赋中常见的比兴、谐音、象形等技巧，使得文辞间充满了生动的意象和丰富的情感。这种语言的华丽不仅表现在词汇的选择上，更表现在句子的构造和组织上。骈文中常常出现长句、排比句、并列句等结构，这些句式的运用使得文辞更加丰富多彩、充满魅力。同时，骈文中还常常穿插典故、引用古籍、借用典故等手法，使得文章既有深厚的文化底蕴，又增添了一种历史的沉淀感。这种语言的华丽，使得骈文在文学上具有了一种独特的审美价值，成了古代文学中不可或缺的一部分。

骈文作为古代文学的一种珍贵遗产，仍然具有一定的价值和意义。它不仅是我国文学史上的重要篇章，更是我国文化传统的重要组成部分。通过研究和欣赏骈文，我们可以了解古代文人的审美观念和文学追求，感受到古代文学的独特魅力。因此，尽管骈文在当代文学中已经不再占据主导地位，但其在文学史上的地位和价值依然不可撼动。然而，随着时代的变迁，骈文的地位逐渐式微，其审美趣味也发生了变化。在现代文学中，人们更加注重真实性和自然性，追求简洁明了的表达方式。尽管如此，骈文作为古代文学的一部分，仍然具有一定的价值和意义，值得我们去研究和传承。

（二）近体诗的兴起

随着时间的流逝，人们对审美的偏好也随之发生了变化。在文学领域，这种变化体现为从骈文到简体的转变。近体诗的兴起是这一审美变化的重要标志之一。

唐代是近体诗发展的黄金时期。李白、杜甫等诗人的诗作，以其直接、自然、情感真挚而著称。他们讲究格律的同时，更善于运用简练的语言表达深刻的思想和情感，使诗歌更加贴近人心，更易于为普通读者所理解和接受。与骈文相比，近体诗不追求华丽的修辞，而是追求意境的传达和情感的直抒，更注重诗歌的内在含义和情感表达。

近体诗的兴起不仅反映了人们审美趣味的变化，也与社会发展的需要密切相关。在多元化、快节奏的生活中，人们讲究格律的同时，更加注重简洁明了的表达方式，他们希望通过简短而深刻的诗歌来表达自己的情感和思想。近体诗的出现满足了这一需求，使诗歌更加贴近人们的生活和情感体验，成了古典诗歌的主流形式之一。

近体诗的兴起也反映了文学审美观念的变革。过去，人们普遍认为文学作品应当追求华丽的修辞和繁复的结构，以显示作者的才华和修养。然而，随着时代的发展，人们逐渐意识到，真正优秀的文学作品不在于其华丽的表达，而在于其内在的情感和思想的表达。近体诗正是在这样的背景下兴起的，它强调情感的真实和直抒，注重内心世界的表达，而非外在形式的堆砌。

近体诗的兴起也反映了文学创作的多元化趋势。与骈文相比，近体诗风格多样，更容易为广大读者所理解和接受。在这样的背景下，越来越多的普通人开始参与到文学创作中来，他们用简练的语言表达自己的情感和思想，使文学创作更加多元化和丰富化。

然而，尽管近体诗在当代文学中占据了重要地位，但并不意味着骈文已经完全退出了历史舞台。事实上，骈文依然有着自己的独特魅力，它在一些文学领域依然占据着重要地位。在文学创作中，骈文可以通过巧妙的修辞和华丽的语言展现作者的才华和修养，使作品更具艺术性和观赏性。因此，在文学创作中，近体诗和骈文并不是孤立存在的，而是相互补充、共同发展的。

（三）审美趣味的转变原因

审美趣味从骈文到近体诗的转变是多方面因素综合作用的结果。

首先，社会文化背景的变迁是其中一个重要原因。随着历史的演进，不同时期的社会结构、价值观念、生活方式都会发生变化，这必然会影响到人们的审美趣味。在中国古代，骈文盛行的时期，社会大多处于封建等级制度下，文人士大夫阶层占据统治地位，而骈文的雕琢繁复、复杂多样的句式结构，与其所处的社会等级制度、文人的身份地位相契合，有助于彰显其高贵身份和文化修养。然而，随着社会经济的发展，人们的生活方式发生了变化，封建等级制度逐渐被瓦解，社会逐渐向着更加平等、开放的方向发展。在这样的社会背景下，人们对于文字表达的需求也发生了改变，他们更加追求文字的直接性、简洁性，因此，以近体诗为主的多元化诗歌创作的出现和普及正是符合这一社会需求的产物。

其次，文人审美观念的变迁也是促使审美趣味转变的重要原因之一。在古代，文人对于文字的要求往往更多地集中在形式的雕琢、技巧的运用上，他们追求的是一种繁复、精致的美，认为文字应该如同精雕细琢的艺术品般展现出自己的高超技巧和文化修养。而随着时代的变迁，人们对于审美的理解逐渐发生了改变，他们更加注重文字所传达的情感真实性和生活体验。因此，以近体诗为主的多元化诗歌创作的直接、朴素的表达方式更容易引起当代读者的共鸣，符合他们对于文字的审美追求。

最后，语言表达方式的演变也是审美趣味转变的重要原因之一。语言是文化的载体，它随着社会的发展而不断变化和演进。在古代，骈文作为一种较为正式、庄重的文字表达方式，更符合当时社会的需求和审美趣味。然而，随着社会的不断发展，人们对于语言表达方式的需求也在不断变化，他们更加追求语言的简洁、直接和通俗化。因此，以近体诗为主的多元诗歌创作的出现正是符合这一时代潮流的产物，它以更加简单、直接的方式表达文字，更加贴近人们的日常生活，更容易为广大读者所接受和喜爱。

审美趣味从骈文到近体诗的转变是一个复杂而多维的过程，其中既包含了社会文化背景的变迁，也涉及了文人审美观念和语言表达方式的演变。这种转变既是历史发展的必然结果，也是人们审美趣味不断变化的体现。

（四）近体诗的影响

近体诗的兴起在古典诗歌领域产生了深远的影响，它标志着文学审美趣味的变革与演变。从骈体到近体，这一审美转变不仅仅是文字形式的简化，更是一种文化心理的转变，影响着诗歌表达的方式、主题的选择以及读者的感受。

近体诗的兴起首先体现在其简洁直观的语言表达上。相对于繁复的骈文，近体诗讲究格律，追求言简意赅，力求用最简练的语言表达最深刻的情感和思想。这种简洁且多元，使诗歌不仅更易理解，也更贴近普通人的生活，让更多人能够享受诗歌的美感。

近体诗的兴起还推动了诗歌主题的多样化和个性化。在骈体诗盛行的时期，诗歌的主题往往受到传统文化的限制，更多地体现出士大夫阶层的审美趣味和生活体验。而随着近体诗的兴起，诗人们开始更加关注日常生活中的琐事、个人情感以及社会现实，使诗歌的主题更加丰富多彩。近体诗的兴起，为诗歌表达提供了更加广阔的空间，让诗人们能够更自由地选择表达的对象和方式，从而使诗歌更富有个性化的特点。

近体诗促进了审美观念的转变，从骈体诗的华丽辞藻转向更真实、直接的情感表达，追求内在美，增强了诗歌的感染力和共鸣。这种审美趣味与日益强调情感表达的文化氛围相契合，推动了诗歌创作的自由化、多样化，降低了形式要求，强调内在意义，促进了诗歌创作的繁荣。

近体诗的影响还可以在诗歌的传播和接受上得以体现。近体诗的语言直观、内容贴近生活，使得其更易为广大读者所接受。与此同时，近体诗的流行也推动了诗歌创作的多样化和地域化发展，促进了各地诗歌创作的交流与融合。近体诗所弘扬的审美趣味，使得诗歌不再是少数文人士大夫的专利，而是成了广大民众所喜爱和欣赏的文学形式。

第三节　诗歌流派的形成与发展

（一）流派的形成背景

古典诗歌流派的形成与发展是文学史上一种重要的现象，其背景十分复杂而多样。在探讨流派的形成背景时，需要考虑到多方面的因素，包括地理、文化背景以及诗人的个人风格等。古典诗歌流派的形成既受到了社会历史条件的影响，也受到了诗人个性和技艺追求的影响。

古典诗歌流派的形成与当时的社会历史条件密切相关。古代的社会结构、政治制度、经济状况等因素都对诗歌流派的形成产生了深远影响。例如，在中国古代，隋唐时期的开放和繁荣为诗歌的繁荣创造了条件，诗人们在这一时期大量涌现，形成了多种不同的流派。而到了宋代，由于政治制度的变革以及社会风气的转变，诗歌的发展也呈现出了新的特点，形成了更加多样化的流派。

文化背景也是古典诗歌流派形成的重要因素之一。不同地域的文化传统、思想观念对诗歌创作的影响不可忽视。例如，中国的诗歌流派中就有以山水、田园为题材的山水田园诗派，以及以琴棋书画等文人雅事为题材的文人诗派。这些不同的文化背景赋予了诗歌不同的审美取向和表现方式，从而形成了多样化的流派。

诗人个人的风格和技艺追求也对流派的形成起到了重要作用。每位诗人都有自己独特的情感体验、审美观念和写作技巧，这些个人因素在一定程度上决定了他们的诗歌风格和创作方向。例如，唐代诗人杜甫擅长写作壮怀激烈、凝重深沉的诗篇，而李白则以豪放奔放、志在逍遥的诗风著称。诗人们的个人风格在一定程度上促成了不同的流派形成，并在流派的发展中起到了推动作用。

（二）主要流派及其特点

古典诗歌作为中国文学的重要组成部分，自古以来就呈现出多样化的面貌，其中不乏一些主要流派，它们各具特点，反映了不同时代、不同地域以及不同诗人个性的特色。在古典诗歌的发展历程中，一些主要流派如“江西诗派”和“豪放派”等，对于中国诗歌的形成和发展产生了重要影响。

“江西诗派”是中国古典诗歌中的一个重要流派，它的形成和发展与江西地区的文化传统，以及一批优秀诗人的创作密切相关。江西自古以来就是文化繁荣的地区，孕育了不少文学巨匠。在古代，江西文人尤其重视诗歌的艺术技巧和文学传统，他们追求诗句的精练和对仗的工整，注重诗歌的形式美和语言美。江西诗人善于借鉴古人的诗歌技法，注重修辞的运用和韵律的把握，致力于将自己的情感与经验通过精巧的语言表达出来。他们的诗作常常意境深远，寓意隽永，给人以深刻的思考和感悟。

相比之下，“豪放派”则是古典诗歌中另一个独具特色的流派。豪放派诗人追求情感的奔放和个性的张扬，他们的诗作常常充满激情和豪情，语言直接而激烈，形式多样而自由。豪放派诗人擅长以豪迈的笔墨描绘壮阔的景象和激越的情感，他们的诗作常常气势磅礴，意境雄奇，给人以强烈的视觉和情感冲击。与江西诗人注重诗歌技巧和文学传统不同，豪放派诗人更加注重情感的真挚和个性的表达，他们大胆地突破传统的诗歌形式和规范，敢于表达内心的真实感受和情感体验。

古典诗歌中的“江西诗派”和“豪放派”是两种截然不同的诗歌流派，它们各自具有鲜明的特点和风格，代表了不同的审美取向和诗歌观念。“江西诗派”注重诗歌的艺术技巧和文学传统，强调诗句的精练和对仗的工整，体现了古典诗歌的典雅和精致；“豪放派”则更注重情感的宣泄和个性的张扬，追求诗歌的真实性和直观性，体现了古典诗歌的豪放和激情。这两种流派在古典诗歌的发展中都发挥了重要作用，丰富了古典诗歌的表现形式和内涵意义，为中国古典诗歌的繁荣与发展做出了重要贡献。

（三）流派间的互动与影响

诗歌的流派间的互动与影响是诗歌发展的重要动力之一。从古至今，不同的诗歌流派之间始终保持着紧密的联系，它们在相互借鉴和对话中逐渐形成了多样化而丰富的文学传统和理论体系。这种互动不仅仅是在技巧层面上的交流，更是在主题、表现手法等方面的深度探索，为诗歌创作开辟了广阔的空间。

流派间的互动促进了诗歌技巧的提升。不同流派之间的诗人往往会吸收并借鉴对方的写作技巧和表现手法。例如，抒情诗和叙事诗的互动，使得抒情诗的情感表达更加具象生动，而叙事诗也因为融入了抒情的元素而显得更加饱满动人。同时，象征主义诗歌的影响在现代诗歌中也是不可忽视的，它的意象丰富和隐喻手法的运用，为后世的诗人提供了广阔的想象空间和表现方式。这种技巧的借鉴与融合，使得诗歌创作在形式上更加丰富多样，有力地推动了诗歌的发展。

不同流派之间的互动丰富了诗歌的主题和表现手法。各种流派所代表的不同审美取向和文化背景，使得诗歌在探索题材和表现方式时呈现出多样性和丰富性。例如，浪漫主义诗歌的崇高理想和对自然的热爱，与现实主义诗歌对社会生活的关注和批判相互碰撞，产生了一系列新的主题和表现形式，如社会抒情诗等。同时，现代主义诗歌对语言的实验和对日常生活的重新审视，也在一定程度上受到象征主义诗歌的影响，形成了一种全新的审美趋向。这种跨流派的主题交流和表现实践，为诗歌注入了新的活力，使得其在表现形式和文化内涵上更加多元和丰富。

流派间的互动还有助于推动诗歌创新与发展。不同流派的相互碰撞和对话，往往会激发出新的创作灵感和创新思维。例如，象征主义诗歌对诗歌语言和意象的探索，为现代主义诗歌的发展提供了重要的借鉴和启示。而现代主义诗歌对传统形式的颠覆和对诗歌语言的实验，也为后世的后现代主义诗歌提供了重要的思想基础和创作方法。这种流派间的互动与融合，促进了诗歌创作的不断创新和发展，为诗歌的未来开辟了更加广阔的前景。

流派间的互动与影响是诗歌发展不可或缺的重要因素。它促进了诗歌技巧的提升，丰富了诗歌的主题和表现手法，推动了诗歌创新与发展。

（四）创新与转型

古典诗歌作为人类文学史上的重要组成部分，其形成与发展不仅受到时代背景和文化环境的影响，更受到诗人个体的创新与转型的影响。在古典诗歌的发展过程中，创新与转型扮演着至关重要的角色，它们为古典诗歌注入了新的活力和内涵，推动了其向更高层次发展的步伐。

创新与转型为古典诗歌带来了新的思想和观念。古典诗歌的创新并非仅仅停留在形式上的变革，更多的是在思想内涵上的革新。诗人们通过对时代、社会、人生等方面的思考与反思，不断挖掘新的主题与意象，使得诗歌的内容更加丰富多样。例如，唐代诗人王之涣的《登鹳雀楼》通过对人生短暂与命运无常的思考，表达了对人生的深刻感悟；李白的诗歌则常常以豪放奔放的笔调描绘壮阔的自然景观，突显了个体情感的奔放与豪迈。这些新思想的引入，不仅丰富了古典诗歌的内涵，也拓展了诗歌的表现领域，使得古典诗歌更具时代感与内涵深度。

创新与转型使古典诗歌的表现形式得到了更新与拓展。在古典诗歌的发展过程中，诗人们不断尝试新的表现技巧与艺术手法，使得诗歌的形式更加多样化与灵活。例如，唐代的律诗与宋词虽然都是严格的格律诗歌，但在表达方式上却有很大的差异。唐律以其繁密严谨的格律体系，追求完美的音韵和形式，注重意境的营造与表现；宋词则更加注重情感的真实与细腻，摒弃了律诗的严格规范，更加注重语言的生动与感染力。这种形式上的创新与转型，使得古典诗歌的表现形式更加多样化与灵活，为诗歌的发展开辟了新的可能性。

创新与转型促进了古典诗歌与其他艺术形式的交融与融合。在古典诗歌的发展过程中，诗人们常常通过借鉴其他艺术形式的技巧与手法，使得诗歌与绘画、音乐等艺术形式相互渗透、相互融合，形成了丰富多彩的文学艺术景观。例如，唐代诗人王维的山水诗常常与绘画相结合，通过对自然景观的描绘，展现了自己独特的审美情趣与艺术追求。而宋代的诗画合一更是将诗歌与绘画完美融合，创造出了独具特色的文学艺术形式。这种艺术形式的交融与融合，不仅丰富了古典诗歌的表现形式，也拓展了诗歌的艺术边界，为古典诗歌的发展注入了新的活力与魅力。

创新与转型使古典诗歌不断向更高层次的发展迈进。古典诗歌的发展是一个不断创新与变革的过程，只有不断与时俱进、不断吸收新的思想与技艺，才能保持其生机与活力。诗人们通过对自身创作实践的不断反思与总结，不断尝试新的表现方式与艺术手法，使得古典诗歌不断向更高层次发展。例如，唐代诗人白居易的《琵琶行》以其独特的写景手法与丰富的内涵，成了中国古典诗歌中的经典之作；苏轼的词更是在情感表达与艺术创新上达到了巅峰，成了中国古典诗歌史上的一颗璀璨明珠。这些杰出的诗人们通过自己的创新与转型，推动了古典诗歌向更高层次的发展，为后世树立了光辉的榜样。

创新与转型在古典诗歌的发展过程中起着至关重要的作用。它们不仅为古典诗歌注入了新的思想与观念，拓展了诗歌的内涵与表现领域，也为古典诗歌的形式与艺术手法带来了新的可能性，促进了诗歌与其他艺术形式的交融与融合，推动了古典诗歌向更高层次的发展。在创新与转型的推动下，古典诗歌不断焕发出新的生机与活力，成为文学史上的重要篇章。

第九章　中国古典诗学与其他艺术形式的交流

第一节　诗与画的相互影响

（一）相生相惜的艺术理念

在中国古典文学和绘画的交融中，既有着相生相惜的艺术理念，也体现了文人们对于意境和情感的共同追求。古代诗歌与绘画长期以来共享着“文人”的身份标签，这一身份既是它们的身份象征，也是其审美理念和创作手法的源泉。在中国古代文人的眼中，诗与画之间并不是孤立的艺术形式，而是相互补充、相互启发的艺术手段，二者相辅相成，共同追求意境的达成和情感的传达，形成了独特的“诗中有画，画中有诗”的艺术风格。

诗歌和绘画的相互影响始于古代文人对于审美的追求。古人认为，诗歌和绘画皆是表现情感、抒发心境的艺术形式，二者均以意境为最高追求。在古代文人眼中，一幅画如同一首诗，应该具有悠远深沉的意境，而一首诗亦如同一幅画，应该富有形象感和色彩感。因此，诗歌与绘画之间的相互影响，不仅表现在内容上，更深层次地体现在审美理念和创作手法上。

古代诗歌常以画面的手法来描绘景物，营造意境。例如，王维的《山居秋暝》中“空山新雨后，天气晚来秋”一句，如画面般展现出空旷的山野和晚秋的气息；李白的《静夜思》中“床前明月光，疑是地上霜”一句，则勾勒出月下清冷的寂静场景。这些诗句中的画面形象，往往直触读者的心灵，让人仿佛置身其中，感受其中的情感与意境。这种以画面化的手法表现景物，使得诗歌在视觉上也具有了一种绘画的感觉。

与此同时，古代绘画也常常受到诗歌的启发和影响。绘画家在创作时常常会引用诗句，以诗歌中的意境来激发自己的创作灵感。例如，北宋画家米芾在创作山水画时常常引用诗句来衬托画面的氛围，使得画面更具意境和深度。诗歌中的山水情怀和意境，为绘画提供了丰富的灵感来源，使得绘画作品更加富有内涵和情感共鸣。

除了在内容上的相互影响之外，诗歌与绘画在创作手法上也相互借鉴、相互启发。诗歌常常借助于形象化的语言手法来表现情感和意境，而绘画则通过构图、用色等手法来表现画面的美感和意境。两者之间的这种相似性和互补性，使得它们在艺术创作中能够相互借鉴，相互启发，形成了独特的审美风格。

在中国古代文人的审美观念中，“诗中有画，画中有诗”的艺术风格被视为一种最高境界。这种境界不仅体现在作品的形式上，更体现在作品所表达的情感和意境上。古代文人们追求的不仅是形式上的美感，更是情感上的共鸣和意境上的凝练。因此，诗歌与绘画的相互影响不仅体现在具体作品上，更体现在审美理念和艺术追求上。

中国古代诗歌与绘画长期以来共享着“文人”这一身份标签，二者在审美理念和创作手法上相互影响，共同追求意境的达成和情感的传达，形成了独特的“诗中有画，画中有诗”的艺术风格。诗歌常以画面的手法描绘景物，营造意境，而绘画也常受到诗歌的启发和影响，在创作手法上相互借鉴、相互启发。这种相互影响不仅体现在作品的具体形式上，更体现在审美理念和艺术追求上，成为中国古代文人艺术创作的重要特点之一。

（二）图文并茂的创作实践

在中国古典文学史上，诗与画的相互影响一直是一个备受关注的话题。其中，图文并茂的创作实践更是为人所称道。许多文人不仅擅长诗歌创作，同时也具有出色的绘画技巧，他们将诗歌与绘画相融合，使得两者在创作中相辅相成，呈现出一种独特的艺术魅力。

在中国古代，文人墨客常常将诗歌与绘画结合，创作出一系列图文并茂的作品。他们不拘泥于传统的文学或绘画形式，而是以自己的审美情趣和艺术追求，将诗歌与绘画巧妙地融为一体。这种创作方式不仅体现了文人的综合艺术修养，更展现了他们对自然、生活、情感等方面的深刻感悟。

例如，唐代文学巨匠王维就是一位同时精通诗歌和绘画的文人。他的诗作清丽飘逸，充满哲理，而他的绘画也同样具有独特的韵味。王维的诗画常常相互影响，相得益彰。他在诗中描绘山水，常常通过生动细腻的笔触，勾勒出壮丽的山川景色；而在绘画中，他也常常融入自己的诗句，如画中常伴诗意。这种图文并茂的创作实践，使得王维的作品既有诗歌的意境，又有绘画的形象，极大地丰富了他的艺术表现力。

除了王维之外，宋代文学家苏东坡也是一位同时兼具诗画才华的文人。苏东坡的诗作豪放洒脱，富有浪漫主义色彩，而他的绘画同样充满了个人风采。他常常将自己的诗句融入绘画之中，或者以绘画作品的形式表现诗中的意境，使得诗歌与绘画相得益彰。苏东坡的图文并茂之作，不仅在艺术上取得了较高的成就，也在文学史上留下了不可磨灭的印记。

这种图文并茂的创作实践不仅在古代文学史上有所体现，在现代文学与绘画交融的创作中同样有所呈现。许多现代诗人、艺术家将诗歌与绘画结合，创作出一系列兼具文学和视觉艺术特点的作品。他们通过诗歌表达内心的情感与思想，通过绘画呈现出丰富的形象与意境，使得作品更加丰富多彩，更具审美价值。

（三）共同的审美追求

诗与画，在中国古代文化中，一直被视为表现艺术美感的两种主要形式。它们之间存在着密切的联系与相互影响，其中之一便是共同的审美追求。这种追求体现在对自然美和意境美的探索上。

诗歌与绘画在追求自然美方面展现了相似的理念。古代诗人常以山水、花鸟等自然景物为题材，通过诗歌表现自然的神奇与壮美。诗人李白笔下的《望庐山瀑布》描述了壮观的自然景观，给人以身临其境的感受。而绘画也常以山水、花鸟为题材，追求自然美的表现。宋代画家赵孟頫的《林泉高致图》以林木山石、溪流瀑布为主景，表现了清幽的自然景致。无论是诗歌还是绘画，都对自然界的美景进行了感悟与表现，彰显了对自然美的共同追求。

诗歌与绘画在追求意境美方面也有相似之处。古代诗人借助文字的表现力，通过意象的构建和联想的延伸，创造出深邃的意境。如唐代诗人王维的《山居秋暝》通过对自然景物的描绘，表现了一种宁静幽远的意境，使人产生超脱尘俗的感受。而绘画则通过线条、色彩、构图等手法，营造出意境深远的艺术效果。南宋画家马远的《寒江独钓图》通过简洁的笔墨和寥寥数笔勾勒出一幅孤独清冷、幽寂深邃的意境。诗歌与绘画在表现意境美时，都注重于情感的抒发和心灵的共鸣，展现了深邃而含蓄的审美情趣。

诗歌与绘画在共同的审美追求中呈现出相互影响、相辅相成的关系。它们通过对自然美和意境美的探索与表现，展示了深厚的文化内涵和审美情趣。无论是诗人还是画家，都以自己独特的方式，表达着对美的向往与追求，为中国古代文化的艺术表现留下了丰富而多彩的遗产。在当代，诗歌与绘画仍然在各自的领域中继续着这种共同的审美追求，为人们带来美的享受与启迪。

（四）传统文化的承载

诗与画的相互影响在中国古典文化中扮演着重要的角色。这种关系不仅仅是艺术形式的融合，更是中华传统文化、哲学思想和人文精神的共同体现。通过诗画相结合的方式，中国古人传达了对自然和人生的深刻理解，展现了传统文化的承载与传承。

在中国古代，诗与画往往相互启迪、相互滋养。诗歌以其独特的形式和语言传达着诗人对自然、人生、情感的感悟，而画则以形象的方式表现着诗人笔下的意境与情感。诗画相结合，既能让读者通过文字感受到诗人的情感体验，又能让观者通过图像领略到诗中的意境和情感，达到了一种艺术上的完美融合。

在中国古代，诗与画常常在同一作品中相辅相成，互为表里。例如，唐代诗人王维的“山水诗”与“山水画”即为经典之作。王维笔下的山水诗以简洁、清丽的语言描绘了山水风光，而他的山水画则以淡泊、含蓄的笔墨表现了对自然景色的感悟。诗画相辅相成，共同展现了王维对山水的独特理解，体现了中国古代诗画艺术的高度境界。

诗与画的结合还常常体现了中国古代人文精神和哲学思想。诗人通过诗歌表达对人生、情感、境遇的感悟，画家则通过画作表现出对人生境界的追求和思考。

例如，北宋文人画家米芾的作品常常与其诗歌相呼应，他的诗画皆体现了“大音希声，大象无形”的艺术追求，通过笔墨表现出对自然与人生的深邃思考，体现了中国古代文人的清高情怀和追求。

诗与画的结合不仅仅是艺术形式的融合，更是中国传统文化的承载。中国古代的诗画艺术，不仅是一种审美追求，更是一种对自然、人生、道义的探求与体悟。诗人和画家通过各自的艺术表达，将中国传统文化中的审美观念、哲学思想、道德观念融入作品之中，传承了中华民族的文化基因。

（五）互为题材的艺术创作

在中国古典诗与画的相互影响中，艺术创作常以彼此为题材，这种互为题材的现象既展现了诗画之间的密切联系，也丰富了古代艺术的内涵与表现形式。诗以画为题材，画以诗为灵感，二者相辅相成，共同构筑了中国古代艺术的辉煌篇章。

在中国传统文化中，诗歌被誉为“画之姊妹”，诗与画之间有着天然的亲缘关系。诗人常以画面的美景为素材，通过文字描绘，构建起一幅幅生动的画面。《江南春》中的“千里莺啼绿映红，水村山郭酒旗风”，以及《赋得古原草送别》中的“离离原上草，一岁一枯荣”，皆展示了诗人通过文字勾勒出的画面，使读者仿佛能够看到那婉约清丽的景色。这些诗歌的创作不仅展现了诗人对自然景色的感悟，同时也启发了画家们对于自然风光的描绘与表现。

相反地，画作也常以诗歌为题材或灵感来源。画家们通过诗歌中的意象和情感来创作绘画，将诗中的抒情、意境和情感转化为画面的表现。

诗歌中常常描述绘画的技法和画面效果，为画家们提供了创作的灵感和参考。唐代诗人王之涣的《登鹳雀楼》中有“白日依山尽，黄河入海流”之句，形象地描绘了远山近水的景象，这样的描写不仅使读者对景色有了直观的感受，同时也为后世的山水画提供了丰富的创作素材和表现手法。画家们在绘画创作中，常常参考诗歌中的这些描述，运用画笔来表现诗歌中的意象和情感，使得诗画之间的联系更加紧密。

诗与画在中国古代艺术中的相互影响不仅体现在主题上的互为题材，更体现在创作手法与意境的共融上。诗以画为题材，通过文字描绘出绚丽多彩的画面；

画以诗为灵感，将诗中的意境与情感融入绘画之中。这种艺术交流模式不仅丰富了中国古代艺术的内涵，也为后世的诗画创作提供了宝贵的借鉴与启示。

第二节　诗与音乐的融合

（一）词曲合璧的艺术形式

词曲合璧的艺术形式是中国古典文学中一种独特而精妙的创作方式，它将诗与音乐相结合，形成了独具魅力的艺术品。这种形式在中国古典文学史上占据着重要的地位，既展现了诗歌的魅力，又丰富了音乐的内涵，使得诗和音乐相辅相成，相得益彰。

词曲合璧的艺术形式丰富了诗歌的表现力。诗歌本身是一种语言艺术，通过音韵、意境等方式表达作者的情感和思想。而将诗歌与音乐相结合，则可以通过旋律、节奏等音乐元素，进一步增强诗歌的感染力和表现力。例如，南宋词人李清照的《如梦令》配以婉转动听的曲调，使得词中的离别情愁更加深刻动人，达到了情景交融的效果。这种词曲合璧的艺术形式，使得诗歌不仅局限于文字的表达，而是通过音乐的力量，展现出更加丰富的情感和意境。

词曲合璧的艺术形式丰富了音乐的内涵。音乐作为一种独立的艺术形式，有其独特的表现方式和情感传递方式。而将诗歌与音乐相结合，则可以为音乐赋予更加丰富的情感内涵。诗歌所表达的情感和意境，可以通过音乐的旋律和节奏得到更加淋漓尽致的表现，使得音乐作品更加具有感染力和震撼力。这种词曲合璧的艺术形式，使得音乐不再是简单的旋律组合，而是通过诗歌的引导，表达出更加丰富深刻的情感和内涵。

词曲合璧的艺术形式还丰富了文学艺术的传播途径。传统的诗歌通常以文字形式存在，受众面相对较窄，而将诗歌与音乐相结合，则可以通过音乐的传播渠道，将诗歌传播给更广泛的观众群体。尤其是在古代音乐往往是人们接触文学艺术的重要途径之一。因此，词曲合璧的艺术形式不仅丰富了诗歌的表现形式，还扩大了诗歌的传播范围，使更多的人能够领略诗歌的魅力。

词曲合璧的艺术形式丰富了诗歌的表现力，使得诗歌不再局限于文字的表达，而是通过音乐的力量展现出更加丰富的情感和意境；它丰富了音乐的内涵，使得音乐作品更加具有感染力和震撼力。同时，它也扩大了文学艺术的传播途径，使更多的人能够领略诗歌的魅力。词曲合璧的艺术形式不仅是中国古典文学的重要表现方式，也是中华文化的瑰宝之一，对后世的文学艺术创作产生了深远的影响。

（二）情感共鸣的表达方式

诗歌与音乐在情感共鸣的表达方式上有着深刻的联系与共通之处。它们都是人类情感的载体，能够通过音韵、节奏和意境来触动人心，引发共鸣。在中国古典诗歌中，诗与音乐的融合更是达到了一种精妙的境界，使得情感在音律中流淌，音乐在诗意中舞动，共同构筑了一幅幅绚丽的情感画卷。

古典诗歌与音乐在情感共鸣方面的联系体现在其共同追求情感的深刻表达上。诗歌以其简练的语言和丰富的意象，直抒胸臆，表达作者内心的情感体验。音乐则通过旋律、和声与节奏等元素，将情感抽象化为音符的语言，通过音乐的表现形式传达情感的内涵。当诗歌与音乐相结合时，诗中的情感为音乐所增强，音乐中的情感为诗所深化，二者相辅相成，共同营造出一种更加丰富、深刻的情感体验。

诗歌与音乐的融合，在情感表达上具有共鸣传递的力量。诗歌和音乐都有着自己的情感内核，它们通过不同的艺术形式呈现，但都能触动听者的情感共鸣。古典诗歌的抒情性和音乐的情感表现力相得益彰，二者的结合能够将情感直抵人心，引发听者内心深处的共鸣。例如，李白的《将进酒》以其豪放的诗意和激昂的音乐旋律，唤起了人们对豪情壮志的向往和追求，使得听者在音乐的律动中感受到了一种豁达豪情，仿佛置身于诗人笔下的酒宴之中。

古典诗歌与音乐的融合也在情感表达的细腻处理上展现出独特的魅力。诗歌和音乐都有着对情感的微妙把握能力，能够通过细腻的表达方式打动听者的心弦。古典诗歌往往运用修辞手法和意象的遣词造句，将情感刻画得细致入微，而音乐则通过音符的运用和曲调的变化，将情感表现得淋漓尽致。当两者相结合时，诗歌的细腻情感在音乐的渲染下更加丰富多彩，音乐的动人旋律在诗歌的烘托下更加深沉动人，使得听者在情感的交融中体验到了一种身临其境的感受。

古典诗歌与音乐的融合在情感表达上还体现了一种意境共鸣的美学追求。诗歌和音乐都注重意境的营造，通过意象的堆砌和音律的编织，营造出一种独特的艺术氛围，使得听者沉浸其中，产生一种身临其境的感受。古典诗歌常常通过细腻的描写和深邃的意境，营造出一种富有诗意的情感氛围，而音乐则通过动人的旋律与和谐的和声，将情感表现得更加饱满动人。当两者融合时，诗歌的意境在音乐的烘托下更加丰富生动，音乐的氛围在诗歌的渲染下更加深邃动人，使得听者在情感与意境的双重共鸣中陶醉其中，感受到一种身临其境的美学享受。

（三）表演艺术的发展

在中国古典诗歌中，诗与音乐的融合不仅仅是在纸面上的结合，更是在表演艺术中的发展和展示。这一融合促进了古典戏曲、曲艺等表演形式的繁荣，为中国文化的传承和发展注入了源源不断的活力。

古典戏曲是诗与音乐融合的杰出代表。中国古典戏曲如京剧、豫剧、粤剧等，以其独特的表演形式和优美的音乐旋律，展现了诗歌与音乐的完美结合。在这些戏曲中，诗歌作为文本内容的载体，通过抑扬顿挫的语言节奏和音律，与曲调相辅相成，共同塑造了戏曲独有的韵律美。例如，京剧中的唱、念、做、打，运用了独特的唱腔和音律，将诗歌与音乐有机地结合在一起，使得戏曲表演更具表现力和感染力。

曲艺也是诗与音乐融合的重要形式之一。曲艺以其通俗易懂的表现形式和富有情感的音乐节奏，深受民众喜爱。在曲艺表演中，诗歌常常被演绎成歌谣、小调等形式，通过音乐的伴奏和节奏，使得诗歌更具生动感和感染力。例如，评书、评话等曲艺形式，以其轻松幽默的风格，将古典诗歌中的经典作品进行了重新演绎，使得古典诗歌焕发出新的生机。

除了古典戏曲和曲艺，诗与音乐的融合也推动了其他形式的表演艺术的发展。例如，舞蹈表演中常常伴随着诗歌朗诵和音乐的配合，通过舞姿的舒展和音乐的节奏，将诗歌的意境生动地展现在观众面前。同时，传统的节庆活动中也常常伴随着诗歌和音乐的演绎，通过歌舞的形式，弘扬着民族文化和传统风俗。

诗与音乐的融合不仅仅是单纯的艺术表现形式，更是中国传统文化的重要组成部分。在漫长的历史长河中，诗歌与音乐一直伴随着人们的生活，成为人们情感交流和精神寄托的载体。通过诗与音乐的结合，人们不仅可以领略到文学艺术的魅力，更可以感受到文化传承的深厚底蕴和历史积淀。

（四）艺术创新的源泉

诗与音乐的融合是中国古典艺术中一股独特的创新力量，为艺术家们开拓了广阔的创作天地。在这种融合中，艺术家们不断地突破传统，探索新的表现手法和创作理念，从而使得诗歌和音乐在彼此的交融中焕发出新的生机与活力。

诗与音乐的融合促使艺术家们在创作上更加注重情感表达。诗歌和音乐都是情感的载体，它们能够深刻地表达人类内心世界的复杂情感和深刻思考。当诗歌与音乐相结合时，诗人和音乐家可以通过音乐的旋律、节奏和音色来增强诗歌本身所传达的情感，使得诗歌更加动人，更具感染力。例如，古代诗人在写诗时常常会配以特定的曲调，这些曲调既可以是已有的民间音乐，也可以是专门为诗歌谱写的音乐，通过这种方式，诗歌的情感在音乐的衬托下得以更加深刻的展现，触动人心。

诗与音乐的融合激发了艺术家们对于形式与结构的探索。诗歌和音乐在形式上有着相似之处，都需要考虑节奏、韵律和声调等元素。因此，诗与音乐的融合为艺术家们提供了一个可以探索新的形式和结构的平台。他们可以借鉴音乐中的和声、旋律等元素，将其运用到诗歌的创作中，创造出富有韵律感和层次感的诗歌作品。同时，他们也可以通过诗歌的语言和形式来启发音乐的创作，使得音乐在结构上更加丰富多样。这种形式上的探索不仅丰富了诗歌和音乐的表现手法，也促进了两者之间的艺术交流与融合。

诗与音乐的融合催生了新的艺术形式和流派。在古代，诗人和音乐家常常合作创作诗歌曲，这种形式被称为“诗曲”或“诗歌曲”。诗曲是一种将诗歌和音乐结合在一起的艺术形式，它不仅保留了诗歌的语言特点，还融入了音乐的旋律和节奏，使得整体作品更加丰富多彩。随着时间的推移，诗曲逐渐演化为戏曲、歌剧等更加复杂的艺术形式，这些形式在中国古代文化中占据了重要的地位，成了中国古典艺术的瑰宝之一。而在现代，诗与音乐的融合也在流行音乐、实验音乐等领域中得到了广泛的应用，为现代艺术注入了新的活力和创意。

诗与音乐的融合也为艺术家们提供了一个跨越时空的交流平台。诗歌和音乐作为文化的载体，承载着时代的记忆和人类的情感。通过诗与音乐的融合，不同地域、不同时期的艺术家们可以在相似的艺术语言中进行交流与对话，共同探讨人类内心世界的奥秘。这种跨越时空的交流不仅丰富了诗歌和音乐的内涵，也促进了文化的传承与交流，为人类文明的发展做出了重要的贡献。

（五）传统文化的继承与发展

在古代，诗歌与音乐常常被视为相辅相成的艺术形式，二者的结合不仅使诗歌更具感染力和表现力，也让音乐更富有内涵和情感。中国古代的诗词多以音乐的节奏和韵律为基础，诗人在创作时常常考虑到诗歌的朗诵和音乐的演奏，以此来增强诗歌的表现力。例如，唐代诗人李白的《将进酒》，在其诗中融入了丰富的音乐元素，通过对酒宴场景的生动描绘和对豪情壮志的深刻表达，使得这首诗在朗诵时具有极高的旋律感和节奏感，深受人们喜爱。同样地，宋代词人苏轼的《水调歌头》也是一首融合了音乐元素的佳作，其动人的词意与婉转的旋律相得益彰，成了中国古典文学的经典之作。

诗与音乐的融合不仅在文学创作中得到体现，也在传统音乐中发挥了重要作用。中国古典音乐中的诸多曲调和乐曲，往往受到了古代诗词的启发和影响。比如，古琴曲《阳关三叠》就是根据王维的七言绝句《送元二使安西》而创作的，曲中融入了诗意的情感和意境，使得乐曲更具表现力和内涵。另外，戏曲音乐也是诗与音乐融合的典型代表，京剧、评剧等各种戏曲形式都是通过音乐来配合诗词的演唱，使得戏曲更具戏剧性和艺术性。例如，著名京剧《牡丹亭》中的唱段，既有动人的音乐旋律，又有精彩的诗词表达，使得整个剧目既具有音乐的美感，又富有文学的内涵。

通过诗与音乐的结合，中国古典文化得以延续和发展。这种融合不仅丰富了中国古典文学和音乐的艺术表现形式，更为后世留下了丰富的文化遗产。古代的诗歌和音乐作品不仅在中国历史上留下了深刻的烙印，也对世界文化产生了重要影响。比如，在中国古代，诗词常常作为教育的重要内容，通过诗歌的朗诵和音乐的演奏，人们不仅能够领略到美妙的艺术享受，也能够了解到丰富的文化知识和人生哲理，从而影响了后世的文化传承和发展。同时，古代的诗歌和音乐也为后世的文学和音乐创作提供了重要的参考和借鉴，许多现代作品中仍然能够看到古代诗词和音乐的影子，这些作品不仅延续了古代文化的传统，也为当代文化的发展注入了新的活力。

第三节　诗与书法的互动

（一）书法艺术的文学基础

中国书法作为一门艺术，其根基深植于文学之中。书法家在创作中常以诗句为内容进行书写，这种行为并非简单地为了书法的展示，更是对诗歌内涵的深度理解和情感的表达。古人常说“字如其人”，书法作品中所体现的个性、情感、气韵，常常是书法家对于诗歌情感的理解与表达。比如，一位书法家若以杜甫的《登高》为题材，其作品所展现的气势恢宏、苍劲有力，恰如登高行赋所传达的豪情壮志。这种情感的共鸣，使得书法作品不仅仅是文字的展示，更是一种情感与意境的传递。

而在书法创作中，诗歌也常常作为书写的对象。诗句的优美与意境，能够激发书法家的灵感，引导他们在纸张上挥毫泼墨。比如，王羲之的《兰亭序》就是以王羲之自己临的《兰亭集序》为基础，将其中的文字妙笔生花地书写成一幅幅流传千古的书法作品。这种以诗歌为基础的书写，既是对诗歌内涵的深度理解，也是对书法艺术的高超掌握，使得书法作品与诗歌在形式和内涵上得以完美结合。

这种诗歌与书法的互动，不仅仅体现在个别作品上，更是贯穿于整个中国古典文学的发展历程中。自古以来，诗歌与书法作为文人雅士们最为钟爱的艺术形式，常常相互借鉴、相互影响，共同推动了中国古典文学的繁荣与发展。唐宋以来，诗歌与书法更是成了文人雅士们的必备技能，几乎每一位文人都能够以诗作书，以书作诗。这种诗书互通的现象不仅加深了诗歌与书法之间的亲密联系，也促进了两者在审美上的融合与升华。

在当代，诗歌与书法的互动关系依然深刻而广泛。虽然在现代社会中，诗歌与书法已经不再是每个人都能够熟练掌握的技能，但是它们在文化传承与艺术创新中的地位依然不可撼动。许多当代艺术家在创作中仍然以诗歌为灵感源泉，以书法为表现手段，创作出一幅幅富有诗意的作品。同时，诗歌与书法也在当代艺术市场中占据着重要地位，成了收藏家们追逐的对象。

（二）风格互影的艺术表现

中国古典诗与书法之间的互动关系是一种深刻的文化现象，其在风格互影的艺术表现上尤为显著。不同诗人的作品往往会激发书法家不同的创作灵感，从而在书法作品中呈现出与诗歌相呼应的风格特点。豪放派诗人的作品常常充满激情与豪情，其诗歌意境和格调常被书法家以豪放不羁的笔墨表现；婉约派诗人则更注重细腻的情感描写，其作品常以细腻柔和的书法形式展现。这种诗与书法的风格互影，既体现了诗与书法之间的深厚关联，也丰富了中国文化艺术的内涵。

豪放派诗人的作品常以豪放不羁、奔放激昂的笔触展现，其诗歌内容往往充满雄浑激越的气息，如李白的《将进酒》、苏轼的《赤壁赋》等。这些诗作激发了书法家放纵豪放的创作激情，他们在书写时常采用挥洒自如、气吞山河的笔法，以追求与诗歌相匹配的豪放风格。书法家在纸上挥毫泼墨，笔下生风，将诗人心中的豪情壮志化为笔墨间的澎湃气势，从而形成了诗与书法间的风格互为呼应。

相反，婉约派诗人的作品则常常以细腻柔和、含蓄内敛的风格著称，如杜牧的《秋夕》、柳永的《雨霖铃》等。这类诗作所表现的情感常常是婉约缠绵、委婉动人，这种情感与书法中温润细腻的墨迹相得益彰。书法家在书写婉约派诗人的作品时，往往会选择柔和细腻的笔触，以及含蓄内敛的构图，使墨迹与诗歌情感相辅相成，共同营造出一种委婉动人的艺术意境。

除了直接表现诗歌内容外，书法家还常常通过书写技法来体现诗人的个性与风格。例如，李白豪放奔放的诗风常常被书法家以大字结构、挥洒自如的笔墨表现；苏轼的诗作则常以飞白活络、墨迹流畅的特点呈现在纸上。这些书法技法的运用不仅突出了诗人个性的独特魅力，也为诗歌赋予了新的艺术表现形式。

中国古典诗与书法之间的风格互影是一种深刻的文化现象，它不仅体现了诗与书法之间的紧密联系，也为中国传统文化的发展注入了新的活力。在诗与书法的互动中，艺术家们不断探索创新，使得中国古典文化在当今社会中得以焕发出新的魅力。

（三）情感表达的共鸣

诗歌与书法，两者皆为中华文化中重要的艺术形式，彼此之间的关系相辅相成，尤其在情感表达方面展现出深刻的共鸣。无论是诗歌还是书法，都是情感的抒发与表达的载体，通过文字、笔墨的运用，传递着诗人或书法家内心的情感世界，使得观者与读者能够共鸣其中，产生共鸣。

诗歌和书法都是富有情感色彩的艺术形式。诗歌以其独特的语言表达方式，描绘了丰富的情感世界，无论是对自然的赞美、对人生的思考还是对爱情的表白，都能够引起读者心灵深处的共鸣。而书法，则是通过笔墨的运用和布局的设计，将诗歌的情感化为形式美，通过笔墨间的跌宕起伏、秀美飘逸，表现出诗人内心情感的张扬与流露。这种情感的共鸣不仅在于观者与作品之间的沟通，更在于观者与诗人、书法家内心世界的交流与共鸣，使得作品在情感的浸润下更加丰富和生动。

诗歌与书法在情感表达上都具有抽象性和象征性。诗歌以抽象的语言和形象，将诗人的情感内化为文字，通过对意象的塑造和语言的组织，使得情感更具深度和广度。而书法作为一种艺术形式，更是以抽象的笔墨表现出诗歌所蕴含的情感，通过笔墨间的运用和结构的设计，将情感化为线条和形态，使得观者在审美过程中，能够感受到诗歌所表达的情感，产生共鸣与感悟。这种抽象性和象征性的表达方式，使得诗歌与书法在情感表达上更具内涵和深度，触动了人们心灵深处的共鸣点。

诗歌与书法都是情感传递的载体，通过文字和笔墨的运用，将内心的情感化为外在的形式，使得观者能够从中感受到情感的共鸣。诗歌以其独特的语言韵律，将情感凝结成诗句，通过押韵和节奏的运用，使得诗歌更具表现力和感染力。而书法则是通过笔墨的运用和结构的设计，将诗句的情感化为线条和形态，通过字体的书写和布局的安排，表现出诗人内心情感的张扬与流露。这种情感的传递不仅在于文字和笔墨的外在形式，更在于诗人或书法家内心情感的传递和表达，使得作品更具感染力和生命力。

（四）意境创造的相互促进

在中国古典诗歌与书法的互动中，意境的创造是它们相互促进的重要方面之一。书法家在书写诗句时，不仅注重文字的形态美，更通过笔墨的变化、行间的留白等手法来创造意境，使诗歌的意境在视觉上重新解读和体现。

书法作为一种艺术形式，通过其独特的笔墨运用和排版技巧，能够赋予诗歌以新的生命和意义。书法家在书写诗句时，往往会根据诗歌的内容和情感特点，选择相应的书体和笔墨，以达到更好地表现诗歌意境的目的。比如，在书写婉约之诗时，书法家可能会运用瘦金体或行书，以其柔美流畅的笔墨，勾勒出诗歌中的婉约之情。而在书写豪放之诗时，则可能会选用楷书或草书，以其刚劲豪放的笔墨，凸显诗歌中的豪情壮志。通过对笔墨的选择和运用，书法家能够将诗歌的意境更加直观地呈现在观者面前，使其产生更加深刻的感受和体验。

书法的排版技巧也能够为诗歌意境的创造提供有力支撑。在书写诗句时，书法家不仅注重文字的形态美，更注重行间的留白和布局的设计。通过合理地安排文字的位置和间距，使诗句之间产生一种音韵美和节奏感，从而增强诗歌的意境和表现力。例如，在书写意境空灵、幽远的诗句时，书法家可能会通过增加行间的留白和调整文字的排列方式，使诗句显得更加空灵飘逸，给人以虚幻、超脱的感觉。而在书写意境厚重、沉郁的诗句时，则可能会通过减少行间的留白和加大文字的密度，使诗句显得更加厚重深沉，给人以沉郁、压抑的感觉。通过对排版技巧的灵活运用，书法家能够更好地凸显诗歌的意境特点，使其更具感染力和艺术性。

书法作为一种视觉艺术形式，还能够通过其独特的笔墨运用和造型美感，为诗歌意境的创造提供更多的想象空间和审美享受。在书写诗句时，书法家往往会通过笔墨的浓淡、粗细、曲直等方面的变化，塑造出诗句独特的意境形象，使其更加生动鲜明。比如，在书写描绘山水景色的诗句时，书法家可能会通过墨色的淡墨渐浓、笔墨的轻重缓急等手法，勾勒出山峦起伏、水波潋滟的景象，使观者仿佛置身于诗歌所描绘的山水之间，感受到大自然的奇幻和壮美。而在书写描绘人物情感的诗句时，则可能会通过笔墨的婉约柔美、刚劲豪放等表现手法，勾勒出人物内心世界的细腻情感，使观者更加深入地理解诗歌所表达的情感意境。通过对笔墨的运用和造型美感的塑造，书法家能够为诗歌意境的创造提供更多的想象空间和审美享受，使其更具艺术魅力和感染力。

（五）文化传承的桥梁

诗与书法，作为中国传统文化的两大瑰宝，自古以来便紧密相连。这种结合不仅为艺术赋予了独特的美学特色，更成了中国文化传承的重要桥梁。

诗与书法的结合体现了中国古代文人的审美追求和文化情怀。在古代，很多文人在创作诗歌的同时，也会以自己的书法作品来承载诗意，将诗情画意融入墨间纸上，以字为画，以画为诗，使得诗与书法的交融达到了极致。

诗与书法的结合为中国文化的传承注入了新的活力和内涵。在书法作品中，诗人的意境和情感得以凝聚，文字之间荡漾出诗情画意，观者在品读书法之时，也仿佛在感受诗人的心灵共鸣，这种跨越时空的精神传承，使得中国文化在历史长河中焕发出永恒的光芒。

诗与书法的结合也为中国传统文化的传承提供了一种全新的方式和途径。在中国古代，诗词书画被视为文人必修的技艺，而诗与书法的结合则是文人雅士们追求的一种境界。通过练习书法，文人们不仅可以提升自己的文字功底，更能够领悟诗歌的内涵与意境，从而在书法作品中表达出诗人的情感与思想。这种结合不仅促进了诗歌和书法的相互发展，也为后世提供了学习和传承的范本，使得中国传统文化得以源远流长，代代相传。

第四节　诗与园林艺术的关联

（一）园林布局的诗意构思

中国古典园林的设计理念与诗意相辅相成，园林布局不仅是对自然环境的模仿，更是对诗意境界的追求。在园林布局中，设计师借鉴诗歌中的意象、情感和意境，通过山水植被的精心安排和建筑的布置，将园林打造成一首充满意境、抒发情感的诗篇。

诗意的园林布局首先体现在对自然景观的巧妙利用上。古代诗人常以山水为题材，描绘山的雄伟、水的悠远，园林设计师则通过人工山水的布置，营造出诗中所描绘的壮阔山河。例如，在园林中设置假山、水池、小溪等景观，通过巧妙的组合和布局，使游客仿佛置身于诗中所描绘的山水之间，感受到诗歌中那种恢宏壮丽的氛围。

园林中的植被也是诗意的体现。古代诗人常以花草树木为表现对象，描绘花开时的绚丽、树荫下的清幽，园林设计师则通过植被的精心选取和布局，使园内的植物成为一首首生动的诗篇。在园林中，常常可以见到各种花卉竞相绽放、参天大树苍翠欲滴，它们的搭配与组合仿佛是一首首优美的诗句，为游客带来了视觉和心灵上的享受。

除了自然景观和植被，园林中的建筑也是诗意的体现之一。古代诗人常以宫殿、亭台楼阁为题材，描绘建筑的壮美和典雅，园林设计师则通过建筑的精心设计和布置，使建筑成为园林中的一处处诗意之所。在园林中，常常可以见到古朴典雅的亭台楼阁、精美的廊桥小道，它们的布局和造型仿佛是一首首富有节奏感的诗句，为游客带来了身临其境的美好感受。

中国古典园林设计充满了诗意，设计师往往以诗作为灵感来源，通过山水植被的布局和建筑的设计来营造如诗如画的景致。园林布局不仅是对自然环境的模仿，更是对诗意境界的追求。在园林中，游客可以感受到诗歌般的意境和情感，领略到大自然和人文艺术的结合之美。因此，园林布局与诗意之间存在着紧密的关联，它们相互映衬、相互烘托，共同构成了中国古典园林的独特魅力。

（二）景观中的诗歌元素

诗碑是古典园林中常见的诗歌元素之一。诗碑通常选取了历代名家的诗作，以石刻或铜刻等形式镌刻于园中特定位置。这些诗碑不仅点缀了园林景观，更重要的是，它们所选取的诗篇往往与园林环境相得益彰，相映成趣。例如，在一处风景如画的湖畔，一方诗碑上或许镌刻了苏轼的《水调歌头》，诗中描绘了江南水乡的柔情万种，与眼前湖光山色交相辉映，令人顿生共鸣。诗碑不仅在形式上丰富了园林景观，更在意境上与其相得益彰，使游客在欣赏自然美景的同时，也能感受到诗歌的意境之美。

对联是古典园林中另一重要的诗歌元素之一。对联往往以楹联和匾额为主，放置在园林的大门、廊庑等显眼位置。楹联和匾额上的对联选自古今诗词，往往精练概括，意境深远。它们的出现不仅为园林增添了文化气息，更为游客提供了一种心灵上的引导和启迪。比如，当游客步入园门时，首先映入眼帘的可能是“风花雪月”“山水画廊”等四个字，这便是一副极具诗意的楹联，它们或让人想起古代文人的墨客情怀，或勾勒出一幅优美的自然景象，为游客带来了一种超脱尘世的情怀。对联的存在，使得园林不仅是一处自然景观，更是一座承载着诗意与文化底蕴的精神殿堂。

园林中的古建筑亦常伴有诗歌元素的点缀。古建筑作为园林景观的重要组成部分，往往与诗歌元素相辅相成，共同展现出一种古典雅致的气质。例如，在苏州的拙政园、扬州的个园等著名园林中，常见的亭台楼阁上悬挂着题字或诗句，这些诗句往往选自历代文人墨客的作品，为建筑增添了一份文化底蕴，同时也为游客提供了一种文学的享受。这些诗歌元素与古建筑的相得益彰，使得整个园林景观更加凝重典雅，也更加具有历史和文化的底蕴。

（三）意境共鸣的艺术追求

意境共鸣作为一种艺术追求，不仅仅是诗歌与园林艺术之间的一座桥梁，更是一种深邃的文化传达方式，它涉及了情感、哲理与自然的和谐共鸣。在中国传统文化中，诗歌与园林艺术都被视为高雅的艺术形式，它们通过各自独特的方式表达着作者或创造者对世界的理解、情感的流露以及对美的追求。

诗歌，作为文字的艺术，通过精练的语言和丰富的意象来传达深远的意境和情感。园林艺术，则是以自然元素为基础，通过精心的布局和设计，创造出能引发情感共鸣和思想共振的空间。这两种艺术形式虽然表现手法不同，但都追求着一种“意境”的表达，即通过艺术形式去触及、唤醒观者或读者内心深处的情感和记忆，使其产生共鸣。

诗歌与园林艺术之间存在着深刻的相互启发与影响。许多园林设计师在创作园林时，常常会引用或受到古典诗词的启发，将诗中的意象和情感转化为具体的园林设计元素。例如，一个以山水为主题的园林可能会试图捕捉并再现某首诗中描述的那种宁静而又壮观的山水意境，通过园林中的山石布局、水流设计和植被配置，游览者能够身临其境地体验到诗中的情景和情感。相反，诗人也常常从园林中汲取灵感，通过对园林中景物的观察和体验，诗人能够捕捉到生动的意象和丰富的情感，将这些元素转化为诗歌，完成从自然到文学的转换。

意境共鸣不仅仅是一种美学上的追求，它还涉及情感与哲理的共鸣。在诗歌与园林艺术的创作和欣赏中，作者和观众之间通过意境建立起了一种深刻的情感联系。这种联系超越了时间和空间的界限，使得古今中外的观众都能在这些艺术作品中找到共鸣，体验到相似的情感和思考。这种情感与哲理的共鸣不仅仅是一种个人层面的体验，它还反映了人类对于自然、生活和宇宙的共同感悟和追求。

（四）情感交融的空间创造

在中国古典诗歌与园林艺术的关联中，情感交融的空间创造扮演着重要角色。园林设计师和诗人在创作时都追求情感的表达和交融，将情感融入空间中，使园林成为一种情感与自然交融的场所。

园林设计师和诗人都懂得通过布局和植被选择来表达情感。园林设计中的布局不仅仅是一种技术活动，更是对情感的抒发。例如，曲径通幽处、小桥流水人家等布局，通过曲折的路径、流动的水景等手法，营造出一种幽静、清幽的情感氛围。诗人在诗歌中也常常运用意象来表达情感，比如用“落霞与孤鹜齐飞，秋水共长天一色”来表现秋天的萧瑟和孤寂，这种意象的运用不仅在诗歌中营造出情感的氛围，也可以被园林设计师用来布局。

园林中的建筑也是情感表达的重要载体。中国古典园林中的建筑往往不仅仅是为了实用，更多的是为了表达主人的情感和审美追求。比如，假山、亭台、楼阁等建筑常常被用来表达主人的情感和品味。而在诗歌中，诗人也常常通过描绘建筑来表达情感，比如用“独在异乡为异客，每逢佳节倍思亲”来表达乡愁和思念之情。园林设计师可以通过设计建筑来表达情感，比如通过建造一座小亭子来表达宁静和安逸之情，通过建造一座假山来表达奇幻和悠远之情。

园林中的装饰艺术也是情感表达的重要组成部分。中国古典园林中的装饰艺术丰富多彩，常常通过雕刻、绘画等手法来表达情感和审美追求。比如，在园林中常常可以看到的石雕、砖雕、木雕等装饰艺术，都是园林设计师用来表达情感的手段。而在诗歌中，诗人也常常通过描绘装饰艺术来表达情感，比如用“窗含西岭千秋雪，门泊东吴万里船”来表达豪迈和壮丽之情。园林设计师可以通过装饰艺术来丰富园林的情感内涵，增强人们的情感体验。

（五）文化象征的艺术表达

在中国古典诗歌与园林艺术的结合中，文化象征得以深刻的表达。这种表达不仅仅停留在对自然美的追求上，更深层次地承载了丰富的文化内涵和哲学思想。园林艺术所呈现的每一处景致、每一处构思，都可能寄托着历史、传统、宗教、哲学等方面的深邃内涵，这一点与中国古典诗歌的表现形式和文化内涵息息相关。

古典诗歌与园林艺术的关联在于它们共同传达了中国人对自然的理解与追求。古典诗歌和园林艺术都以自然为素材，以达到人与自然和谐相处、心灵的净化与升华为目的。

古典诗歌与园林艺术的结合体现了中国人对传统文化的传承与弘扬。中国古代诗人常常以自然景物为媒介，表达自己的情感、思想与哲理。而在园林艺术中，往往融入了历史传统、神话传说等元素，如古建筑、石刻、雕塑等，使得园林不仅是一处自然景观，更是一种文化的载体。这种将传统文化融入园林的做法，既体现了中国人对传统文化的尊重与传承，也为后世提供了感悟与学习的机会。

古典诗歌与园林艺术的结合反映了中国人对宇宙、人生、道德等哲学问题的思考与探索。中国古代诗人常常通过对自然景物的描绘，寄托自己对生命、人生、存在的思考与感悟，如杜牧的《秋夕》中“银烛秋光冷画屏，轻罗小扇扑流萤”便表达了对时光流逝、生命短暂的感慨。而园林艺术则通过布局设计、构思构图等手法，营造出超脱尘世、追求精神境界的理想场所，如诸多名园中的亭台楼阁、湖泊山石皆寄托着主人对于人生境界的追求。因此，古典诗歌与园林艺术的结合不仅是一种艺术形式，更是一种思想文化的交流与表达。

古典诗歌与园林艺术的结合还反映了中国人对美的追求与审美情趣。中国古代诗人追求的不仅仅是自然的真实再现，更注重情感的抒发和意境的营造，如李白的《静夜思》中“床前明月光，疑是地上霜”便表现了诗人内心的孤寂和对自然的敬仰。而园林艺术则通过布局、造景等手法，使得园林景致既自然又超然，既真实又虚幻，给人以美的享受和心灵的震撼。这种对美的追求与审美情趣的共同体现，使得古典诗歌与园林艺术在中国文化中都占据着重要的地位，成为人们审美情趣的重要源泉。

第十章　现代视角下的古典诗学传承与变革

第一节　古典诗歌在现代教育中的地位

（一）文化传承的载体

古典诗歌作为一种珍贵的文化遗产，承载着丰富的历史与文化信息，在现代教育中扮演着不可或缺的角色。古典诗歌作为文化传承的载体，承载了中华民族千百年来的智慧和情感，对于培养学生的文化认同感和民族自豪感具有重要作用。通过学习古典诗歌，学生能够深入了解中国传统文化的精髓，感受中华民族的优秀传统，增强对祖国的热爱和对民族精神的认同。

古典诗歌在现代教育中也是一种重要的文学教材。古诗文作为文学的经典之作，蕴含着丰富的艺术魅力和审美价值，通过对古典诗歌的学习，学生不仅能够提升自己的语言表达能力和文学鉴赏能力，还能够感受到诗歌所传达的美好情感和人生智慧，激发学生对文学的兴趣和热爱，培养他们的审美情趣和人文素养。

古典诗歌还是一座连接历史与现实的桥梁。通过学习古代诗歌，学生能够了解古代社会的风貌和人文景观，感受到古人对生活、对人性的思考和感悟，从而加深对历史的理解和对现实的认识。古代诗歌中所蕴含的情感、哲理和价值观念，对于引导学生正确看待世界、塑造正确的人生观和价值观具有积极的意义。

古典诗歌在现代教育中还具有一定的审美教育功能。古诗文以其简洁、优美、意蕴深远的特点，能够培养学生的审美情趣和审美能力，提升他们的审美品位和审美水平。通过欣赏和体验古典诗歌的艺术魅力，学生能够提高自己的艺术修养，陶冶情操，培养高尚的情操和优雅的品格，使他们成为有情怀、有情趣的人。

古典诗歌也是一种文化熏陶的重要途径。古代诗人们通过诗歌表达了对自然、人生和社会的感悟，传递了丰富的文化内涵和人文精神。通过学习古典诗歌，学生能够接触到优秀的文化传统，了解传统文化的精髓和内涵，培养自己的文化修养和人文素养，增强对传统文化的认同感和对文化传统的传承责任感。

（二）审美教育的工具

古典诗歌在现代教育中的地位无疑是至关重要的，尤其是在审美教育方面。通过古典诗歌的学习，学生不仅仅是在学习诗歌本身，更是在接触和领略古人的审美情趣和艺术成就，从而提升自身的审美能力和艺术修养。

古典诗歌作为文学的精品，蕴含着丰富的审美情感和艺术魅力。在古代，诗歌是人们表达思想感情、抒发情怀的主要方式之一，因而古代诗人在创作诗歌时常常将自己对自然、人生、情感等方面的体验与感悟融入其中，形成了众多经典之作。例如，杜甫的《登高》、苏轼的《赤壁赋》，这些作品不仅在形式上精致，更在意境上深邃，给人以审美的愉悦和美的享受。通过学习古典诗歌，学生可以感受到这些作品所传达的审美情感，从而提高自己的审美鉴赏能力，培养对美的敏感度和欣赏能力。

古典诗歌是审美教育的重要工具之一。古典诗歌作为文学艺术的重要形式之一，具有其独特的审美特点和教育价值。通过学习古典诗歌，学生不仅可以了解古代文化、历史背景，更能够感受到其中蕴含的审美意蕴，从而加深自己对美的感知和认识。比如，通过学习唐诗宋词，学生可以了解古代文人的情感表达和审美追求；通过学习古典诗歌的写作技巧和艺术手法，可以提高学生的审美创造能力和文学素养，从而更好地理解和欣赏文学艺术作品。

古典诗歌还是培养学生情感、塑造人格的重要途径。古典诗歌作为一种高度艺术化的语言形式，具有独特的情感表达功能。在古代诗人的诗作中，常常蕴含着丰富的情感体验和人生感悟，如爱国之情、离别之痛、人生之感慨等。通过学习古典诗歌，学生可以与古人情感共鸣，感受到其中蕴含的深刻情感和人生哲理，从而在情感上得到滋养和启发。比如，在学习李白的《将进酒》时，学生可以体会到诗人豪放不羁的个性和对人生的豁达态度，从而受到启发，树立自己积极向上、乐观豁达的人生态度。

古典诗歌还有助于提高学生的语言表达能力和文字功底。古代诗歌的创作需要对语言的精准运用和形象的塑造，因而学习古典诗歌不仅可以提高学生的语言表达能力，更可以锻炼学生的文字功底和修辞技巧。通过学习古典诗歌的韵律、格律、修辞等方面的知识，学生可以提高自己的文学修养和语言素养，从而更好地表达自己的思想感情，提升自己的写作水平。

（三）语言学习的资源

古典诗歌在现代教育中扮演着不可或缺的角色，其中语言学习的资源是其重要组成部分。古典诗歌的丰富词汇、精妙表达和独特韵律结构，对学生的语言能力提升有着深远的影响。

古典诗歌所蕴含的丰富词汇是学习者语言发展的重要资源。古代诗人在有限的篇幅内运用了大量的词汇，这些词汇多具有精准的意义和丰富的内涵，可以帮助学生建立更广泛、更深入的词汇网络。

古典诗歌的精妙表达方式为学生提供了良好的语言学习范本。古代诗人以其独特的审美情趣和高超的写作技巧，创造出了许多富有表现力和感染力的诗篇。这些诗篇中蕴含着丰富的修辞手法、比喻手法和象征意义，可以启发学生对语言表达的创新和想象力。

古典诗歌的独特韵律结构对语言学习也有着重要的促进作用。古代诗歌往往具有严格的格律要求，如五言、七言绝句等，这种韵律结构不仅增加了诗歌的音韵美感，也锻炼了学生的语言节奏感和语音准确性。

（四）思维能力的锻炼

古典诗歌在现代教育中的地位，特别是在思维能力的锻炼方面，具有重要的作用。解读古典诗歌需要学生具备深厚的文化背景知识和丰富的想象力，这不仅仅是对诗歌本身的理解，更是一种思维的训练和启发。

解读古典诗歌需要学生具备深厚的文化背景知识。中国古典诗歌源远流长，其中蕴含着丰富的历史、文化和哲学内涵。通过学习古诗，学生不仅仅了解了文字背后的意义，更对古代社会、人文思想有了更深层次的认识。例如，诗人在诗中所描绘的景物、情感以及人物形象，往往与当时的社会风貌、历史事件密切相关，只有了解了这些背景，才能更好地理解诗歌的内涵。因此，通过解读古典诗歌，学生需要不断地积累和拓展相关的文化知识，这对于他们的综合素养和文化修养有着积极的促进作用。

解读古典诗歌需要学生具备丰富的想象力。古典诗歌往往表现出深邃的意境和富有诗意的语言，这要求学生在阅读过程中能够通过自己的想象力去感受诗歌所描绘的景象和情感。想象力是人类思维活动中的重要组成部分，它不仅可以帮助学生更加生动地理解诗歌，还可以激发他们的创造力和创新意识。在解读古典诗歌的过程中，学生可以通过想象将自己置身于诗中所描绘的情境之中，感受其中的情感变化和思想意蕴，这种体验不仅能够增强他们的审美情趣，还可以促进他们的情感智慧和情感表达能力的培养。

古典诗歌的解读也是一种思维的训练和启发。诗歌常常以简洁的语言表达出复杂的思想和情感，这要求学生在理解诗歌时具备辨析能力和逻辑思维能力。通过分析诗歌中的词语、句式和修辞手法，学生可以逐步发展自己的批判性思维能力和逻辑思维能力，从而提高他们的思维深度和广度。同时，古典诗歌也常常涉及抽象的哲学思考和人生智慧，这要求学生在阅读诗歌的过程中能够进行深入的思考和反思，培养他们的思辨能力和批判精神。因此，古典诗歌的解读不仅仅是对文字的理解，更是一种思维能力的锻炼和提升。

第二节　现代诗人对古典诗歌的继承与发展

（一）创新性继承

中国古典诗歌自古就以其深邃的意境、精湛的艺术和优美的语言而为世人所推崇。然而，在现代诗歌的发展中，诗人们并没有止步于古典诗歌的模仿或者照搬，而是以创新的思维和手法对古典诗歌进行了继承与发展。

众多现代诗人以创新性的态度继承了古典诗歌的传统。他们深入挖掘古典诗歌的内涵，并在思想内容和艺术形式上大胆地突破和创新。这种创新性的继承使得古典诗歌焕发出新的生命力，使其在当代诗歌中依然占据着重要的地位。

在思想内容上，现代诗人们通过对古典诗歌的审视和反思，注入了新的思想内涵。他们不再局限于古代诗人们的题材和意象，而是以当代人的思维方式和审美情趣来重新诠释诗歌的主题。例如，诗人顾城在其作品中常常表达出对生活的热爱与对现实的反思，他的诗歌既包含了古典诗歌中的意境与情感，又融入了现代人的生活感受和情感体验，使得诗歌更具有现实意义和时代感。

在艺术形式上，现代诗人们也展现了出色的创新能力。他们不拘泥于古典诗歌的格律和形式，而是大胆地尝试各种新的写作技巧和艺术手法。例如，诗人北岛的诗歌以其简洁而深刻的语言风格，将古典诗歌的含蓄与现代诗歌的直白融合在一起，形成了独特的艺术风格。他的诗歌既保留了古典诗歌的优美和内涵，又具有现代诗歌的朴实和直观，给人以耳目一新的感受。

在古典诗歌的基础上，现代诗人们通过重新解读和再创作，结合音乐、绘画等多种艺术形式，创造了具有跨界性和多样性的诗歌作品。例如，诗人余光中的诗歌不仅融合了多种艺术元素，也提供了一种超越时空的艺术体验，增添了诗歌的立体性和审美享受。这种对古典诗歌的创新性继承和发展，不仅让古典诗歌焕发新生，也推动了当代诗歌的多元发展，展示了诗歌艺术的深厚魅力。

（二）技巧与形式的革新

现代诗人对古典诗歌的继承与发展在技巧与形式方面展现出了独特的革新。这一革新不仅体现在创作手法上的变革，更是对传统形式的重新解构与重塑。现代诗人吸收了外来文学的影响，融合了新的思维和审美，开创了新的诗歌形式，同时在写作技巧上进行了大胆尝试，使得古典诗歌焕发出新的生机与活力。

现代诗人通过对古典诗歌形式的创新，采用自由形式表达情感和思想，让诗歌结构更灵活，打破了传统格律的限制，增加了创作的空间。他们在修辞手法上也进行了创新，不再局限于传统的比喻和典故，而是引入了象征主义、超现实主义等新思潮，使诗歌的意象更丰富，语言更具表现力和感染力。这些变革让现代诗歌更具现代感和个性化。

现代诗人在句法结构上进行了创新，使得诗歌的语言更加生动有力。他们不再局限于传统的平铺直叙，而是通过断句、排比、倒装等手法，使得诗歌的语言节奏更加丰富多变，具有更强的音乐性和韵律感。例如，现代诗人常常运用断句和排比等手法，使诗歌的节奏更加明快，同时也更具有张力。

现代诗人在诗歌主题上进行了大胆的拓展，使得诗歌不再局限于传统的爱情、自然等题材，而是涉及更广泛、更深刻的社会、人文主题。他们关注当下社会的现实问题，表达对生活、人性、历史等方面的思考和感悟，使得诗歌更加具有现实的意义和时代的内涵。

现代诗人在技巧与形式方面对古典诗歌进行了革新，为古典诗歌的发展提供了新的可能性。他们通过对诗歌形式的重新解构与重塑，赋予诗歌更加丰富的表现力；通过对修辞手法的大胆尝试，使诗歌语言更加生动、形象和富有表现力；通过对句法结构的创新，使诗歌的语言更加生动有力；通过对诗歌主题的拓展，使诗歌不再局限于传统的题材，更具有现实的意义和时代的内涵。这些革新不仅丰富了诗歌的表现形式，更使得诗歌具有了时代性和现实性，体现了现代诗人对古典诗歌的传承与发展。

（三）主题与内容的扩展

现代诗人对古典诗歌的继承与发展是一场跨越时空的对话，是文学传统的延续与创新的结合。其中，主题与内容的扩展是其重要方面之一。在这个过程中，现代诗人将古典诗歌的主题从传统的山水田园、情感抒发扩展到更广泛的领域，涉及社会、历史、哲学等诸多层面。

现代诗人通过对社会的关注与反思，将古典诗歌的主题拓展至社会议题。在传统诗歌中，山水田园往往是主要的表现对象，而现代诗人则关注城市、人群、阶级等社会元素。他们以诗歌为媒介，探索人与社会之间的关系，反映现实生活中的矛盾与困境，如城市化带来的人文生态破坏、社会阶层的分化等。他们用诗歌的语言呈现出对社会现象的观察与思考，引发读者对社会问题的思考与关注。

现代诗人将古典诗歌的主题拓展至历史与文化的沉淀。古典诗歌常常以历史传说、传统文化为题材，但现代诗人不满足于对历史事件的简单叙述，而是通过审视历史的渊源与演变，挖掘其中的“普世价值”与深层内涵。他们关注历史的断裂与延续，以及历史对当代的影响与启示。通过诗歌的形式，他们呼唤人们对历史的尊重与反思，弘扬传统文化的精髓，塑造民族精神的共鸣。

现代诗人还将古典诗歌的主题拓展至哲学与人生的思考。古典诗歌往往表现出诗人对人生、自然、道德等方面的感悟与领悟，而现代诗人更加深入地探讨了人类存在的意义与境界。他们通过诗歌的表现形式，探索生命的起源与终结、人性的善恶与纠葛，反思人类文明的发展与未来的走向。在现代科技发展的背景下，现代诗人对人类与自然、科技与人文的关系进行了深刻的反思，探讨人类在不断发展的社会中的定位与责任。

（四）数字技术的应用

数字技术的蓬勃发展为现代诗人对古典诗歌的继承与发展提供了新的可能性和挑战。利用网络、多媒体等现代技术手段，现代诗人在创作和传播古典诗歌方面开辟了新的平台和方式，同时也带来了诗歌创作和传播的革新。

网络平台为现代诗人提供了一个全新的创作与交流空间。通过各种诗歌网站、社交媒体平台等，诗人们能够轻松地发布自己的古典诗作，并与读者进行互动交流。这种开放式的交流模式不仅加速了古典诗歌的传播速度，还促进了诗歌创作的多样化和国际化。现代诗人可以借助网络平台，与世界各地的诗人进行交流合作，共同推动古典诗歌的创新与发展。

多媒体技术为古典诗歌的表现形式带来了新的可能性。传统的古典诗歌以文字为主要表现形式，而现代多媒体技术则使诗歌的表现形式更加多样化和丰富化。诗人们可以通过音频、视频等形式，将古典诗歌与声音、图像等元素相结合，创作出更具感染力和视听效果的作品。例如，诗人可以借助音频技术朗诵古典诗歌，通过声音的表现力传达诗歌的情感和内涵，也可以利用视频技术创作诗歌 MV，将诗歌的意境与图像相结合，呈现出更加生动和具象化的诗歌世界。

数字技术还为古典诗歌的翻译和解读提供了新的工具和途径。现代数字技术通过在线翻译工具、电子词典等方式，使诗歌的跨文化传播变得更加便捷和精准，为读者提供更丰富的阅读体验和理解途径。例如，诗歌网站和应用程序可以提供诗歌的注释、背景介绍、评论等信息，帮助读者更好地理解诗歌的内涵和意义。

数字技术的应用也带来了一些挑战和问题。首先是信息过载和碎片化。人们面临着海量的诗歌作品，很难从中筛选出优质的古典诗歌作品，并且诗歌作品往往以短小的形式呈现，难以体现古典诗歌的深度和广度。其次是版权保护和盗版问题。在数字化的环境下，诗歌作品很容易被非法复制和传播，给诗人的创作和收益带来了一定的损失。因此，诗人们需要加强版权意识，加强诗歌作品的保护和管理。

第三节　古典诗学理论在当代的应用

（一）文学批评与研究

古典诗学理论在当代的应用是一个复杂而丰富的课题。它不仅仅是对古代诗歌的研究，更是对文学的深入探讨和当代文学现象的解读。在文学批评与研究领域，古典诗学理论为我们提供了丰富的分析工具和理论框架，推动了文学理论的不断深化和发展。

古典诗学理论为文学批评方法的创新提供了借鉴和启示。在当代文学研究中，人们不再局限于传统的文学批评方法，而是借鉴古典诗学理论，探索更加多元化和全面化的研究途径。例如，古代诗歌对于意象的运用和象征的解读，为当代批评家提供了一种全新的思维方式，使他们能够更加深入地剖析文学作品背后的意义和内涵。同时，古典诗学理论也激发了当代文学批评家的创造力和想象力，促进了文学批评方法的不断创新和完善。

古典诗学理论对于文学批评的理论框架和范式构建具有重要意义。在当代文学批评领域，理论框架的建构是一项重要而复杂的工作，而古典诗学理论为我们提供了一个重要的参照系。通过对古代诗歌理论的深入研究和总结，可以建立起更加系统和完善的文学批评理论框架，为文学研究提供了有力的支撑和保障。例如，古代诗歌对于文学创作原则和审美标准的阐述，为当代文学批评提供了一种价值取向和评价标准，有助于提高文学研究的科学性和准确性。

古典诗学理论在当代文学教育和文学普及中也发挥着重要作用。通过对古典诗学理论的学习和传承，可以加深人们对于中国文学传统的认识和理解，培养学生的文学鉴赏能力和审美情趣，推动中国古典诗歌在当代社会的传承和发展。

古典诗学理论在当代的应用涉及文学批评与研究、文学批评方法的创新、理论框架和范式构建，以及文学教育和文学普及等多个方面。通过对古代诗歌理论的深入研究和总结，可以为当代文学研究提供重要的参考和借鉴，推动文学理论的不断发展和进步。在未来的研究和实践中，我们应该更加重视古典诗学理论的传承和创新，发挥其在当代文学领域的重要作用，促进文学事业的繁荣和发展。

（二）创作指导

古典诗学理论作为中国文学传统的重要组成部分，其深厚的积淀和丰富的内涵对当代诗歌创作实践具有重要的指导意义。在当代诗歌创作中，古典诗学理论中的创作原则和美学思想可以为诗人提供丰富的启示和借鉴，帮助他们更好地把握诗歌创作的方向和风格。

古典诗学理论中的“以意传情”“言志抒怀”等创作原则对于当代诗人的创作具有启发作用。古典诗学强调诗歌应当通过言辞传达诗人的思想感情，通过精练的语言表达情感内涵。在当代社会，人们的生活节奏加快，信息传递迅速，诗歌作为一种高度凝练的文学形式，更需要通过精练的语言，深入人心地传达诗人的情感与思想。因此，古典诗学理论中的“以意传情”等原则为当代诗人提供了重要的创作指导，引导他们在创作中注重语言的精练和意境的营造，使诗歌作品更加富有内涵和感染力。

古典诗学理论中的韵律、格律等美学思想对于当代诗歌的节奏和形式构建具有重要的借鉴意义。古典诗歌在韵律、格律上注重音韵的悦耳和节奏的流畅，通过严格的格律要求来构建诗歌的形式美。当代诗歌的形式多样，也需要在语言的运用和形式的构建上追求一种节奏感和韵律美。古典诗学理论中的韵律、格律等美学思想可以为当代诗人提供审美的准则和参照，引导他们在创作中注重节奏的把握和形式的塑造，使诗歌作品更具美感和艺术价值。

古典诗学理论中的“典故引经据典”“比兴象征”等创作方法对于当代诗歌的意境构建具有重要的启发意义。古典诗歌常常通过引经据典来丰富诗歌的意象，通过比兴象征来寄托诗人的情感与思想。当代社会文化积淀深厚，历史典故、文学经典等资源丰富，诗人可以借助这些资源来构建诗歌的意境，丰富诗歌的内涵。同时，比兴象征等修辞手法也可以为诗人提供丰富的表现手段，使诗歌作品更具表现力和想象力。

古典诗学理论中的创作原则和美学思想对于当代诗人的创作实践具有重要的指导作用。它不仅可以引导诗人在语言表达、形式构建、意境构建等方面追求卓越，还可以丰富诗歌的内涵，使之更加富有时代感和艺术价值。因此，当代诗人应当充分借鉴古典诗学理论中的精华，结合当代社会文化的特点，创作出更具影响力和独特魅力的诗歌作品。

（三）跨学科研究

在当代，古典诗学理论在跨学科研究中扮演着重要的角色。古典诗学理论不仅仅是一种文学理论，更是一种对人类思想、历史和艺术的深度探究。通过与哲学、历史、艺术等多个学科的交叉融合，古典诗学理论在当代开启了全新的研究路径，为人文科学领域的发展带来了新的活力与启示。

古典诗学理论与哲学的交叉融合丰富了对诗歌本质和意义的理解。哲学作为思辨性的学科，关注人类思维和存在的根本问题，与古典诗学理论的结合为诗歌的深度解读提供了哲学上的思辨框架。例如，古代诗论家对诗歌的“意境”“意象”“意蕴”等概念的探讨，与现代哲学中关于意识、感知和表达的讨论有着相通之处，两者的交叉融合使得人们对诗歌的审美体验和文化内涵有了更为深刻的认识。

古典诗学理论与历史学的结合拓展了对诗歌发展与演变的认识。诗歌作为文学形式的一种，在历史长河中承载着时代的记忆和文化的积淀。通过将古典诗学理论与历史学相结合，人们可以更好地理解诗歌作为一种文化现象的演变过程。例如，通过对古代诗歌在不同历史时期的风格、主题和传播方式的研究，可以揭示出历史背景对诗歌创作与传播的影响，从而更好地把握诗歌与社会、政治、文化之间的关系。

古典诗学理论与艺术学的交叉融合促进了对诗歌艺术性的审美探讨。诗歌不仅是一种文学形式，更是一种艺术创作。通过将古典诗学理论与艺术学相结合，可以深入探讨诗歌的艺术表现形式、艺术语言以及艺术效果。例如，古代诗人在诗歌创作中所运用的修辞手法、音韵结构，以及意象描绘等方面的研究，与现代艺术理论中对视觉艺术、音乐艺术等的审美原理和表现技巧有着内在的联系，通过对两者的交叉比较，可以深化对诗歌艺术性的理解和赏析。

（四）现代媒介的融合

在新媒体和数字化时代的背景下，古典诗学理论在当代得到了广泛的应用和拓展，尤其是在电影、音乐和网络文学等领域。这种应用不仅仅是简单地将古典诗歌直接转化到新媒体中，更多的是将古典诗学的审美观念、意境表达和文学技巧融入现代媒介创作中，从而展现出了新的活力和创造性。

在电影领域，古典诗学理论为电影的意境塑造、画面构图和叙事表达提供了重要的思想基础。通过对古典诗歌中的意象、音韵、节奏等元素的借鉴和运用，电影创作者可以更好地塑造电影的视听效果，营造出独特的审美感受。比如，电影《花样年华》中的镜头运用、画面构图和配乐等元素，就融入了古典诗歌的意境表达和情感传达，使得电影呈现出一种诗意的美感。

在音乐领域，古典诗学理论对音乐创作提供了丰富的灵感和启示。诗歌中的韵律、节奏和情感表达可以与音乐的旋律、节拍和音色相互融合，创造出独特的音乐风格和表现形式。例如，音乐作品《大河之舞》就借鉴了古诗中关于大自然的描写和抒情意境，通过音乐的表现手法将其具象化，使听众在聆听音乐的同时仿佛置身于一幅壮阔的诗画之中。

在网络文学领域，古典诗学理论为网络文学创作提供了深厚的文学底蕴和情感表达。网络文学作品中常常融入古典诗歌中的意象、比喻和修辞手法，以丰富的文学想象力和感情表达吸引读者的注意力。例如，网络小说《山海经》就以古典诗歌中的神话传说和奇幻意境为基础，构建了一个充满想象力和神秘色彩的世界观，吸引了大量的读者和粉丝。

现代媒介的融合使得古典诗学理论在当代得到了更为广泛和深入的应用。通过将古典诗学的审美观念、意境表达和文学技巧与现代媒介相结合，创作者们能够创造出更加丰富多彩、富有诗意和艺术感的作品，为当代文化的发展注入了新的活力和创造性。这种媒介融合的现象不仅丰富了文化产品的形式和内容，也为古典诗学理论的传承与发展提供了新的可能性和机遇。

（五）教育体系的融入

古典诗学理论在当代教育体系的融入，标志着文化传统与现代教育的有机结合，为培养学生的审美情趣、语言表达能力和文化修养提供了丰富的资源和方法。在中小学及成人教育中，古典诗学理论被赋予了新的意义和价值，其不仅是一种学科知识，更是一种文化传承和思维方式的传承。

古典诗学理论在中小学教育中的融入，有助于学生树立正确的审美观念和文化自信心。通过学习古典诗歌，学生们可以领略到古人对自然、生活、情感的感悟和表达，感受到文字之美、音韵之美、意境之美，从而形成对美的独特理解和感受。

古典诗学理论在中小学教育中的融入，有助于培养学生的语言表达能力和文学素养。古典诗歌以其精练的语言、丰富的意象和深刻的内涵被誉为“诗中有画、画中有诗”，是语言艺术的高峰之一。通过学习古典诗歌，学生们可以领略到文字之美、意境之美，感受到语言的魅力和表达的艺术，从而提升他们的语言表达能力和文字功底。

古典诗学理论在中小学教育中的融入，有助于培养学生的思维能力和创新意识。古典诗歌以其独特的形式和深刻的内涵被誉为“一花一世界，一叶一菩提”，是智慧的结晶和思想的凝聚。通过学习古典诗歌，学生们可以感受到古人的智慧和思想，领悟到其中蕴含的深刻哲理和人生道理，从而启发他们的思维，拓宽他们的视野，培养他们的创新意识和综合分析能力。

古典诗学理论在成人教育中的融入，有助于提升成人的文化素养和人文修养。现如今，人们对文化素养和人文修养的要求越来越高，而古典诗歌作为中国传统文化的重要组成部分，对于提升人们的文化素养和人文修养具有重要意义。通过学习古典诗歌，人们可以领略到其中蕴含的深刻哲理和人生智慧，感受到其中蕴含的情感，从而提升自己的文化素养和人文修养。

第四节　对传统诗歌的现代诠释

（一）现代语境下的重构

在现代语境下重新诠释中国古典诗歌，是对传统诗歌的一种现代重构。这种重构不仅使得古典诗歌焕发出新的生命力，同时也为当代人提供了一种更贴近生活、更具情感共鸣的文学体验。通过将古典诗歌融入现代社会的语境之中，不仅展现了诗歌的持久魅力，更深刻地反映了人类情感和生活状态的延续与变迁。

现代语境下的重构赋予了古典诗歌新的时代内涵。古典诗歌作为中国文学的瑰宝，其所蕴含的情感、哲理和审美观念具有普遍的价值。然而，随着社会的发展和变迁，人们的生活方式、价值取向也发生了巨大的变化。现代社会中的人们所面临的困境、情感体验与古代诗人有所不同，因此将古典诗歌置于当下的语境中，重新演绎其中的意境和情感，使得诗歌更具有现实意义和时代感。例如，通过将李白《静夜思》中“床前明月光，疑是地上霜”与现代城市生活中的孤独与迷茫联系起来，使得诗歌不再只是古人怀古伤今的情感宣泄，而是与当代人的心境产生共鸣，呈现出更深层次的情感体验。

现代语境下的重构丰富了古典诗歌的意义与表现形式。传统的古典诗歌往往以景物描写、情感抒发为主，其形式和结构相对固定。然而，在现代语境下，诗歌的表现形式得到了更多的拓展与变化。诗人可以通过加入当代生活中的元素、运用现代的表现技巧，使诗歌更加丰富多彩，更贴近当代读者的审美需求。例如，一些当代诗人将网络语言、流行文化等现代元素融入古典诗歌创作之中，使得诗歌更具时代感与生活气息。同时，现代技术的发展也为诗歌的传播和创作提供了更多可能，例如诗歌的网络传播、多媒体呈现等方式，使得古典诗歌在现代社会中得以更广泛的传播与欣赏。

现代语境下的重构促进了古典诗歌与其他艺术形式的融合与创新。在当代，诗歌与音乐、绘画、舞蹈等艺术形式之间的跨界融合越来越普遍，这种跨界创作不仅为传统诗歌注入了新的活力，也丰富了现代艺术的形式和内涵。例如，一些诗人与音乐家合作，将诗歌改编成歌曲，通过音乐的旋律和节奏来表达诗歌中的情感和意境，还有一些诗人与画家合作，将诗歌与绘画相结合，形成“诗画结合”的艺术作品，使诗歌的意境得以更加生动地展现出来。这种跨界融合不仅打破了传统艺术形式之间的界限，也为诗歌的传播和表现提供了新的途径与可能。

（二）多元文化的视角

在当今全球化和多元文化的背景下，对传统诗歌进行现代诠释已经成为一种必然趋势。这种趋势不仅仅是对传统诗歌的一种重新审视，更是对多元文化的一种回应和表达。在这个进程中，传统诗歌不再局限于特定的地域、文化或民族，而是成为一座连接不同文化、促进文化交流与融合的桥梁，这对于增强诗歌的包容性和普遍性具有重要意义。

多元文化的视角丰富了传统诗歌的内涵。传统诗歌往往承载着特定文化和历史的烙印，其内容、意象、意境等都深深地植根于当时的社会环境和文化传统之中。然而，在当今多元文化的浸润下，诗人们开始借鉴和吸收来自不同文化的元素，使得传统诗歌焕发出新的生机与活力。比如，在现代诗歌创作中，我们可以看到中国传统诗歌与西方文学、印度文化、非洲传统等元素相融合，形成了独特的文学风貌。这种跨文化的创作不仅拓展了传统诗歌的表现形式，更为读者呈现了丰富多彩的文化景观。

多元文化的视角拓宽了传统诗歌的审美视野。传统诗歌往往受到特定文化传统的影响，其审美标准和表现形式也较为固定。然而，在多元文化的冲击下，传统诗歌的审美范式逐渐被打破，人们开始接受和欣赏来自不同文化的审美观念和表现方式。例如，在现代诗歌中，我们可以看到不同文化背景下的诗人运用多种艺术手法，如象征主义、超现实主义、后现代主义等，来表达自己的情感和思想，这种多元化的审美体验使得传统诗歌焕发出新的魅力与韵味。

多元文化的视角促进了传统诗歌与其他艺术形式的交流与融合。在当今全球化的背景下，各种艺术形式之间的交流与融合已经成为一种潮流。传统诗歌作为文学艺术的重要组成部分，也在这一进程中得到了拓展与深化。诗人们开始将传统诗歌与音乐、绘画、舞蹈等艺术形式相结合，创作出一系列融合了多种艺术元素的作品。这种跨界融合不仅丰富了传统诗歌的表现形式，更为文化交流与互动提供了更为广阔的空间与可能性。

多元文化的视角使传统诗歌走向世界。在全球化的浪潮下，文化交流与互鉴已经成为一种时代的主题。传统诗歌作为中国文化的重要组成部分，其在世界范围内的传播与交流也日益增多。通过对传统诗歌的现代诠释与重新演绎，诗人们将中国传统诗歌带到了世界舞台上，让更多的国际读者能够了解和欣赏中国的文化精髓。与此同时，传统诗歌也从世界各地的文化传统中汲取营养，不断丰富和发展自身，成为一个具有全球视野的文化符号。

（三）科技手段的应用

中国古典诗歌，作为中华文化的重要组成部分，承载了丰富的情感、深邃的哲理和精湛的艺术表达。然而，在当代社会，随着科技的迅速发展，人们的阅读习惯和审美需求也在不断变化。传统诗歌如何与现代科技结合，呈现出更具创新性的阅读体验，成了一个值得探讨的课题。

科技手段的应用为传统诗歌注入了新的生命力。其中，增强现实（AR）和虚拟现实（VR）技术作为当代科技的代表，为传统诗歌的现代诠释提供了全新的可能性。通过AR技术，读者可以通过手机或平板电脑将诗歌与现实场景相结合，实现文字与图像的交融。例如，当读者走进一片山林时，通过AR技术，他们可以看到诗中所描绘的山水景色在眼前呈现，与现实世界相互辉映，使诗歌不再停留于纸面上，而是与读者的生活场景紧密相连，增加了情感共鸣和审美享受。

而虚拟现实技术则将读者带入一个全新的沉浸式体验中。通过VR设备，读者仿佛置身于诗歌描绘的场景之中，与诗人共同感受诗歌所表达的情感和意境。比如，一首描写春天的诗，读者可以通过VR眼镜看到春风拂面、百花盛开的场景，听到鸟语花香的声音，从而更加深入地体验诗歌所蕴含的生命力和美好。

除了增强现实和虚拟现实技术，人工智能（AI）等科技手段也为传统诗歌的现代诠释提供了新的思路。通过AI生成的诗歌，不仅可以保留传统诗歌的韵律和格律，还可以结合当代语境和话题，创作出更加贴近当代生活和读者需求的诗歌作品。这种AI诗歌既传承了传统诗歌的精髓，又融入了现代科技的元素，具有独特的艺术价值和文化意义。

互联网和移动设备的普及也为传统诗歌的传播和推广提供了便利条件。通过网络平台和移动应用，读者可以随时随地获取到各种类型的诗歌作品，与其他诗歌爱好者交流分享心得，形成了一个开放、多元的诗歌交流平台。在这样的平台上，读者不仅可以欣赏到经典的古诗词，还可以了解到当代诗人的创作，拓展了诗歌的传播范围和受众群体。

尽管科技手段为传统诗歌的现代诠释提供了新的可能性，但也面临着一些挑战和问题。首先，科技并非万能，对于诗歌这样涉及情感、文化和审美等多方面因素的艺术形式，科技手段的应用需要更加细致入微，才能真正达到预期的效果。其次，科技与传统文化的融合需要尊重传统文化的内涵和价值，不能简单地追求新奇和刺激，而忽视了诗歌本身所蕴含的精神追求和审美情趣。最后，科技手段的应用也需要考虑到文化传承和文化创新的平衡，不能因为追求时尚和潮流而忽略了对传统文化的传承和弘扬。

（四）互动性与参与性

在当代社会，随着科技的发展和互联网的普及，诗歌这一古老的文学形式正在经历着新的变革与诠释。其中，互动性与参与性成了现代传统诗歌诠释的重要方面。通过现代技术的发展，诗歌的呈现和欣赏方式变得更加多样化，读者的参与和互动程度也大幅增强，从而使得诗歌成为一个更加开放的文化空间。

互联网的普及和数字化技术的发展极大地丰富了诗歌的传播形式。传统上，诗歌主要通过纸质媒介进行传播，读者需要购买诗集或者阅读报纸杂志才能接触到诗歌作品。然而，随着互联网技术的普及，诗歌通过网络平台、数字化阅读器等形式传播，读者可以更加便捷地获取到各种类型的诗歌作品。这种数字化传播形式不仅使得诗歌更加容易被广泛传播，也拓展了诗歌的受众群体，使更多的人能够参与到诗歌的阅读和欣赏之中。

社交媒体和网络平台的兴起为诗歌的互动性提供了新的空间。在传统的诗歌欣赏中，读者通常是孤独地与诗歌对话，对于诗歌的理解和解读往往是个人的主观体验。然而，在现代社交媒体和网络平台上，读者可以与其他诗歌爱好者进行交流讨论，分享自己的感悟和理解，从而丰富了对诗歌的理解和解读。例如，微博、微信等社交平台上经常会有诗歌爱好者建立的诗歌交流群或者专页，读者可以在这些平台上与其他诗歌爱好者进行互动，分享自己的诗歌创作、理解和感悟，形成了一个开放的诗歌交流社区。

互动性和参与性也为诗歌的创作提供了新的可能性。传统上，诗歌创作往往是孤独的个体行为，诗人通过自己的思考和感悟创作诗歌作品。然而，在现代社会，诗歌创作也可以成为一个群体性的活动。例如，一些网络平台经常会举办诗歌征文比赛或者诗歌创作活动，任何人都可以参与其中，分享自己的诗歌作品。这种群体性的诗歌创作活动不仅促进了诗歌创作的多样性和创新性，也增强了读者与诗歌之间的互动性和参与性。

现代技术的发展还为诗歌的表现形式提供了新的可能性。传统上，诗歌的呈现形式主要是纸质书籍或者书写展示。然而，在现代社会，诗歌的表现形式变得更加多样化。例如，一些诗人利用网络平台和多媒体技术进行诗歌的创作和表现，将文字、声音、图像等多种元素结合起来，创作出形式新颖、内容丰富的多媒体诗歌作品。这种多媒体形式的诗歌不仅丰富了诗歌的表现形式，也增强了诗歌的互动性和参与性，读者可以通过多种感官来体验和欣赏诗歌作品，从而增强了诗歌的感染力和吸引力。

（五）跨界融合的实验

在当代艺术的蓬勃发展中，传统诗歌的现代诠释经历了一系列跨界融合的实验，这些实验不仅为古典诗歌注入了新的生命力，也开拓了艺术的边界，丰富了人们对诗歌的理解和体验。现代艺术家和诗人不满足于传统诗歌形式的局限，他们尝试将诗歌与现代音乐、舞蹈、视觉艺术等其他艺术形式相结合，创造出具有跨界融合特色的作品，展现出了诗歌的多样性和活力。

现代音乐与传统诗歌的融合为诗歌注入了新的声音与节奏。通过将古典诗歌的文字与现代音乐的旋律相结合，艺术家们创造出了具有独特氛围和情感表达的音乐诗歌作品。例如，一些诗人将自己的诗歌作品配以现代音乐进行朗诵或演唱，使诗歌的表现形式更加多样化，吸引了更广泛的观众群体。同时，一些音乐家也从古典诗歌中汲取灵感，创作了具有诗意和情感张力的音乐作品，使诗歌的意境在音乐的衬托下得以深化和延展。

舞蹈与传统诗歌的结合为诗歌赋予了身体化的表现形式。舞蹈作为一种具有强烈表现力和感染力的艺术形式，与诗歌相结合可以使诗意在舞者的肢体语言中得以体现。艺术家们通过舞蹈来诠释诗歌中的意境与情感，将诗意转化为身体的动态表达，使诗歌不再仅限于文字的表达形式，而是通过舞蹈的形式展现出更为直观和感染人心的艺术效果。这种跨界融合不仅为传统诗歌注入了新的活力，也丰富了舞蹈艺术的表现形式，拓展了舞蹈的创作领域。

视觉艺术与传统诗歌的融合为诗歌赋予了更加丰富的想象空间。现代艺术家通过绘画、摄影、影像等形式将古典诗歌中的意象与情感进行视觉化呈现，创造出了具有强烈视觉冲击力和想象力的作品。这种跨界融合不仅为诗歌赋予了新的表现形式，也使诗歌的意境和情感在视觉艺术中得到深刻诠释，为观众带来了全新的艺术体验。

现代艺术家和诗人通过将传统诗歌与现代音乐、舞蹈、视觉艺术等其他艺术形式相结合，创造出了具有跨界融合特色的艺术作品，为古典诗歌注入了新的生命力。这种实验性的尝试不仅丰富了诗歌的表现形式，也开拓了艺术的边界，为传统文化与当代艺术的交流与融合提供了新的思路和可能性。随着社会的不断发展和艺术的不断创新，跨界融合的实验将会继续推动传统诗歌的现代诠释，为诗歌创作带来更加丰富多彩的未来。

参考文献

一、古代典籍部分

[1] 刘熙 . 释名 [M]. 北京 : 中华书局 ,1985.

[2] 许慎 , 段玉裁注 . 说文解字注 [M]. 上海 : 上海古籍出版社 ,1988.

[3] 王逸 . 楚辞章句 [M]. 黄灵庚 , 点校 . 上海 : 上海古籍出版社 ,2017.

[4] 毛亨传 , 郑玄笺 , 孔颖达疏 . 毛诗正义 [M].《十三经注疏》整理委员会整理 . 北京 : 北京大学出版社 ,2000.

[5] 王弼注 . 老子道德经注校释 [M]. 楼宇烈 , 校释 . 北京 : 中华书局 ,2008.

[6] 钟嵘 . 诗品注 [M]. 陈延杰 , 注 . 北京 : 人民文学出版社 ,1980.

[7] 萧统 . 文选 [M]. 李善 , 注 . 上海 : 上海古籍出版社 ,1986.

[8] 萧统 . 昭明太子集校注 [M]. 俞绍初 , 校注 . 郑州 : 中州古籍出版社 ,2001.

[9] 钟嵘 . 钟嵘诗品笺证稿 [M]. 王叔岷 , 笺证 . 北京 : 中华书局 ,2007.

[10] 杜甫 . 杜诗详注 [M]. 仇兆鳌 , 注 . 北京 : 中华书局 ,1979.

[11] 白居易 . 白居易集笺校 [M]. 朱金城 , 笺校 . 上海 : 上海古籍出版社 ,1988.

[12] 朱熹集注 . 诗集传 [M]. 北京 : 中华书局 ,1958.

[13] 朱熹 . 楚辞集注 [M]. 上海 : 上海古籍出版社 ,1979.

[14] 胡应麟 . 诗薮 [M]. 上海 : 上海古籍出版社 ,1979.

[15] 徐师曾 . 文体明辨序说 [M]. 北京 : 人民文学出版社 ,1998.

[16] 陆时雍选评 . 诗镜 [M]. 任文京 , 赵东岚 , 点校 . 保定 : 河北大学出版社 ,2010.

[17] 沈德潜 . 说诗晬语 [M]. 霍松林 , 校注 . 北京 : 人民文学出版社 ,1979.

[18] 叶燮 . 原诗 [M]. 霍松林 , 校注 . 北京 : 人民文学出版社 ,1979.

[19] 沈德潜 . 明诗别裁集 [M]. 上海 : 上海古籍出版社 ,1979.

[20] 吴淇 . 六朝选诗定论 [M]. 扬州 : 广陵书社 ,2009.

二、今人论著部分

[1] 吴思敬 . 诗歌基本原理 [M]. 北京 : 工人出版社 ,1987.

[2] 褚斌杰 . 中国古代文体概论 [M]. 北京 : 北京大学出版社 ,1990.

[3] 童庆炳 . 文体与文体创造 [M]. 昆明 : 云南人民出版社 ,1994.

[4] 袁行霈，孟二冬，丁放

. 中国诗学通论 [M]. 合肥 : 安徽教育出版社 ,1994.

[5] 张健 . 清代诗学研究 [M]. 北京 : 北京大学出版社 ,1999.

[6] 龙泉明 . 中国新诗流变论 [M]. 北京 : 人民文学出版社 ,1999.

[7] 王珂 . 诗歌文体学导论 [M]. 哈尔滨 : 北方文艺出版社 ,2001.

[8] 周晓风 . 新诗的历程——现代新诗文体流变（1919—1949）[M]. 重庆 : 重庆出版社 ,2001.

[9] 谭德兴 . 汉代诗学研究 [M]. 贵阳 : 贵州人民出版社 ,2003.

[10] 陈良运 . 中国诗学批评史 [M]. 南昌 : 江西人民出版社 ,2007.

[11] 周裕锴 . 唐代诗学通论 [M]. 上海 : 上海古籍出版社 ,2007.

[12] 周裕锴 . 宋代诗学通论 [M]. 上海 : 上海古籍出版社 ,2007.

[13] 程千帆 . 古诗考索 [M]. 武汉 : 武汉大学出版社 ,2008.

[14] 戚良德 . 文心雕龙校注通译 [M]. 上海 : 上海古籍出版社 ,2008.

[15] 蒋寅 . 古典诗学的现代诠释 [M]. 北京 : 中华书局 ,2009.

[16] 胡建次 , 邱美琼 . 日本中国古典诗学研究 500 家简介与成果概览 [M]. 南昌 : 江西人民出版社 ,2010.

[17] 吴承学 . 中国古代文体学研究 [M]. 北京 : 人民出版社 ,2011.

[18] 陆侃如 , 冯沅君 . 中国诗史 [M]. 北京 : 商务印书馆 ,2011.

[19] 任竞泽 . 宋代文体学研究论稿 [M]. 北京 : 商务印书馆 ,2011.

[20] 邓新华 . 中国古代接受诗学 [M]. 上海 : 上海人民出版社 ,2012.

[21] 吕红光 . 唐前文体观念的生成与发展 [M]. 杭州 : 浙江大学出版社 ,2014.

[22] 赵黎明 . 古典诗学资源与中国新诗理论建构 [M]. 北京 : 人民出版社 ,2015.

[23] 卢桢 . 新诗现代性透视 [M]. 天津 : 百花文艺出版社 ,2016.

[24] 段从学 . 中国新诗的形成与历史 [M]. 北京 : 人民出版社 ,2020.

三、论文

[1] 贾奋然 . 六朝文体与儒家礼教文化 [J]. 孔子研究 ,2003(5):35-42.

[2] 王毓红 . 中国古代诗学语境中的文体概念——从刘勰《文心雕龙》谈起 [J]. 宁夏师范学院学报 ,2003(1):5-11.

[3] 蒋登科 . 吕进的中国现代诗学体系 [J]. 涪陵师范学院学报 ,2003(1):25-29.

[4] 钱志熙 . 论中国古代的文体学传统——兼论古代文学文体研究的对象与方法 [J]. 北京大学学报 (哲学社会科学版),2004(5):92–99.

[5] 邓新跃 , 刘杼 . 文体学视角与古代诗学辨体理论研究 [J]. 上海交通大学学报 (哲学社会科学版),2005(3):77–81.

[6] 方汉泉 , 何广铿 . 布拉格学派对现代文体学发展的贡献 [J]. 外语教学与研究 ,2005(5):383–384+401.

[7] 刘立华 , 刘世生 . 语言 · 认知 · 诗学——《认知诗学实践》评介 [J]. 外语教学与研究（外国语文双月刊）,2006(1):73–77.

[8] 胡大雷 . 从《文选》的文体观念论《文选》赋“序”[J]. 惠州学院学报 ,2007(2):42–46.

[9] 李树军 . 明代诗歌文体批评研究 [D]. 辽宁大学 ,2008.

[10] 邓心强 . 从文体学视角看古代诗学的发展规律 [J]. 广东广播电视大学学报 ,2009(3):70–75.

[11] 刘东方 . 中国现代歌诗概念初探 [J]. 文学评论 ,2010(6):154–160.

[12] 李晓红 . 中国古代诗歌文体研究 [D]. 中山大学 ,2010.

[13] 陈翀 . 萧统《文选》文体分类及其文体观考论——以“离骚”与“歌”体为中心 [J]. 中华文史论丛 ,2011(1):301–329+403.

[14] 吴子林 , 文体：有意味的形式及其创造——童庆炳“文体诗学”思想研究 [J]. 文艺评论 ,2012(9):10–17.

[15] 封宗信 . 认知诗学 : 认知转向下的后经典“文学学”[C]// 认知诗学第 4 辑 .2017:7–20.

[16] 赵敏 , 李小瑞 . 元代平阳杂剧作家群创作特征新论 [J]. 山西大同大学学报 (哲学社会科学版),2017(5):54–56.

[17] 王乐 . 文学文体学视角下狄兰 · 托马斯《羊齿山》四个中译本的比较研究 [D]. 华侨大学 ,2019.

[18] 赵敏 , 王建敏 . 北魏冯太后汉化改革的多维视角探究 [J]. 山西大同大学学报 (哲学社会科学版),2020(5):54–58.

[19] 诸葛晓初 , 吴世雄 . 国外语料库文学文体学研究 : 回顾与前瞻 [J]. 外语学

后 记

行文至此，落笔为终。

思绪万千，百感交集。四年时光匆匆而过，依稀记得当年求学之路，倍感艰辛，也弥足珍贵。回首看，最难忘师恩浩荡、岁月温婉，值此刻，道不尽心中感慨、万般谢意！

教诲如春风，师恩似海深。感谢马明良老师，学识渊博、学问严谨、工作认真，在学习和生活中，给予我不少指导和帮助；尤为感谢多洛肯导师，在我整个求学过程中，引我入门，使我终于能进入"诗学"这个神圣的殿堂；感谢牛贵琥老师，虽是偶然机缘，但对我亦有知遇之恩；感谢裴兴荣、张勇耀、马少卿老师，鼓励、支持我不断前行。"桃李不言，下自成蹊。"得遇良师，幸甚至哉！师恩难忘，铭刻于心！愿你们平安顺遂，幸福安康！

"谁言寸草心，报得三春晖。"感谢父母对我无微不至的照顾与支持，求学数载，父母承担了太多太多，使我暖衣饱食，无后顾之忧；感谢孩子，虽不能常伴左右，但是一直自立自强，理解支持我！"灿灿萱草花，罗生北堂下。南风吹其心，摇摇为谁吐？"我一定带着你们的期许继续努力，愿你们平安康乐，岁月无恙！

片纸有尽，感激无尽！人生无常，人生就像一场修行！本书为读博期间所作，感恩遇见，感恩当下，感恩我所经历的一切，特别感谢陪伴我一起成长的小伙伴们，此去经年，所有的过往，都将成为我永远珍藏的记忆，铭刻于心！我将带着感恩的心不断前行！

愿山河无恙，岁月静好！愿笃行致远，不负韶华！

赵　敏

2024 年 5 月